Friederike Schmöe

KÄFER-
STERBEN

Friederike Schmöe

KÄFER-STERBEN

Katinka Palfys vierter Fall

KRIMI IM GMEINER-VERLAG

Wir machen's spannend

Bibliografische Information
der Deutschen Bibliothek
Die Deutsche Bibliothek verzeichnet diese
Publikation in der Deutschen Nationalbibliografie;
detaillierte bibliografische Daten sind im Internet
über http://dnb.ddb.de abrufbar.

Im Ehnried 5, 88605 Meßkirch
Telefon 07575/2095-0
info@gmeiner-verlag.de

2. Auflage 2008

Lektorat: Claudia Senghaas, Kirchardt
Umschlaggestaltung: U.O.R.G. Lutz Eberle, Stuttgart
unter Verwendung eines Fotos von sxc.hu
Gesetzt aus der 9,6/13 Punkt GV Garamond
Druck: Fuldaer Verlagsanstalt, Fulda
Printed in Germany
ISBN 978-3-89977-681-2

Alle Handlungen und Charaktere in diesem Kriminalroman sind freie Erfindungen der Fantasie. Sollten sich Ähnlichkeiten oder Übereinstimmungen mit Personen oder Handlungen des wirklichen Lebens herausstellen, so wäre dies einer jener absurden kleinen Zufälle, wie sie das Leben ab und zu schreibt.

Für Clemens

There is a hole in the year
Es ist ein Loch im Jahr
Barbara Klar

Ich werde dich umbringen.

Schon weiß ich, wie du liegen wirst. Wie du aussehen wirst.

Ich werde dich umbringen, weil du zu klug geworden bist. Du kannst lachen darüber, dass ich es endlich kapiert habe. Ja, ich kann dir das Wasser nicht reichen. Ein Triumph für dich, scheinbar. Doch nun, da ich die Freiheit habe, meine Minderwertigkeit einzugestehen, habe ich auch verstanden. Und den Mut gewonnen, den ich brauche. Vor allem den Mut.

Ich habe mein Brandmal verpasst bekommen. Von nun an gibt es nichts, was mich stoppt. Deine Wissbegierde, dein Forschertrieb, deine Lust an Fragen … sie sind dein Urteil.

Warte, Naseweis.

Ich werde dich umbringen.

1. Käfermord

Snsnsn. Der Fotograf turnte um den Tatort herum und schoss Bilder. Katinka stand neben Hauptkommissar Harduin Uttenreuther innerhalb der Polizeiabsperrung und betrachtete das Opfer.

»Kann einem ja leidtun«, sagte einer der Beamten. »Und schon der zweite in dieser Woche.«

»Glauben Sie, da ist ein Serientäter am Werk?«, rief Britta, kramte einen Schreibblock aus ihrer XXL-Tasche und pickte mit den Zähnen den Kugelschreiber aus seiner Halterung. »Beerenstrauch, *Fränkischer Tag*, Lokalredaktion, Sie wissen schon.«

Der Beamte feixte. »Ja, ja, wir kennen Sie. Sieht stark danach aus. Was meinen Sie, Kollege?«

Er sah sich nach Hauptkommissar Uttenreuther um. Der schob die Hände in die Jeanstaschen und sagte: »Mir kann's egal sein. Ich habe ab morgen Urlaub.«

»Kommen Sie schon, Kommissar. Mord fällt doch in Ihr Ressort, oder?« Der Mann formte mit den Händen zwei Pistolen und schoss in die Luft.

Katinka achtete nicht auf die Frotzelei der beiden. Ihre Freundin Britta, Lokaljournalistin bei Bambergs Tageszeitung, hatte sie angerufen und zum Tatort bestellt. Schließlich sollte die einzige Privatdetektivin am Ort wissen, was seit neuestem in der Stadt abging. »Eine Mordserie der ganz üblen Art«, hatte Britta aufgeregt in Katinkas Ohr geschrieen. Nach einem flotten

Spurt durch den Nachmittagsverkehr auf ihrem Fahrrad stand Katinka nun neben der ›Leiche‹ am unteren Ende der Molitorgasse und sah den Polizeitechnikern bei der Arbeit zu. Neugierige drängten sich zu Dutzenden um die rot-weißen Plastikbänder. In den engen Gassen und auf der Brücke war wenig Platz. Polizeimeisterin Sabine Kerschensteiner, die Katinka von früheren Fällen kannte, bemühte sich nach Kräften, die Gaffer wegzuschicken. Einige rissen Witze, andere empörten sich lautstark. Wörter wie *Saubande* fielen. Das Stimmengewirr mischte sich mit dem Rauschen des Flusswassers in den Turbinen.

Katinka umkreiste den ›Toten‹. Ein Langschwert steckte im Dach, Ströme von Blut liefen über die Seitenfenster auf das kupferbraune Blech.

»Schade drum«, murmelte Harduin Uttenreuther neben Katinka. »Tja, da hat es ein Spinner auf Käfer abgesehen. Nicht auf irgendwelche. Auf Cabrios. Letzte Woche ein orangefarbener mit schwarzem Verdeck am Heumarkt, jetzt der Counterpart.«

»Ist das Ketchup?«, fragte Katinka einen Mann im weißen Overall und deutete auf das Blut.

»Probieren Sie mal!« Er wischte mit seinem Latexfinger über die rote Masse und hielt ihn Katinka unter die Nase.

»Danke, zu freundlich«, sagte Katinka angewidert. Sie wickelte die Jeansjacke fest um sich. Dieser Sommer begann eindeutig zu kalt und zu nass.

»Wir finden die Marke schon noch raus«, sagte er. »Schmeckt nach einem Hauch Chili. Tja, bald beginnt die Grillsaison. Sie sind doch Frau Palfy, oder? Die Privatdetektivin mit dem sicheren Händchen für Leichen. Wie wäre es mit dieser hier?«

»Schickes Modell,« entgegnete Katinka. »Und wer sind Sie?« Die gönnerhafte Art des Mannes nervte.

»Fleischmann, Lutz.« Er grinste. »Ich bin auch ganz gut für Tipps, nicht nur der Herr Hauptkommissar.«

Er wandte sich wieder dem VW zu.

»Ich wusste gar nicht, dass Sie in Urlaub gehen«, sagte Katinka, als sie sich wenig später mit Uttenreuther auf den Weg machte. Britta war schon davongebraust, um ihren Artikel für die morgige Ausgabe fertigzuschreiben.

Katinka war mit Hauptkommissar Harduin Uttenreuther, genannt Hardo, seit ihrem ersten Fall als private Ermittlerin vor einem guten Jahr auf du und du. Sozusagen, denn sie siezten sich nach wie vor, wenn auch ihre private Beziehung irgendwo zwischen Kollegialität und Freundschaft angekommen war. Bei Teilen der Polizei schien das Anlass für flache Witze zu sein. Jedenfalls waren ihr Lutz Fleischmanns Worte so im Ohr geklungen.

»Keine Rede. Ich bleibe im Lande und läute die Kellersaison ein.«

Keller – Katinka atmete das Wort ein und spürte, wie es sich wohlig in ihrem Körper ausbreitete. Die Bamberger Bierkeller hatten wirklich ein ganz besonderes Flair. Die Wirtschaften unter freiem Himmel befanden sich auf den Hügeln der Stadt, über den ehemaligen Kühlkellern der Brauereien. Ab dem späten Frühjahr pilgerten Bamberger und Gäste bergauf, um die lauschige Atmosphäre und natürlich nicht minder den frisch gebrauten Gerstensaft zu genießen.

»Bisschen kühl noch«, gab Katinka zu bedenken, während sie über die Obere Brücke liefen. Der Mai hatte sich warm und sonnig angekündigt, bei der Stabübergabe an den Juni jedoch geschwächelt. Die Temperaturen lagen bei wenig überzeugenden 14 Grad, und ein scheußlicher Wind fegte in Böen über die Stadt. »Sie werden sich warm anziehen müssen.«

»Schafskälte nennt man das. Fällt Ihnen nichts auf?«

»Was denn!«

»Ich habe den Fall für Sie freigegeben.«

Hardo grinste sie an. Sommers wie winters in Jeans und Holzfällerhemd, seine altbekannte Lederjacke drüber, Turnschuhe an den Füßen, wirkte er äußerlich überhaupt nicht wie ein Polizist. In seinen grauen Augen aber glomm stete Wachheit, eine Aufmerksamkeit, der nichts und niemand entging.

»Sie können mich mal«, sagte Katinka. »Nur weil Sie mich schon oft genug aus den Ermittlungen raushaben wollten, stoße ich jetzt bestimmt keine Jubelschreie aus. Was soll ich mit dem Fall? Solange ich keinen Auftraggeber habe, der mich bezahlt …«

Er hob die Hände.

»War nicht böse gemeint, Palfy.«

»Schon o.k.« Sie riss sich zusammen, schließlich konnte man Uttenreuther eines nicht vorwerfen: nachtragend zu sein. Also wollte sie in nichts nachstehen. »Trinken wir noch einen Kaffee?«

»Warum nicht.« Hardo öffnete die Tür zum Café Riffelmacher. »Das Einzige, was ich heute noch tue, ist, meinen Schreibtisch aufzuräumen.«

Sie setzten sich an einen Tisch beim Eingang. Katinka war dankbar um den bullernden Ofen in der Ecke.

»Der Käfer eben«, sagte sie. »Der hatte kein Bamberger Kennzeichen. Einen Milchkaffee, bitte.«

»Eine heiße Schokolade«, sagte Hardo. »Scharf beobachtet. Der erste auch nicht.«

»Wie lange dauert das, bis Sie den Halter ermitteln?«

»Geht flott. Haben die Kollegen bestimmt schon erledigt.«

Katinka fuhr mit dem Zeigefinger über die Zuckerdose.

»Sie brauchen auf lange Sicht einen Informanten bei der Zulassungsstelle«, sagte Hardo. »Als Detektivin, meine ich.«

Katinka lächelte abwesend. Sie hatte gar nicht richtig gehört, was er sagte. Sie dachte über etwas nach.

»Diese Morde, wenn man sie so nennen kann, sind mir unheimlich.«

Hardo betrachtete sie ruhig. Wie immer, wenn er aufmerksam zuhörte, hefteten sich seine Augen wie Scheinwerfer auf seinen Gesprächspartner. Katinka spürte, wie sie unsicher wurde. Oft genug peinigte sie der Eindruck, seinen Erfahrungen und seinem Wissen nicht gewachsen zu sein. Er hatte in seinen knapp dreißig Jahren bei der Polizei einfach einen viel zu großen Vorsprung. In schwachen Momenten glaubte sie, ihn niemals einholen zu können. Aber selbst wenn ihr der Wind um die Ohren pfiff, wollte sie sich den Mut nicht nehmen lassen.

»Seit Anfang der Woche findet doch dieses Oldtimer-Treffen statt«, sagte sie. »Es stand in der Zeitung. Da sind sicher auch Käfer dabei.«

»Ja. Und?«

Katinka zog den Kopf ein. Ja. Und. Ihm war natürlich alles klar, während sie selbst laut grübelte. Verlegen wischte sie sich über die Stirn. Schön blöd. Hättest du dir doch denken können, dass Hardo auch schon das Oldtimer-Treffen in Betracht zieht.

»War nur laut gedacht.«

Die Getränke kamen. Katinka wärmte sich die Hände an der Milchkaffeeschale.

»Die Kollegen haben die Autofans schon befragt. Der Käfer von Anfang der Woche gehörte keinem der Teilnehmer. Der Besitzer ist ein Urlauber, der auf dem Weg in den Süden in Bamberg Station gemacht hat. Ein junger Student, er hat in der Jugendherberge in der Wolfsschlucht übernachtet.«

»Der arme Kerl. Sein Urlaub ist damit wohl zu Ende.«

»Höchstwahrscheinlich.«

Katinka verrührte den Milchschaum.

»Mir kommt das Ganze so … rituell vor.«

»Eine Inszenierung?«

»So in der Art. Wenn ich jemandem das Auto kaputtmachen will, dann ist nichts einfacher, als mit einem Pfennigsnagel einmal über den Lack zu gehen.«

Hardo hob eine Augenbraue, sagte aber nichts.

»Der Täter musste in das Schwert investieren. Es sah teuer aus. Dann musste er Ketchup kaufen. Da kann er das billigste genommen haben. Was ich meine … Warum das alles?«

»Das Schwert ist eine interessante Sache«, meinte Hardo. »Solche Schwerter findet man gar nicht häufig. Es sind Samuraischwerter, die haben einen speziellen Griff, extra Schneide, besonders geschwungen, was weiß ich. Und Sie haben recht: So eine Waffe ist teuer. Ab 300 Euro sind Sie dabei. In der vorliegenden Ausführung kosten sie bestimmte einiges mehr.« Er schob seine Tasse hin und her. »Die Kollegen haben sich drangemacht, entsprechende Anbieter zu ermitteln. Es gibt in ganz Europa eine Reihe von Spezialgeschäften. Aber auch die üblichen Waffenläden verkaufen welche.«

Er trank seine Schokolade in einem Schluck leer.

»Und es ist nicht verboten, Schwerter zu kaufen, richtig?«, fragte Katinka.

»Exakt.« Er lächelte. Wie immer sprang das Lächeln einmal von Mundwinkel zu Mundwinkel und erlosch.

Katinka seufzte.

»Im Internet findet man wahrscheinlich unzählige Anbieter. Ohne einen Verdächtigen ist es quasi unmöglich, herauszufinden, wo die Schwerter gekauft wurden. Und von wem.«

»So ist es.« Hardo bestellte eine zweite Tasse. »Außerdem kann man Schwerter wie alle Waffen an ganz anderen Orten kaufen als in offiziellen Geschäften oder im Internet. Aber Sie wollen den Fall ja nicht.« Er strich sich über den völlig kahlen Schädel.

Katinka musste grinsen. Das war ein altes Spiel zwischen ihnen. Katinka hatte auf Hardos Intervention hin schon in drei Mordfällen die Ermittlungen aufgeben müssen. Es war ihr jedoch jedes Mal gelungen, auf Umwegen mitzurecherchieren und auch zu ihrem Honorar zu kommen. Ihr war schon klar, weshalb er ihr diesmal den Fall so großzügig anbot: Es war kein Mord. Nur ein Käfermord, falls man so wollte, eine wenn auch extrem mutwillige Sachbeschädigung. Kein Kapitalverbrechen. Und Hardo hatte Urlaub.

»Warum fahren Sie nicht wieder nach Südamerika?«, wollte Katinka wissen, während die Bedienung ihm die zweite Tasse servierte.

»Bin ich Rockefeller? Außerdem war die Reise damals eine Ausnahme. Ich bin ein bodenständiger Typ. Erdverbunden. Ein echter Franke eben. Nicht so kosmopolitisch wie Sie.«

Katinka lachte. Er spielte auf ihre Wiener Herkunft an.

»Auch als bodenständiger Mensch kann man verreisen.«

»Sie kennen meinen Gehaltszettel nicht. Vielleicht fahre ich in die Fränkische Schweiz. Wandern. Habe ich ab und an mit meiner Tochter gemacht. Gehen Sie gerne wandern?«

Katinka zuckte zusammen, als er seine Tochter erwähnte. Hardo war geschieden. Seine Tochter Sybille war vor einem guten Jahr tödlich verunglückt. Sie hätte überleben können, doch der einzige Zeuge des Unfalls war davongefahren, ohne ihr zu helfen. Erst im Zuge der Ermittlungen in einem anderen Fall war die eigentliche Unfallursache geklärt worden, und Hardo hatte sich danach für einen Monat nach Südamerika abgesetzt. Katinka wusste nicht, ob er inzwischen über den Tod seiner Tochter hinweggekommen war. Sybille war seit seiner Scheidung vor langen Jahren der einzige Mensch in seinem Umfeld, zu dem er eine wirklich tiefe Beziehung pflegte. Er hatte nie wieder auch nur ein Wort über den Unfall verloren.

»Früher bin ich ganz gerne wandern gegangen«, sagte Katinka. »Aber ich bin lange nicht dazu gekommen.« Sie streckte sich. »Sie bringen mich auf eine Idee. Ich könnte meine Bude auch mal ein paar Tage zumachen.«

Hardo legte die Stirn in Falten.

»Kann sich die Jungunternehmerin Palfy das leisten?«

»Immerhin habe ich mich nun schon anderthalb Jahre mit der Detektei ernährt«, sagte Katinka überzeugt. »Und seitdem keinen Urlaub gemacht.«

Hardo schüttete die heiße Schokolade in sich hinein und stellte die Tasse ab. »Dann gehen wir die nächste Woche mal zusammen los«, schlug er vor. »Das Wetter soll ja besser werden.«

»Gern«, sagte Katinka. »Wie lange halten Sie sich vom Büro fern? Ich meine, nur zu meiner Info, falls ich wieder über eine Leiche stolpere.«

»Vierzehn Tage. Mehr ist nicht drin. Aber für Sie bin ich immer erreichbar. Wählen Sie meine Handynummer.«

Er wollte für sie beide bezahlen. Katinka kam ihm zuvor und legte das Geld auf den Tisch. »Diesmal geht's auf mich.«

Hardo murmelte irgendwas von modernen Frauen. Vor der Tür trennten sie sich.

»Warten Sie mal, Palfy.«

Katinka sah zurück.

»Floriane Riegl.«

»Bitte?«

»Zulassungsstelle.« Hardo blinzelte. »Mit schönen Grüßen von mir. Für den Fall des Falles.« Er stapfte davon. Ein winziger Rest seines nach Ozean duftenden Aftershaves wirbelte durch die Luft und verflog.

2. Die Künstlerin

Die Katastrophe schlug am nächsten Tag zu. Es war ein Freitag. Wie alle Katastrophen brach sie sich zu nachtschlafender Zeit Bahn, als penetrantes Klingeln des Telefons. Noch am Abend zuvor war es Katinka mit unerwarteter Leichtigkeit gelungen, ihren Freund Tom zu einem verlängerten Wochenende zu überreden. Üblicherweise weigerte er sich, seinen Schreibtisch, an dem er als freiberuflicher Programmierer schuftete, länger als für eine Mahlzeit oder einen Kinobesuch zu verlassen. Außergewöhnlich genug, dass er diesmal entspannt reagiert hatte. Er lag bei dem Auftrag, an dem er gerade arbeitete, gut in der Zeit. Sie beschlossen, gleich am folgenden Nachmittag nach Thüringen zu fahren und eine Rennsteigwanderung bis Sonntag oder Montag in Angriff zu nehmen. Das schlechte Wetter wollten sie ignorieren. »Schafskälte hin oder her«, sagte Tom. »Es ist nur einmal Juni im Jahr.«

Doch nun läutete sich das Desaster in den erwachenden Tag. Katinka streckte den Arm aus und tastete nach dem Apparat. Vor ihren kurzsichtigen Augen verschwammen die Gegenstände auf ihrem Nachtkästchen zu konturlosen Wassertieren. Ein leises Klirren verriet, dass ihre Brille auf den Boden gerutscht war. Stocksteif blieb Katinka halb im Bett sitzen. Nur ja nicht drauftreten. Es dauerte eine Weile, bis sie das schnurlose kleine Telefon erwischte. Neben ihr rumorte Tom.

»Palfy?«

»Katinka? Ich muss den Jungen sprechen.«

Katinka erkannte sofort die Stimme von Toms Vater. Sie nahm den flirrenden Unterton wahr. Während sie über den Flickenteppich vor ihrem Bett nach ihrer Brille tastete, sagte sie:

»Moment, ich gebe das Telefon weiter.«

Tom starrte sie verschlafen an.

»Dein Vater.«

»Hallo?«

Es brauchte nur wenige Sätze, bis er die Aus-Taste drückte.

»Meine Mutter ist ins Krankenhaus gekommen. Sie hat einen Schlaganfall. Heute Nacht ist es passiert.« Verwirrt starrte Tom auf das Telefon in seiner Hand.

Katinkas tastenden Finger blieben über dem Teppich schweben.

»Wie … wie geht's ihr?«

»Mein Vater rief vom Krankenhaus an. Ich muss nach Berlin fahren!«

Tom war, wie er gerne betonte, als Berliner im fränkischen Bamberg auf verlorenem Posten. Dennoch fuhr er fast nie zu seinen Eltern. Katinka war nur zweimal mit ihm dort gewesen, in einer unterschwellig aufgeladenen Stimmung, ohne dass sie den Grund dafür kannte. Alle sprachen höflich und freundlich miteinander, doch eine hauchfeine Kälte lauerte stets im Raum, wie ein zu früh herbeigewehter Herbst. Tom sprach nicht gerne über seine Kindheit und seine Familie. Katinka nahm an, dass irgendwelche unausgegorenen Konflikte aus alten Zeiten in den Kellern gärten.

Endlich hatte sie die Brille zwischen ihren Fingern. Sie setzte sie auf. Nun sah sie Toms Haar gestochen scharf von seinem Kopf abstehen wie Igelstacheln.

»Es tut mir leid«, flüsterte sie.

Tom saß nur da und starrte auf die Bettdecke.

»Sie hatte schon immer hohen Blutdruck. Mit ihrer Gesundheit ging sie völlig unvorsichtig um. Sie interessierte sich nicht dafür. Und jetzt …« Er boxte mit der Faust auf sein Kissen.

Katinka strich mit dem Zeigefinger über sein blasses Gesicht. Über die Augenbrauen, seine hohen Wangenknochen, sein Kinn. Winzige Bartstoppeln kitzelten sie.

»Wenn sie schnelle Hilfe bekommen hat, stehen die Chancen gut, dass sich alles wieder einrenkt«, sagte sie leise.

»Jaja«, sagte Tom. »Dreißig Minuten, sagt man. Was länger dauert, ist schon fast ein Todesurteil. Oder die Verurteilung, als Krüppel vegetieren zu müssen.«

Katinka wusste nicht, was sie sagen sollte. Sie kuschelten sich zwischen die Decken. Um halb sechs standen sie auf. Tom duschte, und Katinka kochte Kaffee. Kater Vishnu lag auf dem Küchentisch und leckte sein rotgetigertes Fell.

»Ich fahre gleich«, sagte Tom. »Ich bin unruhig.«

»Wenn du willst, komme ich mit.«

»Lieb von dir.« Tom küsste sie auf die Wange. Es war ein flüchtiger Kuss, wie eine kurze Bewegung, um Krümel vom Tisch zu wischen. »Aber ich denke, ich fahre allein. Es gibt Dinge zu klären.«

Katinka wollte fragen, welche Dinge, aber sie ließ es bleiben. Tom würde keinen Nerv haben, gerade jetzt darauf zu antworten.

»Jedenfalls kann ich nachkommen. Wenn es nötig ist. Ruf einfach an.«

Er nickte, schnappte sich eine Tasse Kaffee, klickte sich ins Internet und suchte sich einen Zug heraus. Fluchte, weil der Drucker die Fahrkarte nicht gleich ausspuckte. Katinka brachte ihn zum Bahnhof. Sie war erleichtert, dass er nicht mit dem kränkelnden Ford Fiesta fuhr. Der hätte es wahrscheinlich nicht mal mehr bis Hof geschafft. Irgendetwas klapperte hinterhältig im Motor. Sie parkte, und Tom sprang aus dem Wagen, seine Sporttasche über der Schulter.

»Ruf an«, bat sie und küsste ihn zum Abschied. Es war ihr, als ob er sie gar nicht hörte.

Sie fuhr nach Hause. Noch betäubt von Toms plötzlicher Abreise, der kurzen Nacht und dem Schreck über den Schlaganfall seiner Mutter, stellte sie das Auto im Anwohnerbereich ab und trabte über die Straße. Die Zeitung lag wie immer auf der Treppe. Katinka schloss die Wohnung auf und ging hinein. Soviel also zu der Idee, Urlaub zu machen, dachte sie. In der leeren und stillen Wohnung spürte sie der Traurigkeit über das unerwartete Alleinsein, das zerstörte Wochenende nach. Natürlich schob sie nicht Tom den Schwarzen Peter für diese Sache zu, im Gegenteil, sie empfand tiefes Mitleid und sehnte sich nach ihm, stellte sich vor, wie er in vier Stunden am Bahnhof Zoo ankäme, in die Klinik fuhr, sich vor dem fürchtete, was ihn dort erwartete. Jetzt bedauerte sie, nicht mitgefahren zu sein. Es mag alles nochmal aufzufangen sein, dachte Katinka. Aber sie wusste genau, dass auch das Gegenteil zutreffen könnte. Seine Mutter mochte von heute auf morgen ein Pflegefall werden oder gar sterben. Katinka fragte sich, wie sie dann weitermachen würden. Ob Tom zurück nach Berlin ziehen würde. Britta hatte sie vor kurzem gefragt, weshalb sie und Tom eigentlich nicht heirateten. Nicht einmal davon redeten. Nichts planten. Katinka würde im September dreißig, Tom war zwei Jahre älter. Britta fand, dass man ab der 3 vor der zweiten Zahl mal näher wissen sollte, wie man weiter vorging.

»Ihr lebt in den Tag hinein, als könnte alles immer so beschaulich bleiben«, hatte sie gemahnt. »So eine Beziehung ist Schwerstarbeit. Man braucht klare Grundlagen.«

Katinka schnaubte. Britta hatte gut reden. Sie lebte von einer lockeren Beziehung zur nächsten, genoss die glücklichen Momente, betrog auch mal einen Lebensabschnittsgefährten mit einem anderen Mann, wenn ihr der nur attraktiv oder exotisch genug schien. Nun war sie allerdings bereits mehr als zwölf Monate so gut wie durchgehend mit ihrem Journalistenkollegen Alban Hanke zusammen. Vielleicht plant sie was, dachte Katinka, während sie die wenigen Frühstücksreste aufräumte. Vielleicht heiratet sie Alban. Selbstverständlich gibt es dann eine gigantisch inszenierte, glamourmäßige, absolut stilsichere Hochzeitsfeier. Insgeheim bewunderte Katinka den Geschmack ihrer Freundin, wenn sie sich auch mittlerweile damit abgefunden hatte, einen anderen Typ Frau zu repräsentieren: den Kumpel, nicht den Vamp. Aber wenigstens auch nicht das Lieschen, dachte Katinka, grinste und schlug die Zeitung auf.

Mysteriöse ›Käfer-Morde‹ in Bamberg – Bisher schon zwei Cabriolets erdolcht

Katinka überflog Brittas Artikel. Die Quintessenz war, dass die Polizei noch keine heiße Spur hatte, jedoch Verbindungen zum aktuellen Youngtimer-Treffen in Bamberg vermutete.

Youngtimer, dachte Katinka, was sind denn Youngtimer. Sie fand die Antwort auf der folgenden Seite.

Einst Papas ganzer Stolz – Youngtimer-Bewegung hegt und pflegt die Autogeneration von den späten Sechzigern bis zu den frühen Achtzigern.

Zum ersten Mal hörte sie davon, dass sich in der Youngtimer-Szene Leute zusammengefunden hatten, die die Automodelle der Vätergeneration restaurierten. Manche von ihnen Schickimickis, die den Trend zum älteren Auto zur Mode machen wollten, andere wieder Liebhaber mit schmalem Geldbeutel, deren Herzen für den Opel Olympia oder den Ford Granada schlugen, möglichst garniert mit Häkelmütze und besticktem Sofakissen auf der Hutablage. Katinka musste grinsen, als sie die Fotos studierte. Die eckigen Formen der Autos waren ihr noch seltsam vertraut. Wenn sie als Kind ein Auto gezeichnet hatte, dann sah es aus wie eine Schuhschachtel auf Rädern. Während sie sich einen frischen Kaffee aufbrühte, dachte sie darüber nach, in welchem Zusammenhang die Youngtimer-Freaks mit den Käfermorden stehen konnten. Autofans, die Autos zerstörten? Noch dazu den Käfer, Sinnbild des unbeschwerten Lebens im Wohlstand, der gleichzeitig als alter Kumpan des Menschen gesehen wurde, zumal seit den Herbie-Filmen? Oder ging es genau darum? Ein Symbol für das Wirtschaftswunder zu ›ermorden‹? Warum die teuren Schwerter? Gab es wildgewordene Samurais in der Stadt, die, statt Harakiri zu begehen, Cabrios erdolchten? Wozu so eine aufwändige Beschädigung? Bei Autos genügte es in der Regel, sie gegen eine Wand zu fahren.

Es juckte sie in den Fingern, Hardo anzurufen. Aber sie unterließ es. Nicht so früh morgens, wo er doch Urlaub hatte.

Apropos, Urlaub. Katinka beschloss, sich ihr ganz privates, verlängertes Wochenende zu gönnen. Der Tag glänzte, ein kühler, aber dennoch endlich sonniger Junitag. Sie trank ihren Kaffee aus, warf die Zeitung auf den Altpapierhaufen, wischte die Müdigkeit beiseite, packte ihre Badesachen zusammen und verließ das Haus.

So früh morgens lag das Hainbad fast verwaist da. Katinka suchte sich einen Platz nah am Fluss. Noch behielt sie ihren Pullover an, aber die Sonnenstrahlen neckten und lockten und nährten die Hoffnung, dass das Wetter bald sommerlicher und wärmer würde.

Sie hatte sich ein Buch mitgenommen, konnte sich jedoch auf die Figuren in den Erzählungen nicht konzentrieren. Sie sah wieder das eingetrocknete Ketchup auf der Karosserie und den schön geformten Griff des Schwertes vor sich, den glatten Schnitt im Dach des Cabrios. Entnervt legte sie das Buch mit den Seiten nach unten auf ihre Isomatte, rollte sich auf den Bauch und sah den wenigen Eisenbereiften zu, die sich in das braune, kalte Flusswasser wagten.

Die Käfermorde strahlten etwas Beklemmendes aus. Es kam ihr vor, als reflektierte in ihnen Bösartigkeit und Heimtücke, etwas, das noch nicht ins Sichtfeld gekrochen war, aber nur darauf lauerte, bei passender Gelegenheit sein brutales Gesicht zu zeigen. Wer ein Auto rituell ›ermordete‹, ging der unter Umständen auch auf Menschen los? Sollte das Ganze ein Vorspann sein? Eine aufwendige Warnung mit scharfen Umrissen, direkter und angsteinflößender als ein Drohbrief?

Katinka fragte sich, warum der Täter Käfer gewählt hatte. Warum Cabrios. Vermutlich, weil das Schwert besser ins Dach eindrang.

»Youngtimer«, murmelte sie vor sich hin. »Käfer. Wagen fürs Volk. Papas Autogeneration. Samurai-Schwert. Ketchup. Zwei Leichen pro Woche.«

»Katinka?«

Sie schrak zusammen, wälzte sich auf die Seite und richtete sich auf. Vor ihrer Matte stand eine Frau ihres Alters, mit unsicherem Gesichtsausdruck und schwarzen, zu einem Pferdeschwanz gebundenen Haaren.

»Helfen Sie mir mal auf die Sprünge?« Katinka stand auf und wischte sich die Hände an den Shorts ab.

»Es wird ein Satz reichen, damit du mich erkennst«, sagte sie. »Oder schau meine Hände an. Solche Schwielen findest du nicht häufig, nicht bei einer Frau.«

»Dani!« Der unverwechselbare, weiche Wiener Akzent, Klang ihrer Kindheit, schmeichelte Katinkas Ohren. »Hat's dich mal wieder nach Franken verschlagen? Warum hast du nicht angerufen!«

Sie fielen einander um den Hals. Katinka konnte es kaum glauben: Ihre alte Freundin aus Kindertagen, Dani Zanini, wie Katinka selbst gebürtige Wienerin, stand vor ihr.

»Letztes Mal hattest du aber blonde Haare«, grinste Katinka.

»Walnussbraun«, verbesserte Dani. »Ich probiere ab und zu mal was anderes aus. Jetzt habe ich meiner Naturfarbe ein wenig die Hand gereicht. Und du hattest längere Haare.«

Katinka fuhr sich durch den braunen Haarschopf. »Die Länge ist eine Sache des Lebensgefühls«, sagte sie. »Je kürzer, desto frischer.«

»Du bist also absolut gut drauf«, stellte Dani lachend fest. »Stehen dir gut, die Fransen.«

»Bist du zum Schwimmen hergekommen?«, fragte Katinka.

»Und du bist hergekommen, um mit den Flussgeistern zu verhandeln? Oder warum sprichst du mit dir selbst!«

Katinka lachte. »Das kommt später. Erzähl du zuerst.«

Dani warf ihre Sachen auf das Gras. Sie rollte eine Bastmatte aus, schlüpfte aus ihrem Kleid und machte es sich im knappen Bikini auf ihrer Unterlage bequem. Ungeduldig setzte Katinka sich wieder hin. Gedankenfetzen wirbelten durch ihren Kopf. Dani, die schöne, erfolgreiche Dani.

»Bist du Bildhauerin geblieben?«, fragte sie, immer noch atemlos vor Überraschung. Beim Anblick von Danis perfekten Formen erinnerte sie sich wieder, wie Dani während ihrer Studienzeit Katinka als Aktmodell gewonnen hatte. Beide mussten sich in jenem Januar erst ein wenig Mut antrinken, bevor sie in einer Werkstatt des Lehrstuhls für Kunstpädagogik an die Arbeit gegangen waren. Eine halbe Flasche Cognac war draufgegangen, und sie hatten gekichert wie die Teenager. Die fertige Plastik hatte Dani nie zum Verkauf gegeben. Katinka besaß sogar ein Foto von ihrem Ebenbild aus Speckstein.

Dani ölte ihre Beine mit Sonnenschutz ein.

»Weißt du noch, deine Plastik? Damals war ich ein paar Wochen in Bamberg, weil ich ein Seminar über Bildhauerei an der Uni gegeben habe. Jedenfalls, die nackte Katinka, die steht in meinem neuen, eigenen Haus.«

»Ich habe eben auch dran gedacht. Aber wieso eigenes Haus?«

»Das ist der Grund meines Besuches in Bamberg«, sagte Dani und lächelte sybillinisch. »Soll ich von Anfang an erzählen? Oder holen wir uns erst einen Kaffee!«

»Den Kaffee hole ich«, sagte Katinka. Danis Vorbereitungen dauerten ihr entschieden zu lange.

Als sie wenige Minuten später wieder zurück war, hatte Dani sich wie hingegossen auf ihrer Matte platziert. Ihre kräftigen Armmuskeln standen in eigentümlichem Gegensatz zu ihrem grazilen, schlanken Körper. Katinka wusste, dass Bildhauer unter großem Körpereinsatz arbeiteten. Dani sah man die Kraft an.

Katinka stellte die Tassen ab.

»Schieß los.«

Träge griff Dani nach der Kaffeetasse und nahm einen Schluck.

»Hm, feines Stöffchen. Also. Eigentlich bin ich die letzten Jahre so durch die Welt getingelt. Du hast meine Mails wohl bekommen.«

»Eine pro Jahr, wenn's hoch kommt«, lachte Katinka. »Außerdem waren das Massenmails, so eine Art detaillierter Lebensbericht für circa hundert Freunde in aller Welt.«

»Du hast schon recht, das ist nicht die feine Art. Aber ich hatte wenig Zeit. Ich war in Berlin, in Kiew, in Warschau. Seit meine Eltern gestorben sind, hat es mich nicht mehr in Wien gehalten. Ich habe Ausstellungen meiner Plastiken gemacht. Es ging immer um das Thema ›Frau‹. Ich bin keine erklärte Feministin, aber für Frauenthemen kriegst du in der Kunst überall Förderungen.«

»Klingt spannend.« Katinka nippte an ihrem Kaffee

und verbrannte sich prompt die Lippen. Sie wusste, dass Danis Eltern vor vier Jahren bei einem Fährunfall im Mittelmeer umgekommen waren. Gänsehaut kroch über ihre Schultern, wenn sie an Danis lange Trauerzeit dachte und an die Krisen, die sie der Reihe nach durchmachte, ohne Licht am Ende des Tunnels zu sehen. Umso besser, dass sie mittlerweile in ihrem Beruf Erfüllung gefunden hatte.

»Inzwischen wurden mir ziemlich viele Stücke weggekauft. Ich habe echt viel Geld verdient, also fragte ich mich, ob ich eine teure Studienreise nach Vietnam mache, wo ich schon immer mal hinwollte, oder ob ich in meine berufliche Zukunft investiere.«

Dani räkelte sich und blickte auf den Fluss.

»Sag bloß, die schwimmen da drin. Der Fluss muss ja voller Wasserratten sein.« Sie warf einen zweifelnden Blick auf die wenigen Badenden, die sich in der braunen Strömung treiben ließen.

»Und Bisamratten«, sagte Katinka ernsthaft.

Dani nickte anerkennend.

»Tolle Fauna, die ihr hier habt. Also: Ich habe mich für meine berufliche Zukunft entschieden. Meine Investition ging von der Überlegung aus, dass ich ein neues Konzept für zukünftige Ausstellungen brauchte. Die nächste findet im Oktober in Straßburg statt. Immer nur im Frauenbrei rumrühren, das ist nichts für mich. Und nach langem Überlegen habe ich mein Motto gefunden.«

Katinka reagierte nicht. Dani käme schneller ohne Zwischenfragen zum Thema.

»Ich packe das Frauenfähnlein ein und konzentriere mich auf Mensch und Natur. Doziere ich dir zuviel?«

»Keineswegs.« Katinka unterdrückte ein Grinsen.

»Ich verbinde in meinen Skulpturen Mensch und Natur. Der Mensch geht in Muster, Konturen und Formen aus der Natur über. Kannst du dir eine Vorstellung machen? Sag schon!«

»Nein. Gib mir ein Beispiel.«

»Ein Menschentorso. Die Schultern werden ganz allmählich zu Flügeln eines Schmetterlings. Alles Überflüssige wird weggelassen. Das meiste ist überflüssig. Nur der Kern, das lebende Innere der Form, wird dargestellt.«

Katinka tat so, als habe sie eine ungefähre Vorstellung.

»Das Motto heißt: ›Mensch – Kontur – Natur‹. Ich habe drei Prototypen geschaffen, zwei aus Gips, eine aus Holz, alles eingeschickt und bin vom Straßburger Kunstverein genommen worden. Sie waren regelrecht enthusiastisch. Brrr.« Sie zog fröstelnd die Schultern hoch. »Doch noch ein bisschen kalt fürs Ganzkörper-Sonnenbad.«

»Ein toller Erfolg. Aber wo kommt Bamberg ins Spiel, und was ist das für ein Haus?« Katinka krempelte schaudernd die Ärmel ihres Pullovers wieder herunter. Wie Dani im Bikini herumsitzen konnte, war ihr völlig unverständlich.

»Du bist immer noch so neugierig und ungeduldig wie früher«, lächelte Dani und genoss es sichtlich, Katinka auf die Folter zu spannen. »Deswegen hast du dir auch einen neuen Beruf gesucht, richtig? Wegen der Neugier.«

»Erzähl du mir deins, dann erzähl' ich dir meins«, sagte Katinka beherrscht. Sie mochte es nicht, wenn man ihr Neugier als Motivation für die Tätigkeit als Privatdetektivin vorwarf. Das war fast so schlimm wie die Bezeichnung ›Schnüffelnase‹ und hatte mit ihrem Beruf überhaupt nichts zu tun. Es mochte zwar stimmen, dass sie von Wissensdurst und einer permanenten Angespanntheit durch ihre Fälle getrieben wurde. Aber sie war ganz bestimmt kein Voyeur, und wenn im Verlauf von Ermittlungen das Privatleben anderer Leute zur Sprache kam, war ihr das meistens hochnotpeinlich.

Dani trank ihren Kaffee aus und stellte die Tasse ab.

»Ich habe, wie gesagt, viel Geld verdient. Ich wollte es in meine Zukunft investieren. Ich hatte diese Idee mit Mensch und Natur und ich hatte die Zusage aus Straßburg. Nun kommt der harte Teil der Erfolgsstory: Ich muss ausreichend Skulpturen machen, außerdem ziemlich viel theoretischen Unterbau für den Katalog zusammenstellen, ein bisschen in die Organisation eingreifen und so weiter.« Sie fuchtelte mit ihren großen Händen in der Luft herum. »Also brauchte ich ein Refugium. In Franken war ich ja immer nur kurz, nur auf Besuch, aber es hat mir hier einfach prächtig gefallen. Die sanften Hügel, die Dörfer, wie alles so fließend zueinander findet … Im Sommer glänzt hier ein ganz warmes, hinreißendes Licht. Die Landschaft schmeichelt meinem Sinn für Formen. Übrigens, ganz in der Nähe von Bamberg, Richtung Jura, hat sich auch gerade eine Künstlerclique eingenistet. Holzhof heißt das Kaff. Die Gegend hier hat wohl was, das uns Künstlervolk besonders anspricht.«

Dani rieb mit den Händen über ihre Arme.

»Also sah ich mal in ein paar Zeitungen, und da wurde ein altes Holzhaus zum Verkauf angeboten.« Sie zog die Schultern hoch und suchte sich ein Handtuch aus ihrer Tasche. »In der Fränkischen Schweiz.

Es diente früher einem Gutshof als Scheune. Der Hof ist vor zwanzig Jahren abgebrannt, und der Erbe hat die Scheune zu einem Ferienhaus umgebaut. Alles sehr einfach, aber funktionstüchtig, inklusive Bad, Küche und Internetanschluss. Nun ist der Besitzer alt und grau und wollte das Haus loswerden. Tja, so bin ich Datschenbesitzerin geworden.«

Katinka staunte. Dani erzählte so locker flockig, als würden Träume von Natur aus einfach irgendwann wahr, kämen auf den Flügeln von Nachtfaltern angeschwebt.

»Ich bin beeindruckt«, sagte Katinka schließlich. Ärgerlich spürte sie, wie sie ein wenig neidisch wurde. Es musste himmlisch sein, weit ab vom Schuss mit den eigenen Gedanken zu arbeiten und etwas Neues zu erschaffen. Schnell schluckte sie das dumme Gefühl herunter. »Und dort verschanzt du dich jetzt, bis deine Kunstwerke fertig sind?«

»Ich habe vor, bis Ende September zu bleiben. Dann wird das Sommerhaus für eine Weile geschlossen. Ach, Katinka, es ist ein Traum, liegt total abseits, keine Nachbarn, kein Lärm, keine Rasenmäher, nur Vogelgesang, der Wind summt in den Wipfeln der Buchen und Birken. Ich habe zwei Wohnräume, eine große Küche, ein winziges Bad. Dann einen riesigen Raum, den ich als Atelier nutze. Perfekte Lichtverhältnisse. Das Grundstück endet irgendwo weit unten an der Straße.« Sie schlang sich das Handtuch um die Schultern. »Was fehlt, ist ein See oder irgendein anderes Wasser, zum Baden. Ich fuhr heute Morgen nach Bamberg, weil ich ein bisschen shoppen wollte, und bei der Parkplatzsuche geriet ich hier in diese Ecke. Und ich traf dich.«

»Du hättest ruhig mal anrufen können!«, sagte Katinka. Sie schaffte es nicht ganz, einen vorwurfsvollen Ton anzustimmen. Sie freute sich zu sehr, Dani wiederzusehen. Schon war da etwas Leichtes, Fröhliches in ihrem Bauch.

Dani ignorierte den Einwurf.

»Jetzt zu dir. Du bist Privatdetektivin. Wie viele Mörder hast du schon überführt?«

»Drei!«, sagte Katinka und rechnete demonstrativ an den Fingern ihrer rechten Hand nach. »Außerdem habe ich eine Menge unspektakuläre Fälle geklärt. Chefs verdächtigen ihre Mitarbeiter, für die Konkurrenz zu arbeiten. Senioren kehren von einem Spaziergang ins falsche Altenheim zurück. Dann gibt's Fälle von Unterschlagung, Betrug oder Diebstahl. Neulich musste ich einen Kaufhausdetektiv unterstützen: Da sackte eine Bande Markenklamotten ein. Die gingen ganz schön professionell vor.« Sie blickte auf die Gänsehaut an Danis Beinen.

»Und deine große Liebe? Die Archäologie?«

»Ich bin eine Archäologin der modernen Zeit«, sagte Katinka und grinste. Nach dem Geschichts- und Archäologiestudium war ihr fast nichts anderes übriggeblieben, als in die Arbeitslosigkeit abzuwandern. Ihr Vater, der von Wien aus in ganz Europa Häuser baute und sich als Stararchitekt einen Namen gemacht hatte, bot ihr in regelmäßigen Abständen Geld als Überbrückung an. Aber Katinka hatte immer abgelehnt. Stattdessen hatte sie ihre Lizenz als Detektivin erworben, eine Weile als Praktikantin bei einem anerkannten Detektivbüro ihre Erfahrungen gesammelt und sich schließlich in die Selbständigkeit gewagt. Der Job war als Notlösung geboren. Inzwischen wurde er zur Passion. Manchmal. Es gab auch jene grauen Tage, an denen sie sich am liebsten ihrer Detektei in der Hasengasse gar nicht nähern wollte. Und es hatte Tage voller Angst und Selbstvorwürfe gegeben. Katinka dachte an jene Frau zurück, die sich ihrem Schutz anvertraut hatte, die Katinka aber nicht vor einem Mörder hatte schützen können. Dabei war es nicht einmal ihre Schuld. Mit der Heimtücke des Täters und seiner eiskalten Brutalität hatte sie gar nicht rechnen können. Hauptkommissar Uttenreuther hatte sich mächtig ins Zeug gelegt, um ihr auszureden, eine Schuld auf sich zu nehmen, die gar nicht die ihre war. Gerade mal 300 Meter von der Wiese entfernt, wo sie nun mit Dani in der Sonne lag, war die Frau mit einem Messer erstochen worden. Katinka erzählte es Dani. Es kam nicht so aus ihrem Hals, wie sie es damals wirklich empfunden hatte, aber sie hatte den Eindruck, Dani verstand. Katinka spürte wieder den Vorwurf des Versagens. Die Selbstverurteilung, die Depression, die dem Ganzen gefolgt war. Reue und die knallharte Erkenntnis, dass nichts mehr wieder gutzumachen war.

»Ist es schwer, mit dieser Belastung zu leben?«, wollte Dani wissen.

»Ja. Und nein. Es bessert sich. Wie alles.«

Sie schwiegen beide eine Weile. Dann fragte Katinka:

»Männer?« Das Thema war problematisch, aber nicht ganz im selben Maße wie Morde.

»Ich habe keinen Freund, wenn du das meinst. Ich bin seit zwei Jahren Single. Man kann besser arbeiten, ohne Ablenkung durch absurde Konflikte und Sex.«

Katinka grinste.

»Und bei dir?«, wollte Dani wissen.

»Tom und ich wohnen seit fast einem Jahr zusammen. Es läuft gut.«

»Aber?« Dani hatte ein feines Gehör für die Zwischentöne.

Katinka zögerte. Es konnte nicht schaden, Dani von heute Morgen zu erzählen und würde helfen, die diffusen Ängste loszuwerden. Sie berichtete von dem nächtlichen Anruf, Toms Abreise, dem geplatzten Urlaubswochenende und der großen Unsicherheit, die nun über allem schwebte.

»Was sollte das eurer Beziehung schaden, wenn seine Mutter krank ist?«, fragte Dani entgeistert.

»Ich weiß nicht«, antwortete Katinka. »Tom hat eine konfliktbeladene Beziehung zu seinen Eltern. Die paar Male, die ich mit ihm in Berlin bei seiner Familie war, gab es so eine vorsichtige und gleichzeitig miese Stimmung. Als ob eine ganze Menge unausgesprochen im Raum steht.«

»Was zum Beispiel?«

»Vorwürfe, Schuldzuweisungen. Ich habe ja keine Ahnung. Ab und zu habe ich versucht, mehr aus Tom rauszulocken, aber er schaltet auf stur. Bislang hielt er einfach räumlichen Abstand. Er sitzt in Bamberg, seine Eltern in Berlin. Naja.«

»Du bist dir deiner Gefühle nicht sicher, meine Liebe«, sagte Dani. Der Wiener Akzent wurde noch weicher.

»Was meinst du damit?«, fuhr Katinka auf.

»Gibt es einen anderen?«

»Hast du sie nicht mehr alle? Wie kommst du darauf!« Katinka rupfte an ein paar Grasbüscheln.

»An der Art von Verträumtheit, die in deinen Augen leuchtet. Willst du dir noch ein paar Optionen offen halten? Ehrlich gesagt, das ist doch ganz legitim. Man sagt zwar immer ›früh gefreit, nie gereut‹, aber eine allzu frühzeitige Festlegung kann auch schädlich sein. Am Ende siehst du die Welt nur noch durch die Brille deines einen und einzigen Partners.«

»Vor Tom gab es einen anderen«, sagte Katinka knapp. »Ich bin gottfroh, diesen Lebensabschnitt hinter mich gebracht zu haben. Und ich weiß wirklich, was ich an Tom habe.«

Sie fühlte Zorn hochkochen. Sie hätte die Klappe halten sollen. Die Beziehung zwischen ihr und Dani war nicht mehr so eng, so eins in eins. Britta hätte das alles sagen dürfen. Bei Dani klang es nach Besserwisserei. Sie wischte sich die Grasfetzen von den Handflächen.

»Du kannst nichts für deinen Freund tun«, sagte Dani schließlich. »Du kannst für ihn dasein, wenn er dich anruft und sich wünscht, dass du kommst. Der Schlaganfall seiner Mutter ist traurig und mag dich erschüttern. Aber es ist sein ganz eigener Weg. Zunächst mal. Und egal, zu welchem Ende er kommt.«

Katinka nickte.

»Sprechen wir von etwas anderem. Hast du schon die Geschichte mit den Käfermorden gehört?«

»Ich lese keine Zeitung und höre kein Radio. Der Schmutz der Welt belastet meine Kunst nur unnötig.«

Katinka meinte zunächst, Dani habe es scherzhaft gemeint. Das klang ihr zu salbungsvoll und untypisch für Dani, die sich noch nie mit Starallüren geschmückt hatte. Sie sah Katinka ernst an. »Deswegen habe ich auch kein Handy. Ich brauche die Stille, um kreativ sein zu können.«

Klingt wie auswendig gelernt, dachte Katinka.

»Dann erzähle ich dir die Story. In Bamberg werden Käfer-Cabrios erdolcht.«

Dani machte so ein entgeistertes Gesicht, dass Katinka doch lachen musste. Sofort stellte sich das Gefühl von Befreiung ein. Sie erzählte von ihrem Besuch am Tatort.

»Komisch«, sagte Dani und sah in die Ferne. »Sehr komisch. Ich glaube nicht, dass Autofreaks sich gegenseitig ihre Käfer in der Erbsensuppe versenken.«

»Eben!«

»Ermittelst du?«

»Nein. Ich habe ja keinen Auftraggeber. Ich frage mich nur so manches.«

»Die Neugier«, neckte Dani. Sie versuchte ein Lächeln. Starrte wieder in die Ferne.

»Exakt«, bestätigte Katinka kurz und fuhr wieder über das kurze, stachelige Gras. Es gab diese Momente, in denen man sich fragte, ob man sich eigentlich in seinem eigenen Leben befand.

»Vielleicht ist es ein erklärter Autogegner, einer, der die Umwelt schützen und ökologisch denken will. Dem sind die Oldtimerfetischisten ein Dorn im Auge.«

»Youngtimer heißen die. Sie sind noch zu jung, um in die Oldtimerklasse aufzusteigen. Ich habe den Gedanken gestreift, aber ein überkandidelter Luftreinhalter würde die Autos sonstwie kaputtmachen. Gegen die Wand fahren, Lack zerkratzen, zur Not das Dach aufschlitzen, was weiß ich. Aber wer kauft teure Schwerter, um damit dann zwei Käfer abzuschlachten?«

Dani antwortete nicht gleich. Sie konnte ihren Blick nicht vom Fluss losreißen. Dann sagte sie: »Sag mal, wenn du auf einer Brücke stehst, schaust du in die

Richtung, in die der Fluss fließt, oder in die, aus der der Fluss kommt?«

Katinka blickte sie erstaunt an.

»Ich denke, in die Richtung, in die der Fluss fließt. Und du?«

»Merkst du doch, oder? Ich schaue immer zur Quelle.«

Katinka verstand nicht, worauf Dani hinauswollte. Plötzlich wirkte sie nachdenklich, fast verträumt.

»Hör mal«, begann Dani wieder. »Wenn du dein Wochenende sowieso anders geplant hattest: Komm doch für ein paar Tage zu mir raus. Meine Traumhütte ist gerade mal eine knappe Stunde von Bamberg entfernt. Ich zeige dir meine neuen Plastiken. Du kannst den ganzen Tag in der Sonne liegen, während ich gipse und klopfe.«

Überrascht sah Katinka auf. »Du, da sage ich glatt zu.«

Dani lachte. Die Tristesse, die über ihr Gesicht gezüngelt war, verlosch. »Super. Gleich morgen schaust du vorbei. Und jetzt komm: Wir schwimmen.«

»Ich denke, du frierst?«, lachte Katinka. Mit einem Mal fühlte sich alles ganz leicht an.

»Egal. Ich will die Bisamratten kennen lernen.«

Sie rannten kichernd über den Holzsteg und sprangen mit lautem Hallo kopfüber in das eiskalte Wasser.

3. Ein einsames Haus

Katinka steuerte Toms Ford Fiesta durch die fränkischen Hügel. Am frühen Morgen glänzten die Dörfer in den spärlichen, verhalten durch die Wolkendecke spitzenden Sonnenstrahlen. Sie prahlten mit ihrer farbigen Blumenpracht, den Fachwerkhäusern und liebevoll gepflegten Gärten. Hügel und Wälder spreizten sich wie in einem Merian-Heft. Selbst das durchwachsene Wetter vermochte dem Reiz der Landschaft nichts anzuhaben.

Katinka stellte den Klassiksender ein. Sie hatte wieder wenig geschlafen. Erst spät am Abend war es ihr gelungen, Tom an die Strippe zu kriegen. Bis elf Uhr hatte er bei seiner Mutter im Krankenhaus verbracht. Es ging ihr sehr schlecht. Ihre rechte Körperhälfte war gelähmt, sie konnte nicht sprechen und war die meiste Zeit nicht bei Bewusstsein.

»Eine ziemlich große Blutung in der linken Gehirnhälfte«, sagte Tom. Seine Stimme klang erschöpft und illusionslos. »Die Ärzte machen keinerlei Aussagen: Sie könnte sich erholen, aber mir sieht alles so aus, als wäre die Sache hiermit beendet. Es kann alles nicht wahr sein.«

Katinka versuchte ihn zu beruhigen und ihm Hoffnung zu machen, aber es war zu früh dafür. Er durchlief die Phase des ersten Entsetzens, der Ungläubigkeit. Wenn er von seiner Mutter und dem Schlaganfall sprach, redete er wie von einem umgestürzten Baum oder einem liegengebliebenen Auto. Kamen die Ärzte ins Spiel, regte er sich sofort auf.

Als sie auflegten, vorher einen schnellen Kuss in die Leitung schickten, hatte Katinka das Bedürfnis, zu reden. Sie rief Britta an. Britta war um diese Zeit meistens noch wach. Aber nur der Anrufbeantworter meldete sich.

»Britta, wenn du zu Hause bist, geh mal ran.«

Katinka wartete, aber nichts tat sich. Sie sprach ein kurzes ›o.k.‹ auf das Band und legte auf. Schon hatte sie die Kurzwahltaste für Hardos Handynummer gedrückt, als sie erschrocken den Rufaufbau unterbrach. Das muss ein Reflex sein, dachte sie. In Notsituationen rief sie ihn an. Wenn sie Leichen fand, bedroht wurde, einen Mörder gestellt hatte. Aber das waren Situationen, in denen polizeiliche Hilfe angesagt war. Nun ging es um etwas ganz anderes. Sie holte sich ein Bier aus dem Kühlschrank, nahm gleich einen Schluck aus der Flasche. Stellte es zurück. Es schmeckte ihr nicht.

Bis ein Uhr in der Nacht hatte sie darüber nachgedacht, wen sie sonst noch anrufen könnte. Bei sechs Milliarden Menschen gab es nur zwei, deren Nummern sie für Notfälle gespeichert hatte, abgesehen von Tom. Und deren Hilfestellung war auch noch gefiltert: Ein Kontakt war für Privates gebucht, ein anderer fürs Geschäftliche.

Doch nun, da der Ford ausnahmsweise mal keine Mätzchen gemacht hatte und sofort angesprungen war, die freundlichen Gesichter der fränkischen Dörfer sie begleiteten, und Cecilia Bartolis herrliche Stimme aus den Lautsprechern eine Mozartarie nach der anderen schmetterte, kam ihr Mut zurück. Es gab immer noch

Hoffnung. Für Toms Mutter, für die Zukunft allgemein. Sie freute sich auf das Zusammensein mit Dani. Auf die gemeinsamen Erinnerungen an früher, an die ›alte Heimat‹, auch wenn die schon ganz in der Vergangenheit versunken war. Wie alt sind wir mit knapp dreißig, dass wir von früher reden, überlegte sie und musste lächeln. Sie fragte sich wie nebenbei, ob Schlafmangel euphorisch machte.

Konzentriert folgte sie Danis Wegbeschreibung und hatte bald die Abzweigung erreicht, die von einem ohnehin schmalen Sträßchen auf einen Kiesweg führte. Sie bog ab. Kleine Steinchen spritzten gegen die Karosserie. Sie grinste. Der Wagen war schon längst über den Zenit seines Daseins hinaus. Ein paar Kratzer und Dellen bedeuteten nur noch Ehrerweisungen.

Dani hatte recht gehabt: Das Grundstück war riesig, ihr Haus nicht zu sehen, bis Katinka nahe herankam. Die Buchen traten zurück und gaben den Blick frei auf ein altes, ehrwürdiges Stück Geschichte. Sofort empfänglich für die Aura dieses Holzhauses, die Abenteuer, die sich darin abgespielt hatten, hielt Katinka den Wagen an. Das spitze, rot gedeckte Satteldach glänzte. Dani hatte viel Mühe auf den Garten verwendet. Katinka konnte sich ihre Freundin schwerlich mit der Gießkanne in der Hand vorstellen. »Wer weiß, welche Talente noch in ihr schlummern«, murmelte sie.

Und da war noch etwas Merkwürdiges. Es strich nur wie eine tiefhängende Wolke durch Katinkas Bewusstsein. Sie hielt kurz inne. Vergaß es dann. Vielleicht wegen der Müdigkeit.

»Ich bin Frühaufsteherin, du kannst ab sieben Uhr hereinschneien«, hatte Dani ihr versprochen. Katinka fuhr bis zum Zaun, stellte den Motor ab und stieg aus. Drückte kurz auf die Hupe.

»Dani!«, rief sie, sog tief die kühle Morgenluft ein und stapfte durch den Kies auf den Zaun zu, stieß das kleine Gartentor auf und betrat eine staunenswerte Welt. Dani hatte einige ihrer Steinskulpturen im Garten ausgestellt. Abstrakte Formen, die auf wundersame Weise mit dem Garten zu verwachsen schienen. Ein Märchengarten, dachte Katinka lächelnd. Das gefiel ihr.

»Dani?« Sie musste noch schlafen. Von wegen Frühaufsteherin, dachte Katinka und ging um das Haus herum. Sie würde warten, bis Dani wach war. Staunend streifte sie durch den Garten. In diesem Farbenmeer könnte sie sich verlieren. Der Regen der letzten Zeit hatte tatsächlich auch sein Gutes gehabt. Von all den Blumen erkannte sie nicht einmal ein Zehntel, und die Namen für die unzähligen gelben, weißen, rosafarbenen, blauen, violetten, roten Prachtstücke waren ihr fast vollkommen fremd. Alles blühte und rankte und lebte. Als sie ein ganzes Beet Rittersporn entdeckte, war sie so glücklich, als habe sie einen alten Bekannten getroffen. Ein ganzes Vogelorchester zwitscherte um sie her. Amseln hopsten herum und beäugten Katinka aus sicherer Entfernung. Sie setzte sich auf einen der Steinpfeiler ganz am Ende des Gartens, blickte über die Wiesen und Felder, eine große Gruppe Birken und sah ihrem Atem zu, wie er kam und ging.

»Das ist ein Traum«, sagte sie laut zu sich selbst. Nichts begrenzte ihren Blick. Ein paar verirrte Sonnenstrahlen brachen sich im nassen Gras. Wunderschön. Zu schön beinahe. Ganz weit weg erahnte Katinka die nächste Hügelkette, schwach rauchblau im Morgendunst. Kein Haus. Kein Auto. Kein Mensch. Sie blies sich den Pony aus dem Gesicht. Nun verstand sie, was Dani bewogen hatte, gerade dieses Haus zu kaufen. Wäre ich Künstlerin, ich würde hier an diesem Ort wahrscheinlich doppelt so viel erschaffen wie anderswo, dachte sie.

Sie wartete bis halb neun. Dann schlenderte sie langsam durch den Garten zurück zum Haus. Eine Regentonne am Eck lief beinahe über. Sie kam zur Haustür.

Der Schreck fuhr ihr so heftig in die Glieder, dass sie zurückprallte und rückwärts über einen großen weißen Stein fiel. Sie landete unsanft auf dem Steißbein. Bemerkte den Schmerz kaum und kämpfte sich hoch. In ihrem Kopf turnten die Gedanken. Wieder einer, war der deutlichste von ihnen. Ihr Atem, eben noch weit wie der Blick zum Horizont, kam nun hart, wie geknebelt.

Vor Danis Haustür stand ein VW-Käfer, ein New-Beetle-Modell, spielzeuggroß, strahlend gelb, durchstoßen von einem Schraubenzieher.

Alles Blut sackte in Katinkas Füße. Sie rang nach Luft, drückte unwillkürlich die Hand auf ihr hämmerndes Herz.

»Dani!«, brüllte Katinka. Es musste nichts bedeuten. Dani konnte friedlich im Haus schlafen. Irgendein Verrückter hatte den Käfer hier abgelegt. Oder Dani selbst. Ein neues Projekt.

»Dani!« Katinka schrie, bis sie heiser war. Schlagartig kam ihr in den Sinn, dass sie niemanden würde fragen können. Hier gab es keine Zeugen, die das Leben ihrer Nachbarn kontrollierten. Das war die Kehrseite des Garten Eden. Katinka bullerte an die Tür, klopfte an alle Fenster. Brüllte Danis Namen.

Keine Reaktion. Nur der Gesang der Amseln tönte ihr plötzlich laut in den Ohren, als habe jemand eine Stereoanlage aufgedreht. Sie merkte, dass sie zu keuchen begann. Hektisch, hart, schmerzhaft.

Du musst dich beruhigen, sagte sie sich. Du hyperventilierst gleich. Sie hielt sich an der Regentonne fest. Tunkte die Arme in das dunkle eisige Wasser. Zwang sich, ihren Atem zu beobachten. Anders als eben. Kontrollierend, vernunftgesteuert. Dann besann sie sich auf ihren Beruf und die Standardausrüstung, die sie in ihrem Rucksack mit sich führte. Sie rannte zum Auto zurück, durchwühlte den Rucksack und förderte ihren Dietrich zutage.

Vorsichtig umschiffte sie den gelben Beetle und begann, mit dem Dietrich zu arbeiten. Eine halbe Minute später gab sie auf. Sie hatte es gleich beim ersten Versuch gemerkt: Das war ein spezielles Sicherheitsschloss. Mit ihrem simplen Helfershelfer konnte sie gar nichts ausrichten.

Wozu braucht Dani so ein Schloss, fragte sich Katinka.

Sie lehnte sich mit der Stirn gegen die Tür und schrie ein letztes Mal.

»Dani!«

Katinka lief zum Fenster rechts neben der Tür. Sie klopfte probeweise dagegen. Hob den großen Stein auf, über den sie eben gestolpert war, und schlug zu.

Nichts.

Panzerglas.

Katinka versuchte es nochmal. Der Stein prallte zurück, bog schmerzhaft ihren Daumen um und landete auf dem Boden.

Sie versuchte es an allen Fenstern. Keine Chance.

Dani hat ein Spezialschloss und Panzerglasfenser an ihrem Sommerhaus. Katinka zwang sich zu klaren Gedanken. Warum? Schützt sie ihre Skulpturen? Sind die Plastiken einer Bildhauerin, die von ihrer Kunst leben kann, aber nicht gerade weltberühmt ist, so wertvoll? Wurde sie schon einmal beraubt? Bekam sie Drohungen? Oder ist sie gar selbst gefährdet – sie als Person?

Katinka umkreiste das Haus wie ein blutrünstiger Hai.

Dani war nicht da. Dies wäre der glücklichste Fall. Sie war nicht da. Vielleicht hatte sie den gestrigen Abend in Bamberg verbracht, zuviel getrunken und ein Hotelzimmer genommen. Oder sie schlief mit Ohropax. Oder … es gab eine Fülle anderer Möglichkeiten, und Katinka ignorierte sie. Sie musste ins Haus. Und dazu sah sie nur eine Chance. Genaugenommen zwei, aber eine von beiden stand momentan nicht zur Debatte. Sie griff sich ihr Handy.

Seit ihrem ersten Fall als selbständige Detektivin hatte sie einen kleinen, feinen Draht zu einem Bamberger Schlüsseldienst. Der Inhaber, Sigmund Heppner, stand in ihrer Pflicht, seit er vor einem Jahr einer Frau, mit der er eine Affäre gehabt hatte, zu einigen Einbrüchen verholfen hatte. Katinka war ihm auf die Schliche gekommen. Seitdem galt eine milde Form der Erpressung: Sie würde Heppners Beihilfe zum Einbruch nicht der Polizei melden, wenn er ihr im Bedarfsfall mit seiner Expertise zur Verfügung stand.

Sie lobte sich selbst, dass ihr Handy-Adressbuch stets auf dem aktuellen Stand war, und wählte die Nummer. Eine Frau meldete sich.

»Heppner?«

»Palfy, private Ermittlungen. Herrn Heppner, bitte.«

»Wer ist da?«, fragte die Frau gedehnt.

Sie ist es gewöhnt, dass ihr Mann fremdgeht, dachte Katinka. Argwohn pur.

»Katinka Palfy. Detektivin. Es ist dringend.«

»Mein Mann ist noch zu Hause«, sagte Frau Heppner. Der argwöhnische Unterton war nicht zu missdeuten.

»Danke.« Sie tat Katinka leid, aber dies war nicht die Stunde für weibliche Solidarität. Sie wählte Heppners Privatnummer. Es dauerte, bis er antwortete.

»Heppner?«

»Palfy.«

Er schwieg einen Moment.

»Es ist also soweit«, sagte er resigniert.

»Genau. Ich beschreibe Ihnen den Weg. Sie brauchen von Bamberg aus eine Dreiviertelstunde. Fahren Sie sofort los. Es ist wichtig.«

Sie sah auf die Uhr, als sie auflegte. Neun Minuten nach neun. Bis zehn musste er hier sein.

Während sie wartete, musterte sie den durchbohrten Beetle. Sie hatte ihn bisher kaum beachtet, in Panik versucht, ins Haus zu kommen. Aber nun überschlugen sich die Gedanken, und eine diffuse Angst machte sich in Katinka breit.

Das war kein Zufall. Durchbohrte, lebensgroße Cabrios in Bamberg und nun ein Spielzeugauto, dem ein Schraubenzieher den Garaus gemacht hatte. Derselbe Täter? Ein Trittbrettfahrer? Ein Spinner? Sie konnte sich nicht konzentrieren. Sie wusste genau, dass sie die Polizei anrufen sollte. Doch andererseits – würde man das ernstnehmen? Sie hatte keine Ahnung, welche Beachtung die Käfermorde bisher gefunden hatten. Ob bei den Ermittlungen schon irgendwas Brauchbares aufgetaucht war. Katinka spürte ihr Herz hämmern. Sie hoffte um alles in der Welt, dass Dani nicht im Haus war. Nicht tot im Haus war.

Heppners Wagen holperte zehn Minuten vor zehn über den Kies.

»Sind Sie geflogen?«, fragte Katinka, als er ausstieg. Sie verstand sofort, warum die Frauen auf ihn flogen. Er war ein smarter Typ, schlank und sportlich, von einem Hauch Eleganz umschwirrt, trug italienische Schuhe, schwarze, enge Jeans und ein perfekt sitzendes Markenhemd. Sein Outfit roch förmlich nach der Via Condotti in Rom. Allerdings sind Klamotten nichts, was Katinka Palfy beeindruckten könnte, dachte Katinka grimmig. Und seine Haare sind auch einen Tick zu lang.

»Frau Palfy, ich mache das einmal und nie wieder, das kann ich Ihnen sagen. Meine Frau braucht mich im Geschäft und …«

Katinka zückte ihr Handy.

»Ich kann sofort die Polizei anrufen«, sagte sie. »Wenn Sie das bevorzugen würden.«

»Sie können mich doch nicht mein Leben lang erpressen!«, wehrte sich Heppner. Schweiß perlte über seine Stirn. Die langen Koteletten glänzten vor Nässe. Seine Locken wurden dunkler.

Katinka ging ihm voraus.

»Das ist ein Notfall«, sagte sie. »Vorsicht, das Auto nicht berühren.«

Heppner starrte entgeistert auf den gelben Käfer.

»Sagen Sie mal …«

»Vorsicht!«, wiederholte Katinka. »Da muss noch die Spurensicherung her.«

Heppner wandte sich der Tür zu.

»Ein Spezialschloss?«

Katinka nickte.

»Das … kann ich nicht öffnen.«

»Doch«, sagte Katinka. »Können Sie.«

»Solche Schlösser kriegt man nur mit Schlüsseln auf, die von den Herstellern und sonst niemandem gefertigt werden.«

Katinka sah durch Heppner hindurch und spielte mit ihrem Handy.

»Na gut, lassen Sie mich mal sehen, was das für ein Fabrikat ist.« Er murrte eine Weile herum, bevor er zum Wagen zurückging. Wenige Minuten später sprang die Tür auf.

»Die Firmen drehen den Leuten auch immer mehr Murks an«, murmelte er.

Katinka zog ihre Beretta.

»Bleiben Sie weg«, sagte sie.

Einige unschöne Vorkommnisse im vergangenen halben Jahr hatten sie dazu gebracht, die Waffe immer mit sich zu führen. Ursprünglich wollte sie das nicht. Sie war im Grunde überzeugt, dass eine Detektivin mehr mit dem Kopf als mit dem Schießeisen arbeiten musste. Nun war sie dankbar, als sie das kalte Metall spürte und der typische Geruch ihre Nase kitzelte. Das kurze *Klick*, als sie die Pistole lud, gab das Startsignal.

Sie schob die Tür auf.

»Hallo? Dani?«

Sie rief sich Danis Häuserbeschreibung ins Gedächtnis. Zwei Wohnräume, Küche, Bad, ein großes

Atelier. Ihr Herz schlug ihr bis zum Hals. Alle Türen waren angelehnt. Katinka lauschte. Ihr Kopf summte vor Konzentration und Aufregung. All mein Blut ist in meinem Kopf, dachte Katinka. Das ist die Panik. Gleich kriege ich einen Schlaganfall.

Sie stieß die erste Tür rechts auf und zielte. Das Bad. Winzig, wie Dani gesagt hatte. Katinka zerrte den Duschvorhang zur Seite. Leer. Auf dem Bord über dem Waschbecken die üblichen Sachen: Zahnbürste, Lotion, Nagelfeile, Lippenstift. Ein Regal mit den restlichen Utensilien. Shampoo, Haargummis und Co. Nichts Bemerkenswertes.

Gleich links ging es in die Küche. Weder besonders aufgeräumt, noch besonders chaotisch. Eine benutzte Kaffeetasse mit einem braunen Rest darin, Brotkrümel. Leere Mineralwasserflaschen aus Plastik in einem Korb. Katinka lehnte sich gegen den massiven Holztisch und wartete. Im Haus war nichts zu hören. Sie war sich sicher, dass niemand hier war. Irgendeine archaische Intuition gab durch, dass sich kein lebendes Wesen außer ihr selbst im Haus befand.

Kein lebendes. Vielleicht täusche ich mich.

Sie straffte sich und durchsuchte die beiden Wohnräume. Eines hatte Dani als Schlafzimmer eingerichtet, mit einem französischen Bett. Am Kopfende hing ein Gauguin, ein Druck, provisorisch auf einen Keilrahmen gepinnt. Eine dunkelhäutige Frau lag bäuchlings auf einem Bett. Sie war nackt und sehr schön. Im Hintergrund lehnte eine Gestalt mit schwarzer Kapuze. Ein Zettel mit Danis Handschrift steckte hinter dem Keilrahmen. Katinka nahm sich nicht die Zeit, ihn zu lesen.

An der Wand neben der Tür hing das Foto eines jungen Mannes. Er sah Dani enorm ähnlich. Die Gesichtszüge ein wenig schärfer geschnitten, die Wangenknochen deutlicher hervortretend, aber die Augenpartie der Danis zum Verwechseln gleich. Katinka erinnerte sich an Danis Bruder. Livio. Wie das Salatöl. Er war ein paar Jahre jünger als seine Schwester, aber in ihre künstlerischen Fußstapfen getreten.

Im Zimmer gab es keinen Schrank. Stattdessen war eine Garderobenstange an die Querseite gesetzt worden. Katinka ging die Kleider durch. Alles normal. Das zweite Zimmer wirkte unfertig. Zwei Sessel, ein Sofa waren nebeneinander abgestellt worden, ohne System, einfach so. Nichts lag herum, keine Zeitung, kein Kissen. Kein Bild an der Wand. Hier hätte ich geschlafen, dachte Katinka. Wahrscheinlich der erste Gast seit Danis Einzug.

Der letzte Raum musste das Atelier sein. Katinka drückte sich an die Wand, bevor sie die Tür aufstieß. Ein paarmal rief sie, dann ging sie zögernd weiter.

Auf einer Werkbank lagen Danis Werkzeuge. Entfernt erinnerten sie Katinka an eine Zahnarztpraxis, mit einem Hauch von Folterkammer dazu. Alles war ganz ordentlich. Man konnte auf den ersten Blick erkennen, dass sie ihr Arbeitsmaterial sehr sorgfältig behandelte. Unmengen Draht in unterschiedlichen Stärken lagerten in einer Ecke. Es gab ein paar Maschinen, von denen Katinka nicht einmal ahnte, wozu sie gut waren. Rohe Specksteinblöcke stapelten sich an der linken Wand. Ein Paar Gummistiefel lag auf dem Boden. Über allem schwebte feiner Staub, weiß wie Gips. Katinka konnte die Körnchen in den spärlichen Sonnenstrahlen durch die Luft tänzeln sehen. Dann standen da halbfertige Skulpturen, oder auch fertige, das vermochte Katinka nicht zu entscheiden. Auf abstrakte Kunst verstand sie sich nicht. Sie hockte sich mitten im Atelier auf ihre Fersen. Versuchte, den Raum atmen, leben zu hören. Seine Geschichte zu erlauschen, die Stimmen der Menschen, die als letzte dagewesen waren.

Ein kratzendes Geräusch hinter ihr.

Sie fuhr herum, die Waffe in beiden Händen.

»Sind Sie wahnsinnig?« Heppner stand in der Tür. »Wollen Sie mich umbringen?«

»Keine Rede.« Katinka ließ die Pistole sinken.

»Ich muss weiter. Meine Frau kann nicht den ganzen Vormittag allein im Geschäft stehen.«

Deiner Frau geht es wahrscheinlich um andere Dinge als um das Geschäft, dachte Katinka und beobachtete, wie Heppner nervös die verschwitzten Locken zurückstrich.

»Danke für Ihre Hilfe.«

»Ich stelle Ihnen eine Rechnung.«

»Tun Sie das.« Sie würde sie ohnehin nicht bezahlen, und sie war sich sicher, dass er das wusste. Ohne ein Wort wandte er sich um und ging.

Katinka sicherte die Beretta und steckte sie ins Holster. Sie fischte ein Paar Latexhandschuhe aus ihrem Rucksack und untersuchte das Haus gründlich.

Unter Danis Sachen im Schlafzimmer fand sie ihr Ebenbild aus Speckstein, hellblau schimmernd. Eine nackte Katinka, sitzend, die Beine untergeschlagen. Sie erkannte sich sofort. Sie besaß ja das Foto, aber selbst ohne diese Gedächtnisstütze hätte sie sich gleich identifiziert, einen knappen Meter hoch, den Kopf gesenkt, eine Hand offen auf den Knien, die andere neben ihrem Körper baumelnd. Dani hatte sie perfekt getroffen. Peinlich berührt wandte sie sich von der Plastik ab.

Trotz minutiöser Suche fand Katinka nichts Persönliches. Keine Handtasche, keinen Taschenkalender, kein Adressbuch, keine Briefe. Einen Computer besaß Dani wohl auch nicht, nicht einmal einen Wandkalender. Es gab keine privaten Aufzeichnungen, außer Skizzen im Atelier, ein paar Notizen über nachzubestellendes Material und Überlegungen für die Planung ihrer neuen Ausstellung. In der Küche fand Katinka einen Einkaufszettel, mit einem Magneten an der Kühlschranktür befestigt: Mineralwasser. Sonst nichts. Allerdings hatte Dani eine ausgeklügelte Vorratshaltung. Mehl, Zucker, Salz, Konserven, Süßigkeiten, Bier, Rotwein, Marmelade, ungemahlenes Getreide und Trockenobst in großen Mengen. Frische Sachen dagegen gab es wenig. Katinka fand ein paar Bananen im Kühlschrank und eine ganze Batterie Joghurt. Sie verließ das Haus und legte einen Stein in die Tür, damit sie nicht zufiel.

Es blieb ihr nichts anderes übrig. Sie musste ihn anrufen. Er hatte Urlaub, aber es war halb zwölf an einem gewöhnlichen Samstag. Als Hauptkommissar Harduin Uttenreuther im Spätherbst des vergangenen Jahres nach Südamerika gereist war, hatte er sein Handy abgestellt. Halb hoffte Katinka, er würde es diesmal genauso machen. Und gleichzeitig wünschte sie sich von Herzen, dass er sich melden würde. Mit seiner knorrigen Stimme, unzugänglich, oft barsch, mitunter abweisend, aber ein Fels an Zuverlässigkeit. Sie vertippte sich. Löschte mit einem wütenden Aufschrei die Ziffern. Wählte nochmal.

Er meldete sich sofort.

»Katinka Palfy hier.«

»Palfy!« Ihr fiel ein, wie er kürzlich gesagt hatte, für

sie sei er immer erreichbar. »Haben Sie mich gestern schon mal angerufen?«

Katinka zögerte kurz. Sie entschied sich für die Wahrheit.

»Ja. Aber ich hab's mir anders überlegt.«

»Handys sind schon sonderbare Gesellen«, sagte Hardo. »Sie melden einem auch erfolglose Versuche. Ich hatte die Nachricht ›Palfy hat angerufen‹ auf meinem Display.«

»Ich hatte einen Notfall«, sagte Katinka. »Aber jetzt ist ein neuer dazugekommen.« Für einen Augenblick schwappte eine kalte Welle über sie hinweg. Sie fühlte sich den Katastrophen schutzlos ausgeliefert. Da stritten die Eindrücke der letzten Stunden miteinander. Toms resignierte Stimme. Danis Blick über den Fluss. Ihre eigene Unsicherheit über ihre Beziehung. ›Du bist dir deiner Gefühle nicht sicher.‹ Der Gedanke an Danis tote Eltern. In welchem Leben war sie plötzlich gelandet. Tief holte sie Atem und berichtete Hardo so knapp wie möglich von dem Wiedersehen mit Dani, der Einladung auf die Datsche und dem gelben Spielzeugbeetle vor der Tür.

»Das ist in der Tat eigenartig«, sagte Hardo. Sie hörte Geschirr klappern.

»Waschen Sie gerade ab? Ich weiß, dass Sie Urlaub haben. Aber vielleicht verraten Sie mir, an wen ich mich bei der Polizei noch wenden kann. Solange es nicht Oberkommissarin Winkler ist.« Katinka verband mit Hardos Kollegin eine höchst unangenehme Erinnerung. Die Kriminalistin hatte es sich im vergangenen Jahr nicht nehmen lassen, Katinka als Hauptverdächtige in einem Mordfall ins Spiel zu bringen. Katinka steckte immer noch die unangenehme Befragung durch Kommissarin Winkler in den Knochen.

»Wo sind Sie jetzt?«

»Bei Danis Haus.«

»Im Märchenwald? Oder wo ist das!«

»Sie haben doch Urlaub.« Sie beschrieb ihm den Weg.

»Fassen Sie nichts an!«, befahl Hardo.

Genervt drückte Katinka auf den Aus-Knopf. Er redete mit ihr, als klebte auf ihrer Stirn ein Zettel mit einem ›A‹ drauf – ›A‹ für Anfänger.

Katinka ging ein Stück durch den Garten und setzte sich auf den Steinpfeiler von vorhin. Sie ließ ihre angestrengten Augen von der Leine. Die Hügelkette hatte die Farbe gewechselt. Sie schimmerte nun in einem schattigen Grün. Katinka nahm die Brille ab und klemmte sie mit dem Bügel in ihr T-Shirt. Die Pracht der Natur wurde zu einem impressionistischen Gemälde, aufgelöst in einzelne, bizarr ineinander verschwimmende Umrisse und Farbkleckse. Bis Hardo hier auftauchte, hatte sie noch genug Zeit, um über die zentrale Frage in dieser ganzen Angelegenheit nachzudenken: Wo steckte Dani?

Deine Schnüffelei und deine Geheimniskrämerei sind dein Verhängnis.

Auch, dass du dir immer irgendwelche Vorteile verschaffst. Immer eine Nasenlänge voraus sein willst. Neidlos erkenne ich deine Fähigkeiten an, deine unendliche Energie, deinen Fleiß, deine Schaffenskraft. So wie du bin ich nicht. Aber sprich mir nicht die Klugheit ab. Nicht die Rationalität. Ich unterlag bei jedem Versuch, mich mit dir zu messen. Dadurch konnte ich an dir wachsen. Es ist wie beim Bergsteigen: Du brauchst einen, der vor dir geht. Damit du dich anhängen kannst. Seinen Füßen mit den Augen folgen. Verstehen, wie er denkt, warum er die Tritte setzt wie er sie setzt. Er nimmt dir die Arbeit ab, denkt für dich, lenkt deine Füße.

Jetzt sehe ich also, wohin die Reise geht. Du wirst unterliegen. Warte nur ab.

4. Notruf

Das Knirschen von Autoreifen auf Kies riss Katinka aus ihren morbiden Gedanken und übertönte den Hunger, der an ihren Magenwänden riss.

Kriminalhauptkommissar Harduin Uttenreuther sprang behände aus dem Wagen. Katinka wunderte sich immer wieder über seine Beweglichkeit, die so gar nicht zu seinem kompakten Körperbau passen wollte. Sie hatte den Eindruck, dass sein Bierbauch in den letzten Monaten an Umfang eingebüßt hatte. Jedenfalls wusste sie, dass Hardo regelmäßig trainierte. Schießen und Ringen. Außerdem war er in asiatischen Kampftechniken ausgebildet. Er hatte ein paarmal versucht, sie zum Mitmachen zu bewegen, aber Katinka war sich nicht sicher, ob der Polizeiausbilder der richtige Trainer für sie wäre. Sie hatte Angst, unter lauter harten Männern vom Kaliber Uttenreuthers nicht bestehen zu können. Es war schon schwer genug, sich beim Schießtraining beweisen zu müssen, wobei sie allerdings zugeben musste, dass sie von diesen Übungseinheiten unter polizeilicher Ägide viel profitiert hatte.

»Tut mir leid«, sagte Katinka. »Ihr Urlaub hat kaum begonnen und ist schon im Eimer.«

»Ich bin nicht dienstlich hier«, sagte er und grinste. »Ohne Brille sieht ihr Gesicht irgendwie anders aus.«

Katinka tastete schnell nach der Brille und setzte sie auf. »Ferien für meine Augen«, sagte sie.

Sie führte ihn um die Hausecke. Hardo scannte die Szenerie mit seinem Röntgenblick. Katinka schob die Hände in die Hosentaschen. Er zog Handschuhe aus seiner Jeans und streifte sie über. Neben dem gelben Beetle ging er in die Knie.

»Haben Sie eine Kamera bei sich?«

Katinka schüttelte den Kopf.

»Dann muss es das Handy tun.«

Er fotografierte den Spielzeugkäfer und packte ihn in eine extragroße Plastiktüte. Dann warf er einen Blick auf die Tür.

»Ein Spezialschloss?«

»Ja. Seltsam, oder? Wozu sollte Dani ein Spezialschloss brauchen!«

»Sie kennen Ihre Freundin sicher besser als ich. Ich frage mich allerdings, wie Sie das Schloss aufgekriegt haben.«

Katinka schluckte. »Berufsgeheimnis.«

»Aber ein zweites Mal würden Sie es nicht aufbekommen, schätze ich? Oder weshalb haben Sie einen Stein als Stopper hingelegt?«

Katinka hasste es, wenn sie rot wurde.

»Jemand schuldete mir noch eine Dienstleistung.«

»Sie sind ja komplett verrückt.«

Diesen Vorwurf kannte Katinka. Er verwandelte die ganze Angelegenheit hier in Routine, und dafür war sie dankbar. Sie folgte Hardo durch die Räume. Er ging sie in der gleichen Reihenfolge ab wie Katinka zuvor. Bad, Küche. Er warf einen kurzen Blick in den Kühlschrank. Angesichts der Joghurtpalette rümpfte er die Nase und knurrte etwas von mangelhaftem Nahrungsangebot. Während er noch über Fehlernährung redete, fiel Katinkas Blick auf den Toaster. Er stand unschuldig auf dem Büffet, und darauf lagerte ein Plastikschälchen mit Schlüsseln. Sie zögerte. Hardo ging weiter ins Schlafzimmer. Katinka griff in die Schale und zog auf gut Glück einen Schlüssel heraus. Auf dem grünen Schildchen stand ›Sicherungskasten‹. Katinka legte ihn zurück. Sie spürte ihr Herz unregelmäßig schlagen. Ihr Atem kam heftig, und ungebetene Gänsehaut schlich über ihren Nacken. Der zweite Schlüssel hatte die Aufschrift ›Atelier‹. Ein dritter hatte überhaupt keine Beschriftung. Der vierte war der Schlüssel der Wahl. ›Haustür‹ stand auf dem Schildchen. Katinka warf einen Blick in den Gang. Hardo war nicht zu sehen. Sie steckte den Schlüssel in ihre Hosentasche. Ihre Finger juckten in den Latexhandschuhen. Sie atmete tief durch und ging ins Schlafzimmer.

Der Kommissar betrachtete den Gauguin-Druck. Katinka grauste vor dem schwarzen Kapuzenmann. Ihr fiel der Zettel hinter dem Keilrahmen wieder ein. Hardo hatte ihn schon herausgezogen. Katinka trat neben ihn und las. *Paul Gauguin. ›Der Geist der Toten begleitet dich‹. 1892. Buffalo, New York, Albright-Knox-Gallery.*

»Ist das die Handschrift Ihrer Freundin?«

»Ja, eindeutig. Aber sie hat noch etwas dazugeschrieben.«

Klein und krakelig, mit einem harten Bleistift, der kaum Substanz auf dem Papier hinterlassen hatte, stand da: *Es ist ein Loch im Jahr*.

»Ein Loch im Jahr?«, fragte Hardo. »Klingt ziemlich poetisch.«

»Sind Sie auf Lyrik umgestiegen?«, fragte Katinka. Sie wusste, dass Hauptkommissar Uttenreuther ein Germanistikstudium abgebrochen hatte, seine Liebe zur Literatur ihm aber geblieben war. Oft schleppte er dicke Romane mit sich herum.

»*Der Geist der Toten begleitet dich*. Der Geist sieht nicht unfreundlich aus, oder?«

Katinka starrte auf das Bild. Die nackte Frau schien sich aus dem gespenstischen Begleiter neben ihrem Bett nichts zu machen. Nervös fragte sich Katinka, ob Hardo an seine Tochter dachte. Sein Gesicht verriet keine Regung.

»Ich weiß nicht recht«, sagte sie zögernd.

Hardo schob den Zettel an Ort und Stelle zurück.

»Schöne Plastik.« Wie ferngesteuert trat er auf die steinerne Katinka zu. Er betrachtete sie eingehend. Runzelte die Stirn. Katinka knetete ihre Lippen. Er sah die lebendige Katinka an. Dann die Skulptur. Katinka schnitt eine Grimasse.

Hardo fuhr mit dem Finger über den Speckstein. »Ich frage mich, was ich in diesem Haus noch zu sehen bekomme«, sagte er trocken.

Sie gingen ins Atelier. Drehten jedes Staubkorn um. Nichts. Nichts, was Katinka nicht schon gesehen hätte. Und nichts Persönliches. Nicht einmal ein Kassenbon.

Zwei Stunden später hatte Katinka das Gefühl, jede Minute zusammenzubrechen. Sie hatte unbezähmbaren Hunger. Ihr Frühstück war karg ausgefallen. Es war inzwischen halb drei. Dazu kam die Aufregung. Sie musste dringend etwas essen. Und schnell.

Sie traten vors Haus. Hardo hob den Stein auf und wog ihn in der Hand. Katinka streifte mit einem Seufzer die Latexhandschuhe ab. Die Wolken hatten nun den letzten Rest blauen Himmels verdeckt. Schwer hingen sie über den Wiesen. Jede Minute würde es zu regnen anfangen. Ein böiger Wind fauchte. Die Bäume wiegten ihre Kronen, in unendlichen Grüntönen schimmerten die Blätter.

»Komisch, nicht? So ein mieses, graues Wetter. Aber dennoch wirkt die Landschaft friedlich. Wie ein Zauber.«

Katinka hatte es gar nicht laut aussprechen wollen, aber nun wirbelte der Wind die Worte durch die Luft.

»Sie haben recht«, nickte Hardo. »Das ist das besondere Geschick dieser Jahreszeit. Selbst das Hässliche zeigt ein annehmbares Gesicht. So ist das im Juni.«

»Was kam eigentlich bei den Untersuchungen der anderen ermordeten Käfer raus?«

»Nichts. Keine Fingerabdrücke, die brauchbar gewesen wären. Jedenfalls nicht an den Schwertern. Auf der Karosserie und natürlich im Wageninnern findet sich immer irgendwas. Die Abdrücke des Besitzers, verschiedener Fahrer, Beifahrer, Begleiter ... da können Sie unendlich abgleichen, ohne auf nützliche Daten zu stoßen.«

»Werden Sie alles abgleichen? Ich meine, Ihre Leute?«

»Wir sehen eigentlich keinen Anlass«, sagte Hardo. »Im Grunde schaffen wir es gar nicht mehr. Zu viele Fälle, zu viele Ermittlungen. Mit der Arbeit kommen wir zurzeit kaum nach. Augenblicklich blüht nicht nur die Natur auf. Die Kriminellen ebenso. Jeder im Team ist froh, wenn er eine Akte mehr schließen kann. Und nicht mehr öffnen muss.«

»Trotzdem verschwinden Sie in den Urlaub«, neckte Katinka.

»Man legte es mir nahe.« Er grinste. »Damit ich nachher nicht wieder alles am Stück nehme.«

Er ging am Haus entlang und betastete interessiert die Fensterrahmen.

»Panzerglas.«

Katinkas Magen brüllte zorngeladen. Sie brauchte dringend irgendwas Süßes.

»Sonderbar«, murmelte Hardo.

»Denken Sie denn, ein Abgleich der gefundenen Fingerabdrücke mit denen aller eventuellen Fahrer und Beifahrer der VWs könnte zu dem Täter führen? Zu dem, der die Schwerter geschwungen hat?«

»Nein, ich glaube das nicht. Interessant wäre es gewesen, hätten wir Abdrücke einer bestimmten Person in beiden betroffenen Wagen entdeckt. Aber das ist nicht der Fall, und das ist an sich schon aussagekräftig. Geht's Ihnen nicht gut?«

»Ich brauche was Süßes«, sagte Katinka müde. Vor ihren Augen wirbelte weißer Nebel. Hastig setzte sie sich auf den Boden.

Hardo ging zu seinem Auto und kam mit einer Tafel Schokolade zurück. Mittlerweile kannte er ihre Vorliebe für Milchschokolade mit ganzen Haselnüssen drin.

»Reicht die für den Moment?«

Er zog die Haustür zu und schlüpfte aus den Handschuhen. Katinka riss schon das Papier weg.

»Ihren Urlaub können Sie knicken«, stellte sie fest und hielt ihm eine Rippe hin.

Er nahm sie und zuckte die Achseln.

»Nicht unbedingt. Wir haben zwei Probleme. Ihre Freundin ist zum vereinbarten Zeitpunkt nicht da, sie hat Sie versetzt. Kommt vor unter Freundinnen, oder?«

»Das Komische ist, ich kenne sie gar nicht mehr so gut«, sagte Katinka mit vollem Mund. »Wir sind alte Freundinnen aus frühen Kindertagen. So was schweißt zusammen. Aber in den letzten 20 Jahren haben wir uns nur sporadisch gesehen.« Der Gedanke kam angeflogen, dass ihre Beziehung zu Dani wie kurze Inselferien waren, die aus dem Meer des Üblichen herausragten. Man betrat die Insel, und man ging fort. Aus.

»Außer zu künstlerischen Zwecken.«

»Sie meinen die Plastik?«

Hardo wiegte den Kopf. »Zum Beispiel.«

»Die hat Dani vor etlichen Jahren gemacht. Ich habe noch studiert. Sie kam nach Bamberg, um ein Seminar an der Uni zu halten. Ich saß ihr ein paar Abende lang Modell. Es hat Spaß gemacht. Was ich sagen wollte, ist nur: Ich kann nicht realistisch einschätzen, ob Dani der Typ ist, der eine kurzfristige Verabredung vergisst oder sich einfach nicht mehr drum schert.«

»Künstler sind manchmal eigenwillige Zeitgenossen.«

»Dani in gewisser Weise auch«, gab Katinka zu. »Aber dann ist da ja noch ...«

»... der Käfer«, vollendete Hardo. »Das Spezialschloss und das Panzerglas.«

»Die Skulpturen im Haus müssen wertvoll sein. Genau genommen sind sie Danis Lebensversicherung, Gehalt und Rente in einem.«

»Hm«, machte Hardo.

Er lehnte ab, als Katinka ihm das letzte Stück Schokolade anbot. Sie aß es selbst. Das drängende Hungergefühl war weg, auch der Eindruck, in Kürze umzukippen, fürs Erste verflogen.

»Geben Sie den Beetle an Ihre Techniker weiter?«

Hardo nickte. »Ich versuch's mal. Kann sein, dass mir Fleischmann gleich einen Korb gibt. Wenn es stressig wird, macht er gerne einen auf miese Laune.«

»Wer ist eigentlich dieser Fleischmann?«

Katinka erinnerte sich an den Polizisten, der ihr am Tatort auf seinem Latexfinger das Ketchup unter die Nase gehalten hatte. Außerdem hatte er eine dämliche Bemerkung über Katinkas Beziehung zu Hardo gemacht. Etwas Anzügliches schwang da zwischen den Zeilen mit, und Katinka war in dieser Hinsicht ziemlich empfindlich.

»Fleischmann ist aus Nürnberg zu uns gestoßen. Er wollte dort weg, und bei uns wurde jemand gebraucht. Man könnte ihn als ein kriminaltechnisches Genie bezeichnen, mit guter Intuition und profunder Sachkenntnis ausgestattet. Manchmal benimmt er sich allerdings wie ein Möchtegern-Revolutionär. Warum fragen Sie?«

»Nur so.« Katinka stand auf. »Ich glaube, ich muss nach Hause.«

»Ist eine kurze Brotzeit auf einem Keller drin?«, fragte Hardo. »Schokolade ist nicht das gesündeste Nahrungsmittel.«

»Bratwurst auch nicht«, lachte Katinka.

Sie gingen zu den Autos. Katinka blickte zum Haus zurück. Es sah nun nicht mehr einladend aus, ganz und gar nicht. Dennoch würde sie wieder herkommen. Sie hatte ja jetzt den Schlüssel, aber das brauchte Hardo nicht zu wissen.

Es regnete immer noch nicht. Die Windstöße ließen nach. Sie wartete, bis Hardo gewendet hatte, und folgte ihm dann über den Kiesweg. Im Rückspiegel sah sie Danis Haus immer kleiner werden und hinter den Bäumen verschwinden. Im selben Moment wusste sie, was ihr vorhin bei ihrer Ankunft so seltsam vorgekommen war: Nirgendwo war ein Auto zu sehen. Sie trat unwillkürlich auf die Bremse und blieb stehen. Vor sich sah sie Hardos Bremslichter aufleuchten. Ich Riesenidiot, dachte Katinka. Ich hätte es die ganze Zeit merken können. Dani kann gar nicht im Haus sein. Sie hat ein Auto. Und sie kommt nur mit einem Auto von hier weg. Das Paradies liegt ziemlich abseits.

Schnell gab sie Gas und schloss auf. Während sie hinter dem Kommissar herfuhr, wenig auf den Weg achtete und sich irgendwann fragte, wie sie eigentlich zur Autobahnauffahrt gekommen war, rekapitulierte sie alles noch einmal. Dani war gestern mit dem Auto nach Bamberg gekommen. Angeblich zum Shoppen. Stattdessen war sie im Hainbad gelandet. Eigentlich sonderbar, überlegte Katinka. Wer zum Einkaufen nach Bamberg kam, würde kaum das vorwiegend Kennern vertraute Bad finden, und schon gar nicht zufällig, während der Parkplatzsuche.

Genervt bremste sie. Hardo war kein besonders temperamentvoller Fahrer, zumindest wenn er ausreichend Zeit hatte. Er kroch mit 110 auf der rechten Spur entlang. Sie überlegte, ob sie ihn überholen sollte, wollte ihn aber nicht gerne provozieren. Da stand noch die Sache mit dem Spezialschloss im Raum. Es sah so aus, als wolle er die Sache auf sich beruhen lassen. Aber man konnte bei ihm nie wissen.

Überhaupt ein eigenwilliger Zufall, dass Dani mich im Hainbad trifft, spann sie ihre Gedanken weiter. Wenn sie sich in der Nähe ein Haus kauft, dort für den Sommer einzieht und dann nach Bamberg fährt, wieso ruft sie nicht bei mir an, wie sie es sonst immer getan hat? Katinka musste zugeben, dass Dani selten nach Franken gekommen war, aber sie hatte den Kontakt zu Katinka nie abreißen lassen. Sie war auch nie spontan vor der Tür gestanden, hatte sich immer angemeldet. Katinka zerbrach sich den Kopf, ob Dani irgendetwas darüber hatte verlauten lassen, wie lange sie das Haus schon besaß und darin wohnte. Aber ihr Gedächtnis meldete nichts.

Gedankenverloren folgte sie Hardo, der die Ausfahrt bei Buttenheim nahm und mit müden 70 bis zu der Abzweigung rollte, wo es zum St.-Georgen-Keller ging.

»Sie fahren ganz schön gemütlich«, sagte sie, als sie auf dem Parkplatz neben ihm ausstieg.

»Nur, wenn ich keinen Einsatz habe«, erwiderte er und warf seine Autotür zu. »Mit Ihrem Motor stimmt was nicht.«

»Ich habe es auch schon gehört.« Katinka seufzte. Toms kleiner Schlitten würde bald das Zeitliche segnen. In den letzten Monaten hatte er sich mehr in Werkstätten aufgehalten als anderswo. Der Wagen schwächelte an allen möglichen Stellen. Katinka hatte noch komplizierte Ausführungen einer ganzen Latte von Mechanikern im Ohr: Anlasser, Antriebskette, Zündkerzen, fast schien es, als sei der komplette Motor im Absterben begriffen.

»Was war das eigentlich gestern für ein Notfall?«, wollte Hardo wissen, während sie zur Wirtschaft hinaufstiegen.

Katinka spürte ihr Gesicht heiß werden. Jetzt war es ihr unangenehm, dass sie seine Nummer gewählt und gleich wieder aufgelegt hatte.

»Toms Mutter hatte einen Schlaganfall. Es ist mitten in der Nacht passiert, von Donnerstag auf Freitag.«

Hardo hörte ihr zu, ohne ein Wort zu sagen. Sie erzählte ihm von dem desaströsen Telefonanruf. Bemühte sich um Sachlichkeit und war dankbar, dass sie ausreichend Übung darin hatte, Sachverhalte kurz und bündig darzulegen. Es kam ihr vor, als erzählte sie eine Geschichte, die sie in der Zeitung gelesen hatte.

Sie suchten sich einen Platz in der Nähe der Überdachung. Erstaunt beobachtete Katinka, wie die Wolken wieder aufrissen. Das geschah um diese Jahreszeit häufig: Das Wetter brodelte und drohte mit grauen, schweren Wolken, böigem Wind und dem Geruch nach Regen, aber nach wenigen Stunden löste sich alles in Wohlgefallen auf, ohne dass ein Tropfen Wasser gefallen wäre. Sie holten Getränke und Essen. Als Katinka den ersten Schluck Radler nahm, klingelte ihr Handy. Sie hoffte, es wäre Tom, und er würde etwas Gutes zu erzählen haben. Auf dem Display erschien ›unbekannter Anrufer‹. Wahrscheinlich rief er von einem Telefon im Krankenhaus an.

»Entschuldigung«, sagte sie zu Hardo. »Palfy?«

In der Leitung verblieb ein Rauschen.

»Hallo? Hallo, wer ist da? Tom? Hallo?«

Es knackte und verwaschener Lärm drang zu Katinka durch.

»Hallo?«

Hardo sah sie so komisch an.

»Katinka?«

Sie war sich zuerst nicht sicher. Aber ihr Unterbewusstes hatte die Stimme schon erkannt. Kein Zweifel. Verzerrt und irgendwie weit weg. Aber identifiziert.

»Dani? Bist du das?«

»Katinka! Hilf mir!«

Erstarrt lauschte Katinka in den Hörer. Wieder Lärm im Hintergrund.

»Wo bist du!«, schrie sie. »Was ist passiert!«

Sie meinte, Dani irgendwas sagen zu hören. Aber mit einem *Knack* wurde das Gespräch unterbrochen. Katinka nahm das feine Sausen wahr, die weltweite Musik der geheimnisvollen Nervenbahnen zwischen Satelliten, Telefonen und menschlichen Ohren. Sie rief noch einige Male ein halbherziges *Hallo* in die Sprechmuschel, aber alles blieb still.

»Das war Dani«, sagte Katinka, legte das Handy auf den Tisch und nahm einen großen Schluck Radler. »Sie sagte: ›Katinka, hilf mir.‹ Dann war sie weg.«

Katinka sah auf die Uhr. Es war 15 Uhr 57. Samstag, der 12. Juni 2004.

5. Vermisst

Katinka brauchte fünf volle Minuten, um wieder auf den Teppich zu kommen. Die Landschaft, erneut von der Sonne durchglänzt, verschwamm trotz Brille vor ihren Augen, und das Summen der abgebrochenen Verbindung dröhnte in ihrem Kopf. Ihr Magen wehrte sich gegen die süße Mischung aus Schokolade und Radler. Die Gedankensplitter trudelten vorbei wie Ameisen, verwirbelten und verquirlten jeden Versuch der Konzentration zu einem schmierigen Brei.

»Essen Sie Ihre Bratwürste«, sagte Hardo. »Die werden kalt und unbekömmlich.«

Katinka hatte keine Kapazitäten für den Gedanken an Essen frei. Danis Auto, dessen Fehlen sie beim Sommerhaus nicht sofort bemerkt hatte, die Szene, als sie Heppner die Pistole vor die Nase hielt, Hardos Blick auf die Skulptur, die Fenster aus Panzerglas, das Gauguin-Bild, die Stimme von Toms Vater, der Zettel mit der Bemerkung von einem Loch im Jahr. Sie schnappte nach Luft. Hardo spießte ein Stück Bratwurst auf und hielt ihr die Gabel hin. Sie nahm sie ihm ab und aß.

»Was hat Ihre Freundin genau gesagt?«

»Sie hat meinen Namen gerufen. Und dann ›hilf mir‹.«

»Mehr nicht?«

»Nein, mehr nicht.«

»Was haben Sie im Hintergrund gehört?« Er spießte

den nächsten Bissen auf die Gabel. Ungeduldig kaute Katinka die Wurst.

»Lärm.«

»Was für Lärm.«

»Lärm eben«, rief sie entnervt. »Entschuldigen Sie. Ich bin … nervös.«

Hardo gabelte Sauerkraut auf. Er wickelte es wie Spaghetti um die Gabel.

»Sie wissen so gut wie ich, dass sich Lärm ganz unterschiedlich anhören kann. Lärm an sich gibt es gar nicht. Hätten Sie jetzt einen Zeugen vor sich, was würden Sie fragen?«

»O.k. Zuerst war da ein Rauschen, als käme die Verbindung nicht richtig zustande. Dann ein Knacken.«

»Befand Dani sich in einem geschlossenen Raum? Oder eher im Freien?«

»In einem geschlossenen Raum nicht«, sagte Katinka. »Allenfalls in einem sehr großen. Vielleicht in einem Bahnhof.«

»Haben Sie Durchsagen gehört? Irgendwelche Stimmen?«

Katinka strich sich das Haar hinter die Ohren. Da war eine Durchsage gewesen. Eine Durchsage … Sie hatte nicht verstehen können, was gesagt wurde, aber etwas war ihr bekannt vorgekommen. Unmöglich, es näher einzukreisen. Ihr Gedächtnis gab die Information nicht her.

»Nein. Stimmengewirr. Sie war an einem Ort, wo viele Menschen zusammenkommen.«

»Autos?«

Katinka konzentrierte sich. Sie rührte im Sauerkraut herum.

»Nein.«

»Denken Sie in Ruhe nach.«

Katinka schloss die Augen. Knetete ihre Unterlippe. Die Konzentration tat weh. Über ihren Augenbrauen pulste ein feiner Schmerz.

»Nein. Keine Autos. Ich habe einen Brei aus Geräuschen gehört, Menschen, die hin und her laufen und reden.«

Hardo schwieg.

»Was mache ich jetzt?« Katinka riss die Augen auf. »Ich kann sie vermisst melden, oder?«

»Wir können natürlich eine Vermisstenfahndung rausgeben. Noch wichtiger wäre allerdings ein Hinweis, wo sie stecken könnte.«

»Sie hat um Hilfe gerufen!« Sie starrte auf die Reste auf ihrem Teller und schob ihn angeekelt weg. »Sie sind Polizist. Sie haben die Verpflichtung zu helfen!« Plötzlich wurde sie wütend.

»Sie wissen doch genau, wie ernst wir Vermisstenmeldungen nehmen, Katinka.«

Sie zuckte zusammen. Normalerweise nannte er sie beim Nachnamen. Wenn er ›Katinka‹ sagte, lag Ärger in der Luft.

»Tut mir leid. Ich wollte nicht …«

»Sie haben erst gestern mit Ihrer Freundin gesprochen. Hat sie etwas gesagt, das Ihnen einen Anhaltspunkt geben könnte, wo sie sich aufhält?«

»Sie hatte gar nicht vor, abzuhauen. Sie war froh, in ihrem Häuschen vor Anker gegangen zu sein, um ihre Herbstausstellung vorzubereiten.«

»Wo soll die stattfinden?«

»In Straßburg.«

»Kann sie da hingefahren sein?«

»Ich weiß nicht. Es ergibt wenig Sinn. Ich frage mich, ob sie … mit ihrem eigenen Auto …«

»Wir sehen zu, dass wir das Auto finden«, sagte Hardo. »Sie stammt aus Wien, oder? Meinen Sie, sie ist nach Österreich gefahren?«

Katinka zuckte hilflos die Achseln.

»Palfy, in dem ganzen Sommerhaus gab es nicht ein Anzeichen von Einbruch oder sonstiger Gewaltanwendung, keine Indizien für eine überstürzte Flucht.«

Katinka fühlte sich mit einem Mal todmüde. Am liebsten würde sie sich auf der Bank ausstrecken, um eine Mütze Schlaf zu bekommen. Ihr war schlecht von der chaotischen Mischung in ihrem Magen.

»Sie müssen erstmal den Kopf freikriegen«, sagte Hardo und stapelte die leeren Teller übereinander. »Dann kommen Sie auch auf eine Idee. Niemand verschwindet einfach so. In den allermeisten Fällen geben die Personen Hinweise, wo man sie finden kann.«

Katinka stand auf.

»Sie haben recht. Ich bin furchtbar k. o. Ich fahre nach Hause und lege mich hin. Vielleicht kommt mir die erlösende Einsicht im Schlaf.«

Sie brachten Geschirr und Bierkrüge an die Theke zurück und gingen schweigend zu ihren Autos. Als Katinka den Zündschlüssel drehte, orgelte der Anlasser ein paar Mal und verstummte. Der Motor regte sich nicht. Sie versuchte es wieder. Ein drittes Mal. Gab Gas. Scheißkarre, dachte Katinka. Lass mich nicht im Stich, nicht wenn Hardo danebensteht und drauf und dran ist, das Kavalierskostüm anzuziehen.

»Ihr Anlasser«, rief Hardo. Durch das geschlossene Fenster klang seine Stimme dumpf.

Der Motor begann zu brummen. Katinka kurbelte das Fenster runter.

»Ich habe ihn überzeugt.«

»Der Wagen muss in die Werkstatt.«

»Da kommt er mehr oder weniger gerade her.«

»Passen Sie auf sich auf. Und melden Sie sich, wenn Sie was von Ihrer Freundin hören.«

Katinka winkte ihm zu und stieß zurück. Mit einem vollmundigen Hupen verabschiedete sie sich. Als sie den Parkplatz verließ, wirbelte sie eine braune Staubwolke auf. Viel zu schnell fuhr sie zur Autobahnauffahrt.

Der Wagen donnerte mit Höchstgeschwindigkeit von 140 über die Autobahn. Katinka angelte nach ihrem Handy und rief Britta an. Britta, ihr persönlicher Haken in der Steilwand.

Anrufbeantworter.

»Britta, bitte ruf mich sofort zurück. Es ist wichtig.«

Katinka warf das Handy auf den Beifahrersitz. Checkte im Rückspiegel, ob Hardo hinter ihr war. Sie telefonierte im Auto immer ohne Freisprechanlage.

Zu Hause stellte sie den Fiesta im Anwohnerbereich ab und stürmte in die Wohnung. Sie erneuerte Vishnus Katzenstreu und stellte ihm Futter hin. Bewaffnet mit einer Tasse extra starken Kaffees, einem Notizblock und einem Stift setzte sie sich wenig später an den Küchentisch und schrieb in einem Rutsch auf, woran sie sich aus dem Gespräch mit Dani erinnerte.

Bildhauerin, schrieb sie. *Eigenes Haus. Refugium. Will bis Ende September bleiben.*

Sie nahm einen Schluck Kaffee und hoffte, ihr Magen würde es ihr nicht übel nehmen. Das Handy klingelte. Katinka hechtete sich auf das Telefon, stieß die Tasse um und beobachtete, wie sich der Notizblock mit der braunen Flüssigkeit vollsaugte.

»Scheibenkleister.«
»Katinka?«
»Ach, Britta!«
»Du hast Glück. Ich bin gerade nach Hause gekommen. Was gibt es denn so Wichtiges?«
Katinka suchte nach einem Wischlappen.
»Sorry, aber ich … bin völlig neben der Mütze.« Sie drückte das Tuch in die Kaffeelache und räusperte sich verzweifelt.
»Soll ich vorbeikommen?«
»Kannst du?«
»Kein Problem. Bin gleich da.«
Dankbar drückte Katinka die Aus-Taste. Sie warf den durchweichten Block weg, setzte neuen Kaffee auf und suchte sich ein unberührtes Notizbuch. Anschließend schrieb sie noch einmal das Gleiche auf:
Bildhauerin. Eigenes Haus. Refugium. Will bis Ende September bleiben.
Während das Wasser zu brodeln begann, notierte sie:
Ausstellungen in Kiew, Warschau, Berlin. Thema ›Frau‹. Eltern vor vier Jahren gestorben, Neuanfang.
Sie stand auf, stellte sich ans Fenster, hielt nach Britta Ausschau, klopfte ungeduldig gegen die Scheiben. Dann brühte sie den Kaffee auf, schraubte die Thermoskanne zu. Schrieb im Stehen dazu:
Neues Motto: Mensch-Kontur-Natur. Viel Geld verdient. Nächste Ausstellung in Straßburg.
»Viel Geld verdient«, murmelte sie vor sich hin. Sie drückte die Kurzwahl zu Toms Handy, erreichte aber nur die Mailbox. Sie hinterließ keine Nachricht. Beinahe wäre sie auf Vishnu getreten, der maunzend um

ihre Beine strich. Sie kraulte ihm die roten Streifen, bevor sie sich wieder an den Tisch setzte.

Schmutz der Welt, schrieb sie in das Notizbuch. Sie kannte niemanden, der mit dieser Begründung keine Zeitung las und keine Nachrichten ansah. Sich nicht vom Schmutz der Welt ablenken lassen, so ähnlich hatte Dani es formuliert.

Fehlendes Auto. Welches, schrieb sie. *Es ist ein Loch im Jahr.*

Es klingelte. Katinka spurtete zur Tür. Sie fiel Britta um den Hals.

»Mensch Meier, Katinka, was ist passiert?« Britta machte sich los. Ihr schwarzes Haar kräuselte sich vor Nässe.

»Regnet's wieder?«, wollte Katinka wissen.

»Mistwetter. Wenn das noch ein Sommer wird …« Britta deutete auf den gepackten Rucksack neben der Tür. »Willst du verreisen?«

»Ich wollte. Aber …«

Katinka musste sich zusammenreißen, um dem Kitzeln in ihren Augenwinkeln nicht nachzugeben. Britta merkte trotzdem was. Während Katinka die vergangenen zwei Tage Revue passieren ließ, goss Britta Kaffee in zwei Tassen und stellte Milch auf den Herd. Sie quirlte die heiße Milch zu Schaum und setzte ihren Kaffeetassen eine weiße Kapuze auf.

Katinka dachte später, dass Britta vor allem eines perfekt beherrschte: die Kunst des Zuhörens. Anders als die meisten Leute steuerte Britta nicht nach jedem dritten Satz eine eigene passende oder unpassende Meinung bei oder begann mit Parallelitäten aus ihrem eigenen Leben. Sie gab nicht einmal Hintergrundsignale. Kein ›hm‹, ›ach ja‹, nichts, was die Konzentration ihres

Gesprächspartners stören könnte. Dennoch merkte man ihr die ungeteilte Aufmerksamkeit an. Vielleicht war das die ultimative Voraussetzung für den Beruf der Journalistin. Zuhören.

»Und weißt du, was das Unverständlichste ist? In ihrem Häuschen gibt's nicht mal Bücher. Keine Briefe. Keine Zeitschriften.«

»Wenn Dani sich so von der Welt abwendet, um kreativ zu sein, ist das wahrscheinlich ganz normal.«

»Kontoauszüge hat jeder«, sagte Katinka. »Und Online-Banking kann sie nicht machen, sie hat keinen Computer.«

Britta schleckte den Milchschaum von ihrem Cappuccino.

»Sie könnte doch anderswo noch eine Bleibe haben.«

Katinka wurde heiß. Daran hatte sie nicht gedacht. Ich denke überhaupt nicht mehr logisch, ich bin komplett durchgedreht, dachte sie.

»Es klang so, als sei sie umgezogen.«

»Kann sie ja sein. Aber man kann seine Bücher, Möbel und so weiter auch einlagern. Beispielsweise in einem gemieteten Container. Oder bei Verwandten.«

»Ich frage mich gerade, ob Dani Verwandte hat.«

»Einen Bruder«, schlug Britta vor. »Sagtest du das nicht?«

»Ja«, murmelte Katinka. Livio Zanini. Der Name war ungewöhnlich genug. »Wenn sie zu ihrem Bruder abgehauen ist, dann braucht sie mich nicht anrufen und um Hilfe flehen!« Katinka hieb mit der Faust auf den Tisch, dass ihre Tasse ein paar Zentimeter wegsprang.

Britta schüttelte bedächtig den Kopf.

»Es muss ja nicht ihr Bruder sein, der sie bedroht. Und wird sie überhaupt von einem Menschen bedroht? Sie könnte doch in einer anderen Gefahr sein.«

»In welcher denn!« Katinka spürte Zorn aufflammen. Der starke Kaffee traf auf Schokolade, Radler und Bratwurst. Das Ganze umwickelt von Sauerkraut. Ihr war speiübel.

»Sie hat ›hilf mir‹ gesagt«, erläuterte Britta geduldig. »›Hilf mir‹. Aber du hast es sofort als direkte Bedrohung interpretiert. Könnte es nicht sein, dass sie selbst etwas Schlimmes gemacht hat und jetzt nicht weiß, wie sie da rauskommt? O.k., ich weiß, das willst du nicht hören«, sagte Britta gelassen, als Katinkas wütende Blicke sie trafen. »Schreib es trotzdem auf. Nur so als Gedanke. Könnte auch sein, dass sie entdeckt hat, unheilbar krank zu sein oder so.«

»Aber das Spezialschloss. Das Panzerglas. Wer hat so was schon? Gefährdete Politiker, Prominente mit viel Geld.«

»Genau. Sie hat viel Geld.«

Katinka schob ihre Kaffeetasse ans unterste Ende des Tisches. Ihr Magen revoltierte. Sie setzte den Wasserkocher wieder in Betrieb und suchte im Vorratsschrank nach Kamillentee. Ein paar Beutel steckten noch in der Schachtel.

»Ist dir nicht gut?«

»Nein.«

Britta stand auf, strich durch Katinkas kurzes Haar und sagte:

»In deinem Kopf kugeln zu viele Gedanken herum. Du musst alle abschalten. Vergiss sie.«

Katinka fuhr herum.

»Das kann ich nicht!«, schrie sie. »Stell dir vor, ich

hätte dich angerufen. ›Britta, hilf mir.‹ Was würdest du tun, hm? Ins Kino gehen? Mit einem Typ schlafen, der zehn Jahre jünger ist?«

Sie nahm die Brille ab, pfefferte sie auf das Büffet und rieb sich die Augen.

»Nein.« Britta griff nach der Brille, klappte die Bügel ein und legte das Gestell außer Reichweite. »Ich würde alles tun, um den Kopf freizukriegen, damit ich dir umso effektiver helfen könnte.«

Britta schob Katinka zu einem Stuhl, drückte sie darauf nieder und begann, ihren Nacken zu massieren. »Woher wusstest du das eigentlich mit dem Typen?«

Katinka runzelte die Stirn. Britta kannte sie genau. Sie wusste, dass Katinkas Wut innerhalb von Sekunden zu verrauchen pflegte. Vor Britta brauchte sie sich wegen ihres Ausbruchs nicht zu entschuldigen. Die Massage tat gut.

»Was meinst du damit?«, fragte sie. Ihre Stimme klang ihr selbst nun ruhiger, eine Oktave tiefer.

»Du hattest doch gestern mal angerufen«, sagte Britta. »Ich war zu Hause. Aber ich konnte nicht rangehen.«

»Sag's mir gleich: Du warst mit Alban …?«

Britta schüttelte den Kopf.

»Nein. Mit einem ganz süßen, ganz jungen Typen. Ich habe ihn bei diesen Youngtimerfuzzis kennen gelernt. Er ist auch nicht zehn Jahre jünger, sondern nur sieben.«

»Personenbeschreibung?«

»Sehr schlank, ganz der holde Knabe. Eine Figur wie ein Balletttänzer. Lockenkopf, rotbraun. Allerliebst. Ein paar Sommersprossen von Wangenknochen zu Wangenknochen. Sehr charmant.«

Katinka schwieg. Sie kannte Brittas Prinzip. Es gab nur eine Situation, in der sie nicht ans Telefon ging. Wenn sie mit einem Mann im Bett war.

»Tut mir leid«, sagte Britta zerknirscht und massierte Katinkas Wirbelsäule entlang. »Ich wusste nicht, dass es dir wirklich dreckig ging. Als ich dann die Maschine abhörte, war es schon vier Uhr. Und ich musste schlafen. Ich hatte heute Morgen wieder bei den Youngtimern zu tun.«

»Und hast den Kerl wiedergesehen.«

»Nein. Heute war er nicht da. Er heißt York. Ulkig, oder?«

»Wenn er mal wirklich so heißt«, uzte Katinka. »Könnte ja sein, dass er ein Hochstapler, Heiratsschwindler oder so ist. Au!«

Britta bohrte ihre Fäuste tief in Katinkas Muskeln.

»Dir werd ich geben! Außerdem sind Heiratsschwindler mindestens siebzig und haben weiße Schläfen.« Sie trommelte mit den Handkanten im Staccato auf Katinkas Schulterblätter. Katinka entwand sich und stand auf. Sie goss den Kamillentee auf.

»Du hast recht. Und Hardo hat recht. Ich muss abschalten, alles vergessen. Manchmal fördert das Gehirn ja von selbst die richtige Lösung zutage, wenn man ihm nur genug Zeit gibt.«

»Hardo, aha«, machte Britta.

»Mach mich nur fertig.«

»Wenn du Ablenkung brauchst …«, begann Britta und beobachtete, wie Katinka den Teebeutel in der Tasse auf und ab schwappen ließ. »Könntest du für mich eine Sache erledigen?«

»Was denn?«

»Tja.« Verlegen drehte Britta sich zum Fenster und

sah hinaus. »Es regnet wie aus Eimern. Also, unsere Chefs und Chefchefs sind ja nun der Meinung, dass ein Journalist nicht mit der Stechuhr arbeiten soll. Wir sind Tag und Nacht Reporter. Und jetzt haben sie mir einen Wochenendtermin reingedrückt.«

»Ich denke, da sind die Freien unterwegs?«

»Pah!«, sagte Britta nur. »Ein Freelancer hatte noch was gut bei mir.«

Katinka konnte sich ungefähr vorstellen, welche Art von Deal Britta meinte.

»Britta, ich kann nicht schreiben«, sagte sie und warf den Teebeutel in den Mülleimer.

»Du bräuchtest nur zu dem Termin zu gehen, das Programmheft einzusacken, aufzupassen, was passiert, drei O-Töne von einem Verantwortlichen einzufangen und mir das Zeug zu übergeben. Ich mache dann den Artikel«, erläuterte Britta, den Blick auf die über das Fenster fließenden Sturzbäche aus Regentropfen gerichtet.

Katinka blies in ihren Tee. »Was ist denn das für ein Termin?«

»Einer, der dich garantiert interessiert. Die Youngtimer machen morgen eine Miss-Wahl. Der hübscheste, most sexy Youngtimer. So was Saublödes.«

»Schau mir in die Augen«, grinste Katinka. »Du hast morgen eine Verabredung?«

Britta drehte sich um.

»Tatsächlich. Und die lasse ich mir nicht von Chef und Chefchef kaputtmachen. Alban ist mit Kumpanen vom Volleyball auf einer Trainingseinheit in Norddeutschland. Ich habe auch ein Anrecht auf meine Freizeit. Vor allem bei meinem, mit Verlaub, beschissenen Gehalt.«

Katinka staunte. Britta war niemand, der sich beschwerte. Sie gehörte zu den Tatendurstigen, die in die Hände spuckten und Dinge veränderten.

»Du verdienst bestimmt mehr«, fügte Britta hinzu.

Katinka lachte. »Ja, wenn ich etwas verdiene, verdiene ich mehr als du. Aber es gibt Phasen, in denen ich nichts verdiene. Keine Kunden, keine Kohle.«

Britta winkte ab. »Ich trete in die Gewerkschaft ein. Dann wollen wir doch mal sehen, wo wir landen«, sagte sie und ballte kämpferisch die Faust. Aha, dachte Katinka.

Als Britta gegangen war, rief sie Toms Nummer an. Mailbox. Sie hinterließ eine Nachricht, dass er sie zu jeder Zeit zurückrufen könne, auch in der Nacht. Sie sah eine Dokumentation im Fernsehen und zappte sich dann durch die Programme. Als sie zu Bett ging, legte sie das Handy neben sich ins Bett. Es war 1 Uhr 12, Sonntag, der 13. Juni 2004.

6. Die Youngtimer

Sie schlief schlecht in der Nacht. Ab vier Uhr wanderte sie überwach durch die Wohnung. Tom rief nicht an. Schon um fünf zeigte sich die Junihelligkeit. Die Schatten draußen sahen aus wie mit einem scharfen Messer zurechtgeschnitten. Über den Himmel trieben gemächlich tiefe, graue Wolken. Katinka rollte sich auf dem Sofa zusammen und fiel in einen unruhigen, erschöpften Dämmerzustand.

Um halb acht am Sonntagmorgen verließ sie das Haus und radelte zur Polizeidirektion in die Schildstraße. Das Leben konnte manchmal auch gut zu ihr sein, stellte sie fest. Polizeimeisterin Sabine Kerschensteiner hatte Dienst.

Katinka erklärte ihr Problem. Sabine half ihr mit der Vermisstenanzeige, und obwohl Katinka kein Foto von Dani hatte, konnte sie eine brauchbare Beschreibung geben.

»Das geht sofort an alle Dienststellen. Machen Sie sich mal nicht zu viele Sorgen, Frau Palfy«, sagte Sabine Kerschensteiner. »Uttenreuther hat schon angerufen. Er meinte, die Kollegen sollten nochmal das Grundstück Ihrer Freundin absuchen.«

Katinka fühlte sich halbwegs beruhigt. Sie fuhr nach Hause, schrieb ihre Notizen von gestern ins Reine, rief alle 15 Minuten bei Tom an und quittierte das ›vorübergehend nicht erreichbar‹ der Maschinenstimme mit einem Achselzucken. Die Müdigkeit in ihren Knochen dämpfte den Zorn.

Nach einer Tasse starken Kaffees mit viel Milch griff sie sich das Blatt mit den Stichpunkten zu Dani. Sie beschloss, mit dem Kunstverein in Straßburg zu beginnen. Im Internet fand sie zwei Kunstvereine: einen städtischen und einen ›Verein junger Künstler‹. Gelobt sei das weltweite Netz, dachte sie, während der Drucker Namen und Telefonnummern der Vorstände ausspie. Die einzige erreichbare Kontaktperson war eine gewisse Gabrièle Haussmann von den jungen Künstlern. An der Art, wie sie sich meldete, hörte Katinka, dass sie eine Zigarette rauchte.

»Katinka Palfy. Ich rufe aus Deutschland an. Verstehen Sie Deutsch?« Katinka war sich unsicher, ob ihr verrostetes Französisch sie durch dieses Gespräch tragen würde.

»Na, hören Sie mal«, kam es mit starkem Elsässer Einschlag zurück. »Sind wir nicht alle polyglott?«

»Ich habe auf Umwegen erfahren, dass die Bildhauerin Daniela Zanini im Herbst bei Ihnen eine Ausstellung hat. Leider habe ich im Internet noch nichts darüber entdeckt. Können Sie mir nur ganz kurz etwas über das Konzept erzählen?«

Gabrièle Haussmann zögerte.

»Sie sind von der Presse, ja?«

Katinka suchte fieberhaft nach der Antwort, die Gabrièle Haussmanns Tor öffnen würde.

»Nicht direkt«, sagte sie. »Ich baue gerade in Eigenregie eine Künstlerwebseite auf. Sie soll im Herbst freigeschaltet werden. Unsere erste Reportage betrifft Daniela Zanini.«

»Na gut. Wir brauchen jede Publicity, die wir kriegen können. Immerhin ist es schon ein Erfolg für uns, die Künstlerin überhaupt gewonnen zu haben.« Gabriële schien überzeugt. »Was möchten Sie wissen?«

Katinka fragte dies und das und hoffte, nicht als völlig dilettantisch aufzufliegen. Gute Übung für die Youngtimer-Geschichte, dachte sie. Dann fragte sie:

»Kann ich die Künstlerin zuvor für ein Interview erreichen?«

»Bedaure. Sie ist natürlich nicht in Straßburg. Sie hat sich zurückgezogen, um mit ihren Arbeiten weiterzukommen. Aber ich kann mir Ihre Nummer aufschreiben und Frau Zanini bei nächster Gelegenheit bitten, sich bei Ihnen zu melden.«

Katinka insistierte, doch Gabriële weigerte sich, Danis Adresse zu nennen.

»Ein Postfach, eine Mobilnummer?«, versuchte sie es.

»Tut mir leid, Frau Palfy. Das widerspräche unserer Diskretion. Die müssen wir unseren Künstlern zusichern, denn sonst kommen die vor lauter Presse und Interviews und was weiß ich nicht zum Arbeiten.«

»Können Sie mir denn etwas über die Thematik der Ausstellung sagen?«

»Bedaure«, kam es zurück. »Frau Zanini möchte das alles erst im August bekanntgeben. Sie braucht noch ein bisschen Zeit, um das Motto zu schärfen, wie sie sagt. Zugegeben, ich hätte lieber schon jetzt einen aktuellen Bericht auf unserer Internetseite. Aber in dem Fall richte ich mich nach den Wünschen der Künstler.«

»Es hat etwas mit Mensch und Natur zu tun, oder?«

Gabriële Haussmann schluckte.

»Sie haben sich ja schon sehr ausführlich informiert.«

Katinka hinterließ ihre Handynummer und bat,

Dani sofort zu benachrichtigen, falls sie in Straßburg auftauchte oder sich telefonisch meldete. Schnell bedankte sie sich und legte auf.

Straßburg war Fehlanzeige. Ihr war nicht klar, weshalb Dani Wert darauf legte, das Thema erst später öffentlich zu machen. Diese Verweigerungstaktik schien ihr kontraproduktiv. Vermutlich hoffte Dani, durch häppchenweises Zufüttern regelmäßiges Interesse bei den Medien zu wecken.

Katinka gab im Internet Danis Namen ein und fand eine Reihe von Verweisen zu den Ausstellungen in Kiew, Warschau und Berlin. Die Warschauer Seiten waren ausschließlich in polnischer Sprache. Sie versuchte es zuerst in Berlin. Der Anrufbeantworter gab in säuerlicher Stimmlage die Geschäftszeiten bekannt. Sie hinterließ Namen und Telefonnummer und bat um dringenden Rückruf. Dann fasste sie sich ein Herz und rief in Kiew an. Nach zweimaligem Klingeln meldete sich ein Anrufbeantworter, der zuerst auf Ukrainisch, dann auf Englisch weitere Kontaktnummern ansagte und anschließend die Öffnungszeiten des dazugehörigen Museums. Katinka notierte sich alles. Sie musste dreimal wählen, um sämtliche Nummern abschreiben zu können, sprach eine kurze Nachricht auf Englisch mit ihrem Namen auf das Band und der dringenden Bitte, zurückgerufen zu werden.

Als sie in Warschau anrief, läutete das Telefon ins Leere.

Sie warf den Bleistift auf den Tisch, schob die Kaffeetasse weg und stand auf. Sie würde etwas essen müssen. Am liebsten hätte sie sich schlafen gelegt. Stattdessen suchte sie ihre Joggingschuhe heraus und rüstete sich für einen kurzen Lauf.

Sie quälte sich wie nie. Die Luft war angenehm kühl, als sie am Kanal entlanglief, die Wolken ließen ab und zu Sonnenstrahlen durch. Auf den Wellen glitzerten irisierende Lichter. Katinka rannte viel zu schnell. An ihrem Keuchen merkte sie, dass sie sich zurücknehmen musste. Sie reduzierte das Tempo. In ihrem Kopf klopfte ein gemeiner Schmerz. Sie bekam Seitenstechen. Achte auf deinen Atem, befahl sie sich. Sie lief so langsam sie konnte und wurde prompt von einem anderen Läufer überholt. Nach zwanzig Minuten musste sie aufgeben. Sie ging im Schritttempo weiter, nahm die Brille ab und wischte sich den Schweiß aus dem Gesicht.

›Katinka! Hilf mir!‹

Danis Hilferuf hallte in ihrem Kopf.

»Scheiße!«, schrie Katinka und trat gegen eine Bank. Der Turnschuh dämpfte den Schlag. Zwei Frauen mit Skistöcken starrten sie an, während sie im Walking-Rhythmus vorbeistelzten.

Katinka ging langsam nach Hause. Sie war durstig und erschöpft. In der Wohnung legte sie sich auf den Boden, bis ihr Herzschlag sich beruhigt hatte. Sie kontrollierte ihr Spiegelbild: Es hatte stumpfe, müde Augen und rote Lidränder. Später duschte sie. Das heiße Wasser, das auf ihren Rücken prasselte, brachte die ersehnte Entspannung. Sie zog sich an und versuchte erneut ihr Glück. Ganz von selbst tippten ihre Finger seine Nummer ein.

»Katinka! Ich wollte mich gerade bei dir melden.«

»Warum hast du gestern nicht zurückgerufen?«

»Ich war hundemüde.« Seine Stimme klang leer und resigniert. Katinka beschloss, nicht darauf herumzureiten.

»Wie geht es ihr?«

»Keine Veränderung.« Tom seufzte. »Wir sind ratlos.«

Er schilderte die langen, müden Stunden in der Klinik. Die schwammigen Aussagen der Ärzte regten ihn auf.

»Können die Sesselfurzer nicht einfach sagen, sie haben keine Ahnung? Sie erzählen dir alle möglichen Details, mit denen du gar nichts anfangen kannst. Verlieren sich in Ausflüchten. Sie machen's genauso wie ich, wenn ein Programm bei einem Kunden nicht läuft. Ich lüge das Blaue vom Himmel herunter und täusche mit Fachausdrücken, bis ich den Fehler habe. Aber ich finde ihn wenigstens.«

»Wenn du willst, komme ich nach Berlin.«

»Nicht nötig.« Es hörte sich an, als sei ihm alles andere recht, nur nicht das. »Wir müssen hier Verschiedenes klären. Dann komme ich zurück, vielleicht die Woche noch.«

»Was müsst ihr denn klären?«

»Eine Menge«, gab Tom knapp Auskunft. »Unter uns. Und dann haben wir zu bestimmen, was mit meiner Mutter geschehen soll, wenn die im Krankenhaus sie nicht mehr haben wollen.«

»Erzählst du mir …«

»Verdammt, lass mich in Ruhe damit, Katinka! Das ist meine ganz private Zwickmühle«, rief Tom. Er beruhigte sich sofort. Sein Ton verlor die Schärfe. »Entschuldige. Ich bin … durcheinander. Unter Druck. Wir reden, wenn ich klarer sehe, ja?«

Katinka bemühte sich, die Kränkung nicht hören zu lassen.

»Gut. Ruf bitte wieder an. Egal wann. Ich liebe dich.«

Als sie auflegte, hatte sie für Momente die Vision, das Zimmer um sie schwanke wie bei einem Erdbeben.

Am frühen Nachmittag benötigte sie einige Zündschlüsseldrehungen und die passende Wortwahl, um den Fiesta in Gang zu kriegen. Sie fuhr über die A 70 Richtung Bayreuth und verließ die Autobahn bei der Ausfahrt Scheßlitz. Der Ort lag sonntäglich verlassen da. Einige Vorsichtige hatten sich mit einem Regenschirm ausgerüstet auf die Straße gewagt. Dunkelgraue Wolken wurden von einem kalten, böigen Wind über den Himmel getrieben.

Sie durchquerte den Ort und folgte den Schildern Richtung Giechburg. Britta hatte ihr die Lage des Parkplatzes, wo das Youngtimer-Treffen stattfand, genau beschrieben.

»Wenn du Sperenzchen machst, lasse ich dich gleich hier«, drohte sie Toms Auto, stellte den Motor ab und stieg aus. Besonders viele Besucher hatten sich nicht von der Misswahl anlocken lassen. Sie fragte einen Typen mit einem Youngtimer-Sticker am Revers nach dem Organisator.

»Das macht Hansi Schmidt. Ich sage ihm Bescheid.«

Während Katinka wartete, schoss sie ein paar Fotos von den Wagen als Anschauungsmaterial für Britta. Die Formen erinnerten sie allesamt an ihre Kindheit: lang und ausladend oder plump, wie fahrende Brotkästen. Einige Exemplare machten einen verlotterten Eindruck, als wollten ihre Besitzer späte Rache an den Vehikeln ihrer Väter üben. Andere dagegen hatte man hingebungsvoll auf Hochglanz gewienert. Gehäkelte

Klopapierhüllen, Dackel mit Wackelköpfen und Kissen, bestickt mit dem Autokennzeichen, lümmelten auf Rückbänken und Hutablagen.

»Na, gefallen sie Ihnen?«

Ein Mann kletterte aus einem schokoladenbraunen Ford Granada. Der Wagen schaukelte vor und zurück.

»Kann man so sagen. Sie sind Hansi Schmidt?«

Er trug Jeans, Cowboystiefel und ein schneeweißes Hemd.

»Persönlich. Ich habe schon gehört, dass Sie vertretungsweise kommen. Tja, wir haben auf besseres Wetter gehofft. Schafskälte. Ganz schöner Mist. Und hoffentlich fällt unsere Misswahl nicht ins Wasser.«

Er besorgte ein Programmheft für Katinka und wies auf eine Bühne am Ende des Parkplatzes. Ein paar Typen bauten Mikros und Verstärker auf und verlegten Kabel.

»Das sind die Irish Brothers. Spielen heute auf. Begleiten die Misswahl. Kommen Sie, ich zeige Ihnen die Favoriten.«

Während sie von Wagen zu Wagen gingen, hatte Katinka den Eindruck, dass die Cowboystiefel Hansi Schmidts Zehen drückten.

»Hier!« Er streichelte über die Karosserie eines Alfa 90. »Autos, die den Namen eigentlich nicht verdienen. Ihre Motoren hören sich an wie eine elektrische Kaffeemaschine beim Zermahlen von Kastanien.«

»Was fasziniert Sie denn an den Youngtimern?«, wollte Katinka wissen.

»Der Reiz des Vergänglichen«, sagte er sofort, als hätte er für diese Frage geübt. »Ihr Esprit. Die Design-Revolution. Und das Feeling.« Er führte Katinka zu einem 2CV am Ende der Reihe. »Diese reizende ältere Dame ist meine Favoritin für die Misswahl. Kaufen Sie sich ein Baguette und einen billigen Rotwein in einer Korbflasche. Steigen Sie ein, starten Sie den Motor. Und Sie sind in Frankreich.«

Katinka stellte ihm noch ein paar Fragen, von denen sie hoffte, dass sie intelligent und journalistisch genug klangen. Am Schluss sagte sie: »Ist in Ihrem Organisationsteam ein junger Mann namens York?«

Ich bin neugierig, gab sie vor sich selbst zu.

»York? Wie New York? Nicht, dass ich wüsste. Warum?«

»Kennen Sie sonst jemanden, der so heißt?«

»Nein. Wer ist das?«

»Nicht wichtig«, sagte Katinka.

Jemand rief nach Hansi Schmidt.

»Ich muss weiter«, sagte er. »Wir haben noch ein paar Dinge zu arrangieren. Aber wenn Sie noch etwas brauchen, wenden Sie sich an mich. Oder an jeden anderen Mitarbeiter. Und machen Sie bei der Misswahl mit! Wahlscheine bekommen Sie dahinten, bei dem grünen Sonnenschirm.«

Katinka bedankte sich und schlenderte herum. Währenddessen schrieb sie die nötigen Stichpunkte für Britta auf.

»Ach, die Frau Detektivin. Aber hallo.«

Erschrocken sah sie auf. Vor ihr stand ein gutaussehender Mann mittleren Alters im Anzug, die dunklen Haare kurz geschnitten, den Bart auf italienische Länge getrimmt.

»Kennen Sie mich nicht mehr?«

Katinka kramte in ihrem Gedächtnis.

»Ich komme drauf, in den nächsten ein bis zwei Stunden«, sagte sie.

Er lachte. »Georg Krüppmann. Wir hatten vor einem Jahr mal das Vergnügen. Sie besahen sich meine Autos – in Begleitung einer entzückenden jungen Dame.«

»Mir geht eine Glühbirne auf. Sie sind der Chef eines Autohauses hier am Ort.« Katinka hatte sich damals mit ihrer Schwester Melissa in seinem Fuhrpark umgesehen.

»Und Sie haben sich immer noch nicht für einen Kleinwagen entschieden?«

Katinka ließ den Blick schleifen. Etwas irritierte sie. Autohaus Ullrich. Damals hatte er ihr einen Vorschlag gemacht. Einen neuen Beetle wollte er ihr andrehen. Als Geschäftsfahrzeug.

»Ich würde diesen wählen«, sagte sie und wies auf eine Isetta in tristem Beige.

»Vergessen Sie es. Die Zeiten, als man in den rollenden Kloschüsseln die Alpen überquerte, um nach Capri zu kommen, sind einfach vorbei. Aber haben Sie das Metier gewechselt?« Er hielt im Scherz eine Hand vor den Mund und raunte: »Oder ermitteln Sie verdeckt?«

»Weder das eine noch das andere.« Katinka steckte ihre Notizen weg. »Aber Sie sind der ideale Ansprechpartner für ein paar ganz andere Fragen.«

»Immer los.«

»Haben Sie eine Vorstellung davon, warum jemand Käfer ermordet?«

Er machte große Augen, dann lachte er.

»Sie meinen, diese schaurige Geschichte von den Cabrios, denen ein Irrer ein Schwert ins Dach gebohrt hat?«

»Wer macht so was, frage ich mich«, sagte Katinka. Sie

bemerkte, dass Krüppmann zum Kaffeeausschank hinüberlugte. Um ihm zuvorzukommen sagte sie schnell:

»Ich lade Sie auf einen Kaffee ein. Im Gegenzug erzählen Sie mir alles, was Sie über Käferfans wissen.«

Sie besorgte zwei große Becher Kaffee. Krüppmann hatte es sich neben einem Golf der ersten Generation auf dem Gras bequem gemacht.

»Käfer gehören gar nicht wirklich zu den Youngtimern«, begann er. »Haben Sie auch Zucker mitgebracht? Bestens. Ja, sie sind zu alt und zu kultig. Sie sind einfach eine Klasse für sich.«

»Wie meinen Sie das?«

»Sie sind irgendwie *das* Auto, *der* Volkswagen. Auch der neue Beetle macht dem alten keine Konkurrenz. Zu schade, dass die Krabbeltiere am Ende ihrer Karriere sind.«

»Was für Leute mögen Käfer?«

Krüppmann verschüttete ein paar winzige Spritzer Kaffee über sein Sakko und machte ein ziemliches Aufheben.

»Die sind nicht über einen Kamm zu scheren, wie die Youngtimer auch nicht«, sagte er und hantierte mit einem Stofftaschentuch. »Können Sie mir mal helfen? Ist da noch ein Fleck? Nein? Gut. Ja. Die Käferfreunde. Eigentlich gibt es meiner Erfahrung nach keinen Kunden, der einfach nur ein Auto will. Die Leute wollen Coolness, Sicherheit, Romantik. Nicht nur ein bisschen Blech mit vier Rädern und haufenweise Elektronik.«

»Aber warum sägt jemand ausgerechnet Käfern die Blechkehle durch? Es gibt doch auch noch andere Cabrios«, fragte Katinka.

»Was weiß ich. Käfer sind eben immer noch was Besonderes.«

Katinka rührte in ihrem Kaffee. Der Himmel zog sich immer mehr zu. Die Stimmung wurde düster, als bräche die Abenddämmerung unerwartet herein. Sie war froh um den heißen Kaffee und wärmte sich die Finger an dem Becher.

»Mag sein, dass die Käferfans die Romantiker unter den Autofreunden sind«, fuhr Krüppmann fort. »Und die Sportlicheren wählen eben den New Beetle. Auch ein schickes Exemplar der Gattung. Für Sie könnte ich mir so einen vorstellen.«

Katinka grinste.

»Ich muss mal mein Budget überprüfen«, sagte sie.

»Kommen Sie einfach vorbei, schauen Sie sich an, was wir haben, und ich mache Ihnen ein Angebot. Ganz unverbindlich. Einen Neuwagen können Sie auch leasen. Sie sind selbständig? Das verschafft Ihnen Steuervorteile.«

Katinka dachte an Toms Fiesta, der sein Leben allmählich aushauchte, an ihr Bankkonto und sagte:

»Neuwagen ist jenseits von gut und böse. Aber wenn Sie mal einen anständigen Gebrauchten haben …«

»Vor einigen Wochen habe ich einer jungen Dame einen New Beetle verkauft, ein Cabrio. Ich hoffe, das gute Stück ist inzwischen nicht auch noch Opfer eines Samurai geworden. Es war ein Jahreswagen, hatte 20.000 Kilometer auf dem Tacho. Und gar nicht teuer. Ein richtiges Schnäppchen.«

Er leerte seine Tasse. Die Irish Brothers hatten sich an ihre Verstärker angeschlossen und schickten probeweise ein paar Akkorde über den Parkplatz. Über der Giechburg hinter ihnen türmten sich violette Wolken auf.

»Ich wollte damit nur sagen: Junge Frauen mögen

die neuen Käfer. Sie sind nicht so antiquiert wie die alten, bieten absoluten Fahrkomfort. Und sie sind schick, flott, spritzig und jugendlich. So wie ihre Besitzerinnen.«

Katinka nahm ihm den leeren Becher aus der Hand.

»Danke für die Einschätzung. Wie gesagt: Ich überlege es mir.«

Die letzten Worte musste sie schreien. Die Irish Brothers legten los. Katinka verabschiedete sich, brachte die Tassen zurück und stellte sich an, um ihren Wahlschein für die Misswahl abzuholen. Man stempelte ihr einen stilisierten Weißwandreifen mit Felge auf den Handrücken und überreichte ihr die Karte. »Wir wollen doch, dass jeder nur eine Stimme hat«, sagte das Mädchen hinter dem Klapptisch.

Katinka spazierte auf der Suche nach dem Youngtimer ihrer Wahl über den Parkplatz. Ein traurig-rostiger Simca, in aggressivem Orange gestrichen, erregte ihr Mitleid. Sie notierte ›Simca 1307‹ auf ihrer Karte und schrieb das amtliche Kennzeichen dazu. Ein Windstoß riss ihr beinahe den Schein aus der Hand. Sie warf ihn in eine der bereitstehenden Urnen. Das Wetter wurde ungemütlich, es wurde Zeit, dass die Veranstaltung zum Ende kam. Die Musik der Band trieb in akustischen Schwaden über den Parkplatz. Katinka schloss ihr Auto auf und machte es sich auf dem Fahrersitz bequem. Sie musste bleiben, bis die Misswahl beendet war, damit Britta ihren Artikel schreiben konnte. Absurde Aktion, dachte sie. Die Organisatoren leerten umständlich die Urnen und begannen, die Wahlkarten auszuzählen. Immer wieder wirbelten welche davon und mussten unter Gejohle eingefangen werden. Erste Regentropfen fielen.

Die Organisatoren zählten in aller Eile. Endlich betrat Hansi Schmidt die Bühne. Die Irish Brothers versuchten sich an einem Tusch und reichten ihm ein Mikrophon. Hektischer Applaus. Die Besucher zogen sich Kapuzen in die Stirn und spannten Schirme auf. Katinka stieg aus, um alles mitzukriegen.

»… Winner is …«, er machte ein paar Verrenkungen, als hielte er sich für Sophia Loren, »… Ford Granada!«

Katinka musste grinsen. Sein eigener Wagen! Sie rannte durch den Regen zu dem schokobraunen Auto und wartete, bis die Meute der Organisatoren mit einem Kranz ankam, um ihn dem Ford auf die Windschutzscheibe zu legen.

»Wie kommt es, dass Ihr Auto gewinnt?«, rief sie Hansi Schmidt zu.

Er sah sie vergnatzt an.

»Kommen Sie mir jetzt nicht damit, dass ich die Wahl getürkt hätte«, sagte er unfreundlich.

»Keineswegs«, gab Katinka zurück. »Im Gegenteil: Ich gratuliere Ihnen.«

Schmidt schnaubte. Die Misswahl schien ihm keine Freude mehr zu machen. Er klopfte seinem Granada aufs Dach. Katinka ging am Heck des Autos vorbei. Ein Aufkleber stach ihr ins Auge: Ein Kerl mit einem Visier und einem langen, geschlitzten Rock war darauf abgebildet, ein Schwert in der Hand. *Samurai-Studio* stand in asiatisch inspirierten Buchstaben darunter, außerdem die Adresse eines Studios am Berliner Ring in Bamberg. Katinka starrte eine Weile darauf. Es schien ihr zu unwahrscheinlich. Hansi Schmidt, der einen Narren an seinem alten Ford gefressen hatte, bohrte Schwerter in Cabrios?

Platzregen setzte ein. Katinka machte, dass sie zum

Auto kam. Als sie auf den Fahrersitz hechtete, war ihre Jacke schon patschnass. Das Haar klebte ihr in der Stirn. Der Motor ließ sich nach drei Versuchen dazu herab, anzuspringen. Katinka steuerte den Berg hinunter auf Scheßlitz zu.

Während die Scheibenwischer auf höchster Stufe schufteten, stellte sie das Radio an. Es war noch nicht einmal fünf. Das schlechte Wetter hatte die Veranstaltung abgekürzt. Umso besser, dachte Katinka. Sie beneidete Britta nicht darum, ständig auf Festen dieser Art aufkreuzen zu müssen. Kein Wunder, dass sie sauer war, auch noch am Wochenende ins Rennen geschickt zu werden, selbst wenn sie sich den Tausch mit dem Freelancer selbst eingebrockt hatte.

Katinka beschloss, nicht auf direktem Wege nach Bamberg zu fahren. Es machte ihr Spaß, sich von Dorf zu Dorf treiben zu lassen. Britta würde ohnehin noch mit ihrer Verabredung beschäftigt sein, und außerdem hatte sie Katinka versichert, den Misswahl-Artikel in 20 Minuten zu schmeißen. »Einen Zweispalter, mehr kriegen die nicht«, hatte sie schnippisch gesagt.

Katinka blinzelte angestrengt auf die Straße. Der Regen warf Blasen auf dem Asphalt, der Trommelwirbel auf der Windschutzscheibe traf mitten in ihren Kopf und lockte die vielen verwickelten, verknoteten Fäden ins Bewusstsein. Katinka trat aufs Gas, als könne sie die lästigen Anfechtungen auf diese Weise loswerden, geriet in einer Kurve ins Rutschen. Sie hätte schwören können, dass der Mercedes direkt vor ihr aus dem Boden gewachsen war. Der Fahrer blendete auf. Katinka steuerte nach rechts. Das Auto schleuderte einmal um seine eigene Achse und blieb mit der Nase nach vorn am rechten Fahrbahnrand stehen. In ihrem

Kopf surrte es. Sie merkte, wie sie die Luft anhielt, musste sich zwingen, zu atmen, schlug mit der Faust auf die Hupe. »Idiot«, schrie sie, ohne recht zu wissen, ob sie sich selbst meinte oder den Mercedesfahrer. Der war längst weg. Ihr Herz trommelte Rhythmen, so wildwüchsig wie der Schlagzeuger der Irish Brothers. Sie fuhr langsam an, bog wahllos in eine schmale Straße nach rechts ein. Ihr Pulsschlag beruhigte sich. Durch das Laufen hatte sie gelernt, auf ihren Atem zu achten. Ich war selbst schuld, gab sie zu. Ich bin zu schnell gefahren. Der Wagen hat auch nicht mehr die besten Reifen. Grimmig schlug sie wieder auf das Steuerrad. Vergaß, dass genau dort die Hupe saß und erschrak, als das Blöken losging.

Der Regen ließ allmählich nach. Katinka öffnete ihr Fenster, um die beschlagenen Scheiben sauberzukriegen. Vorsichtig steuerte sie über die enge Straße. Zwei Wagen würden nur schwerlich aneinander vorbeikommen. Sie hatte keine Ahnung, wo sie war. Die Scheibenwischer arbeiteten jetzt auf der niedrigsten Stufe.

Kurze Zeit später erreichte sie einen Ort.

›Holzhof‹ stand auf dem Schild.

Eine Bewerbung war abgeschickt worden.

Jemand hatte sich viel Mühe beim Zusammenstellen der Unterlagen gegeben. Herzklopfen auf der Post. 1,44, sagte der Postmann. Jemand zahlte den krummen Betrag, fragte sich dabei, wieso ausgerechnet 1,44. Sah den braunen Umschlag hinter dem Posttresen verschwinden. Erkundigte sich noch schnell, wie lange die Zustellung dauern würde. Hatte schon einmal vorher gefragt. Der Postmann wurde ungeduldig.

Jemand erinnerte sich an den Moment auf der Post.

Eigenartig. Eine solche Dramatik in dem unübersichtlichen Gebäude. Andere Gedanken: Die von der Post meinen, durch Aufstellen von Regalen mit Briefumschlägen, Kopierpapier und Grußkarten würde die Atmosphäre besser. Natürlich nicht. Es wäre jemand erforderlich, der das Raumkonzept überhaupt überdenkt und verbessert. Der für eine Gestaltung aus einem Guss sorgt.

Jemand verließ die Post voller Hoffnung. Die Erinnerung an die große Hoffnung war schmerzhaft.

7. Künstlerclique

Der Regen hatte aufgehört. Sie hielt bei einem Haus, vor dem ein älterer Mann im Sonntagsanzug stand und auf die Straße starrte, und stieg aus. Er sah Katinka neugierig an. Wahrscheinlich bin ich die erste Fremde, die er heute zu Gesicht bekommt, dachte sie. Laut rief sie:

»Grüß Gott.«

Der Mann nickte nur.

»Hier muss es einen Hof geben, auf den sich eine Gruppe Künstler zurückgezogen hat«, sagte sie. »Wissen Sie, wo das ist?«

Er zeigte unbestimmt in die Richtung, aus der Katinka gekommen war.

»Hindn lings nauf«, nuschelte er.

»Ist das weit?«

»Zwa Minudn«, grummelte der Mann. »Des is a Kommune wie in aldn Zeidn.«

»Wie bitte?«

»Alles rode Soggn, die Künsdler.« Er zuckte die Schultern und ging ins Haus.

Katinka wendete und fuhr das kurze Stück zum Ortsausgang zurück. Sie brauchte mehrere Wendemanöver, um den winzigen, schlecht asphaltierten Weg zu entdecken, der direkt hinter dem Ortsschild ins Grüne führte. Der Wagen holperte über eine Brücke, die nassen Zweige einer Birke schleiften über Windschutzscheibe und Dach. Plötzlich gabelte sich der Weg. Katinka wollte ihrem Ärger schon Luft machen, als sie das langgestreckte Gebäude im Hintergrund bemerkte.

Sie fuhr darauf zu. Die Anlage war beeindruckend: Das Haupthaus bestand aus roten Backsteinen, untypisch für die Gegend. Die Fenster waren mit Petunien in Pink und Violett geschmückt. Mehrere Stallgebäude und Scheunen bildeten mit dem Haupthaus eine wunderschöne, geschlossene Anlage. Katinka steuerte auf den Hof. Sie hielt neben einem von hohen Buchen umrahmten Weiher, musste über die dicke Schicht Entengrütze lachen und entdeckte zu ihrem Erstaunen das verrückteste Entenhäuschen, das sie je gesehen hatte: Es bestand aus rot lackiertem Holz in der Form eines Ostereis. Obendrauf saß eine Schleife aus rostigen Metallblättern. Sie erinnerte an einen ausrangierten Propeller. Weiter hinten parkte ein schwarzer Geländewagen.

Katinka stieg aus und schlüpfte aus ihrer durchnässten Jeansjacke. Ihr T-Shirt war auch schon feucht. Egal, jetzt kam die Sonne durch.

»Da dringt doch glatt mal jemand in unsere klösterliche Abgeschiedenheit vor!«

Ein Mann in den Vierzigern trat aus einem der Ställe. Er trug die Arbeitskleidung eines Schmiedes, Jeans unter der dicken Lederschürze, ein schmutziges T-Shirt. Seine Haare standen wie Draht in alle Richtungen davon. Erste graue Strähnen nisteten darin.

»Katinka Palfy«, stellte Katinka sich vor.

»Ich bin Booz.«

»Nur Booz?«

Er wischte sich die Hände am T-Shirt ab. Metallsplitterchen glitzerten im Sonnenlicht.

»Wir wollen doch alle ein anderes Leben, oder?« Er lachte. »Nein, im Ernst. Wir Künstler schmücken uns mit unseren Namen wie mit unseren Werken. Ich heiße Arian Booz, aber mein Nachname ist meine Marke.«

»Also, hallo Booz«, sagte Katinka und gab ihm die Hand. Sie war rau wie Schmirgelpapier.

»Und Sie? Wollen Sie etwas kaufen?«

»Ich wollte mich mal umsehen«, sagte Katinka. »Was … erschaffen Sie hier eigentlich?«

Booz lachte. In seinen Augen glomm eine Leidenschaft, die seiner ganzen Erscheinung etwas Strahlendes verlieh.

»Sie drücken sich clever aus, Katinka Palfy«, sagte er. »Ich frage mich nur, wie Sie überhaupt von unserer Existenz gehört haben. Denn wir versuchen, in dieser Stille und Weltferne zu arbeiten.«

»Ich störe also!«

»Ach, egal, kommen Sie. Ich wollte eben sowieso einen Tee trinken.«

Er führte Katinka ins Haupthaus.

»Verkäuflich ist natürlich nur ein Teil unserer Werke«, erklärte er. »Wir tanken Inspiration. Ein einziges Opus ist ausreichend für den ganzen Sommer. Auch nur eine einzige Idee. Wobei niemand etwas dagegen hat, wenn mehr rauskommt.«

Fasziniert folgte Katinka ihm ins Haus. Die Wände waren nur roh verputzt, die Leitungen über Putz verlegt. An manchen Stellen flatterten die Reste alter Tapeten. Farbkleckse und festgetretene Metall- und Farbpartikel machten den Holzboden unansehnlich. Eine enge Holztreppe führte in den ersten Stock. Booz ging daran vorbei und betrat eine imposante Wohnküche. Ein alter Holzherd bullerte in der Ecke und verbreitete wohlige Wärme. Am anderen Eck thronte ein Kachelofen. Eine ausladende Eckbank umgab einen Tisch, der sicher einige Jahre mehr auf dem Buckel hatte als Katinka und Booz zusammen. Essensreste, Bierflaschen, Werkzeuge und eine ausgeschlachtete Wanduhr warteten auf Besuch. Unter den Fenstern war ein Bücherregal eingebaut worden. Es platzte aus allen Nähten. Katinka stellte sich an den Herd.

»Schön haben Sie es hier.«

»Ja. Das ist Leben.« Mit glänzenden Augen legte Booz Holz nach. »Brauchen Sie was Trockenes zum Anziehen?«

»Nicht nötig.«

Unbeeindruckt nahm Booz eine graue Sweatjacke von einem Haken und warf sie Katinka zu.

»Dieses Haus ist ein Traum, aber es ist eiskalt. Und wir haben keine Heizung. Nur diese beiden herrlichen Öfen.«

»Aber Sie arbeiten in den Stallgebäuden?«, fragte Katinka und schlüpfte dankbar in die Jacke. Sie roch nach Holzfeuer und nach etwas Süßem. Nach einem Hauch von Shit.

»Sicher. Wir betreiben ja eine eher … platzintensive Kunst.«

Booz setzte Wasser in einem altmodischen Teekessel auf. Katinka sah zur Tür. Eine blasse, junge Frau mit blonden Ponyfransen stand bewegungslos da und blickte zu ihnen herein.

»Komm schon rein, Jana. Darf ich vorstellen: Meine Verlobte Jana Dorell. Jana, das ist Katinka Palfy.«

Jana suchte sich eine saubere Tasse, füllte sie mit Leitungswasser und schien auf die Fortsetzung der Geschichte zu warten. In ihren Jeans, dem dicken Pulli und einer auffallenden Halskette aus vielen kleinen silbernen Schmetterlingen sah sie wie eine Mischung aus Landwirtin und Hippie aus.

»Jana macht Installationen«, sagte Booz. »Also keine Objekte, die käuflich sind. Sie verkauft Erlebnisse.« Er hantierte mit einer Teedose.

»Aha«, sagte Katinka. Sie hatte keine Vorstellung, was Booz meinte.

»Leider können wir Ihnen momentan nichts zeigen«, sagte Jana. »Alles ist in der Entwicklung. Aber Sie können sich natürlich in den Verteiler eintragen. Dann bekommen Sie eine E-Mail, sobald neue Ausstellungen oder Happenings stattfinden.«

Happenings, dachte Katinka. Was bitte ist ein Happening?

Jana Dorell strich sich die Haare aus der Stirn und wandte sich an Booz. »Du hast das gestern nicht mitgekriegt. Aber der Paketdienst hat die neue Gipslieferung vorbeigebracht.«

»Na endlich«, sagte Booz und nickte zufrieden. »Ich schaue mir nachher alles an.«

Jana stellte ihre Tasse ab und ging.

»Was ist denn ein Happening?«

Booz goss das sprudelnde Wasser in die Teekanne.

»Sie kennen sich gar nicht aus mit unserem Metier, oder?«

»Wenig.«

»Was machen Sie denn?«

»Ich bin Journalistin«, log Katinka. Wenigstens eine Erfahrung konnte sie jetzt ins Feld führen.

»Ach. Und Sie wollen was über uns schreiben?«

»Das ist noch nicht sicher. Ich bin freie Kulturjournalistin und arbeite für verschiedene Magazine.

Sie wissen schon: Man ist ständig auf der Suche nach Themen, und Künstlerkommunen kommen beim Leser immer an.«

»Wir sind aber keine Kommune«, sagte Booz tadelnd und drohte Katinka mit dem Zeigefinger. Seine Augen lachten.

»Entschuldigung. Ich drücke mich dämlich aus, weil ich in Künstlerkreisen erst noch meine Sporen verdienen muss.«

»Selbstbezichtigung. Wie edel.«

»Ich habe von Daniela Zanini gehört, dass sich hier eine interessante Gruppe von Künstlern zusammengetan hat. Sie sind doch den ganzen Sommer über hier. Im Juli oder August bringe ich immer ein paar gute Geschichten unter.«

Sie täuschte sich vermutlich. Doch als sie Danis Namen erwähnte, schnellten seine Augenbrauen für einen kurzen Moment überrascht in die Höhe.

Booz goss den Tee ab, stellte zwei Tassen auf den Tisch und schenkte sie voll.

»Nehmen Sie Zucker?«

»Nein. Danke.«

»Niemand nimmt mehr Zucker«, sagte Booz. Er stellte die Kanne weg und betrachtete Katinka von oben bis unten. Seine glühenden Augen hinterließen ein eigenartig warmes Gefühl auf ihrer Haut.

»Kennen Sie Dani?«, fragte Katinka atemlos. Booz Blick ließ sie nicht frei. Unsichtbare Fesseln schlangen sich um ihre Hände und Füße. Sie musste sich konzentrieren, um zum Tisch zu treten und die Teetasse in die Hand zu nehmen.

»Ich bin ihr einmal begegnet, vor einem oder zwei Jahren. Sie ist eine erfolgreiche Frau.«

Katinka verbrannte sich die Lippen. Versuchte, sich nichts anmerken zu lassen. Booz griff mit seinen schmutzigen Händen in seinen Haarschopf und strich die Locken nach hinten. Sie richteten sich sofort wieder auf.

»Ich würde Dani gerne auch interviewen. Aber sie ist unauffindbar. Dabei hatte sie mir schon einen Termin zugesagt. Wäre schade, wenn die Story flöten ginge.« Katinka hoffte, sich ganz nach rasender Reporterin anzuhören.

»Jetzt sagen Sie bestimmt, wir Künstler sind ein unstetes Volk«, lächelte Booz. Katinkas Herz klopfte schneller. Booz ist verlobt, mahnte sie sich. Und diese Künstlertype und eine Privatdetektivin – nicht auszudenken.

»Guter Tee«, sagte sie. »Haben Sie eine Ahnung, wo Dani stecken könnte?«

»Jana könnte etwas wissen«, sagte Booz. »Die beiden … kennen sich seit langem.«

Katinka bremste ihren Atem. Sie trank betont gemächlich ihren Tee. In der Wärme der Küche wurde sie ganz schläfrig. Das bullernde Geräusch des Ofens lullte sie ein.

»Naja«, sagte sie rasch. »Egal – jetzt bin ich bei Ihnen, und das ist schon mal ein Anfang. Haben Sie im Lauf der Woche Zeit? Für ein Interview?«

Booz hatte den Blick immer noch nicht von Katinka genommen.

»Wissen Sie, Katinka Palfy«, begann er. »Ich muss das erst mit meinen Kollegen besprechen. Wir sind eigentlich hier, um uns zurückzuziehen. Um uns vor der Welt zu verstecken. Quasi wie im Kloster.«

»Wie viele sind Sie denn?«, fragte Katinka. Ihre

Hände bebten, als sie die Tasse abstellte. Sie war sicher, dass Booz sich seiner Wirkung auf sie absolut bewusst war.

»Wir sind momentan zu dritt«, sagte Booz. »Außer Jana und mir ist noch York mit von der Partie.«

»York?« Katinka schob die Hände in die Taschen ihrer Jeans.

»Ja.«

»Ein Künstlername?«

»Nein. Er heißt wirklich so. York Schlingenberg. Seine Eltern waren Hippies. Vielleicht liegt es daran. Sie hatten jedenfalls ein Faible für Namen, die aus dem Rahmen fallen.«

Katinka nickte. York. Britta und York. Der zehn Jahre jüngere Lover. Oder sieben Jahre. Unerheblich.

»Er ist noch ein ganz junger Nachwuchskünstler?«, wollte sie wissen.

Jetzt hatte sie die Oberhand über Booz.

»Sie scheinen mit einer herausragenden Intuition gesegnet, Katinka Palfy«, sagte er. »Er ist gerade mal 21. Ein Adonis, unter uns.«

»Und woran arbeitet er?«

»Er ist ein Raumkünstler.«

»Will heißen?«

»Wie der Name schon sagt. Er gestaltet Räume.«

»Ist das was anderes als eine Installation?«

»Kommen Sie mal mit.«

Booz stand auf und führte sie in das Zimmer nebenan. Katinka stellte fest, dass der Kachelofen beide Räume gleichzeitig heizen konnte. Doch jetzt hing eine feuchte, modrige Kälte im Zimmer. Es war ebenso groß wie die Küche, die ehemalige gute Stube. Inzwischen war es eingerichtet wie ein Büro. Aktenschränke,

Zettelkästen, zwei Laptops, Scanner, Digitalkameras, mehrere Drucker. Eine Stereoanlage und ein Fernseher nahmen die ganze Querseite des Raumes ein. Ein Regal war vom Boden bis zur Decke mit Videofilmen gefüllt, alle ordentlich nummeriert. Auf den Rücken der Boxen standen keine Titel. In einem anderen stapelten sich CDs.

»Hier.« Booz startete einen der Laptops. Er öffnete ein Bildbearbeitungsprogramm und zeigte Katinka einige Fotos.

»Installationen sind Ereignisse, die dem Betrachter ein Gefühl für die Endlichkeit geben. Die Endlichkeit der Kunst, aber auch des Lebens.«

Katinka spürte, wie ein warmer Schauer über ihren Rücken rann. Sie rückte schnell ein Stück von Booz weg.

»Der Betrachter wird im Idealfall ein Mitkünstler. Er integriert sich in das Geschehen. Wie hier.«

Katinka starrte ungläubig auf das Bild. Riesengroße Schweine aus Pappmaschee bauten sich vor ihr auf. Booz war zu erkennen. Er beschmierte ein Drahtgestell mit einer grauen Masse. Auf dem nächsten Foto stand Jana in dem Gestell. Ein Mann, der augenscheinlich aus dem Publikum geholt worden war, schmierte die klebrige Masse darauf. Im Hintergrund war ein Riesenrad zu sehen. Dieses Riesenrad kannte Katinka, besser als alles andere in der Welt. Immer noch. Es war sowieso das Berühmteste seiner Art und stand auf dem Wiener Prater. Sie wollte etwas sagen, schwieg dann aber. Ihr Blick fiel auf ein Buch neben Booz' Laptop. ›Fribourg und seine Künste‹ hieß der Titel. Booz fing ihren Blick auf und schob das Buch mit dem Ellenbogen zur Seite.

»Das hier ist nun keine wirklich große Kunst, sondern eher die leichte Muse«, sagte er. Er klickte mit der Maus. Ein anderes Foto baute sich auf. Sie sah Felsen, an denen Gleitschirme zu kleben schienen. In den Geschirren hingen Leute.

»Das sind...«

»Keine lebendigen Menschen. Puppen. War ganz hier in der Nähe, unser Einstandsprojekt. Am Staffelberg. Den kennen Sie sicher.«

Katinka nickte. Der Berg war ein beliebtes Ausflugsziel im Maintal und von Bamberg aus in weniger als einer halben Stunde zu erreichen. Er überragte das Tal mindestens um 200 Meter, und auf dem Plateau hoch oben bot sich dem Besucher ein herrlicher Blick ins Land. An seinen Seiten ragten karstige Felsen in den Himmel. Während sie auf das Bild starrte, war sie nicht ganz überzeugt, dass die Figuren in den Seilen der Gleitschirme wirklich Puppen waren. Sie sahen tot aus. Echt tot.

Katinka wusste, dass es nicht sein konnte. Niemand würde Leichen in Gleitschirmen hängend an einer Felswand installieren. Aber plötzlich glaubte sie zu ahnen, was mit ›Happening‹ gemeint war.

»Ein Raumkünstler dagegen lockt die Ewigkeit. Seine Räume teilen die Unendlichkeit Gottes. Der Mensch betritt sie und will sie nicht mehr verlassen. Er bleibt, wie in der Hand Gottes. Und fühlt sich glücklich.«

Installation, dachte Katinka. Inszenierung. Riten. Booz rief mehrere Fotos auf den Bildschirm. Katinka spürte ihre Konzentration schwinden. Auf den Bildern war nicht viel zu sehen. Die Räume sahen für sie nur aus wie leere, bedrückende Säle. Sie wollte hier weg.

Raus aus dem professionellen Büro, weg von Booz' suggestiver Kraft. Raus in die Sonne.

»Kann ich mich noch ein wenig umsehen?« Sie schlüpfte aus der Sweatjacke und legte sie über eine Stuhllehne. Gänsehaut kroch über ihre Arme.

Booz fuhr den Rechner herunter.

»Gerne. Allerdings kann ich Ihnen nicht alle Werkstätten zeigen. Manche Projekte sind … geheim.« Er lächelte.

»Gibt es unter Künstlern so was wie Industriespionage?«, fragte Katinka lachend.

»Aber ja!«, bestätigte Booz. Er berührte ihre Schultern, als er sie in den Hof begleitete. »Und nicht wenige sind daran zugrundegegangen, haben Suizid begangen oder andere um Ruhm, Reichtum und Leben gebracht. Wir sind ein aggressives Volk, Katinka Palfy. Ein wahrhaft aggressives Volk. Kannibalen. Wir fressen einander auf.«

Im Westen war die Wolkendecke aufgerissen. Die Sonne bestrahlte den ganzen Hof, und Katinka atmete auf. Booz zeigte ihr ein paar der Ställe, doch sie musste ihm recht geben: Es gab nichts zu sehen, woraus man eine Story hätte machen können. Keine Kunstwerke, keine fertigen Objekte. Die Atmosphäre war ganz anders als bei Dani. Trotz der Schönheit und Harmonie des Gutshofes fühlte Katinka sich bedrückt.

Irgendwo im Haus schellte ein Telefon.

»Machen Sie's gut, Katinka Palfy«, sagte Booz.

Katinka sah ihm nach. Sie fror in ihrem feuchten T-Shirt. Als Booz verschwunden war, schüttelte sie die Beklommenheit ab und schlenderte um den Weiher. Jana stand in der Tür eines der Stallgebäude, in die Booz sie nicht geführt hatte. Sie rauchte eine Zigarette.

»Machen Sie Pause?«, fragte Katinka, während sie auf sie zuging.

Jana nickte.

»Hier haben Sie wirklich eine Menge Platz. Wo Sie doch nur zu dritt sind.« Katinka wies auf die Stallungen und nickte hinüber zum Haupthaus.

Jana machte eine achtlose Kopfbewegung.

»Es wollten schon mehr Leute mitmachen. Aber Booz nimmt nicht jeden. Er weist durchaus Bewerber ab.«

»Dann ist Booz so was wie der Chef?«

»Nein. Er ist …« Jana schwieg und rauchte.

»Booz meinte, Sie wüssten, wo ich Daniela Zanini finden kann.«

Die Zigarette landete auf dem Boden. Der blaue Rauch stieg kerzengerade in die Luft. Katinka starrte Jana an. Jana starrte zurück.

»Wer sind Sie eigentlich?«, fragte Jana.

»Können wir ungestört reden?«

Jana trat die Zigarette aus, machte eine entschlossene Kopfbewegung und führte Katinka in das Gebäude. Es hatte früher wohl als Pferdestall gedient. Im Vorraum ragten noch die Böcke für die Sättel aus der Mauer. Auf einem wackeligen Bistrotischchen stand eine Kaffeemaschine, daneben lagen Kekse und Äpfel auf einem Teller, außerdem Zigaretten, Streichhölzer. Ein übervoller Aschenbecher.

»Booz mit seinem ewigen Tee«, stöhnte Jana und nahm sich eine Tasse Kaffee. Sie setzte sich auf die Bank unter den Sattelböcken. Neben ihr häuften sich Zeitungen. Zuoberst lag der FT-Bericht über die Youngtimer.

»Wo ist Dani?«, fragte Katinka. Ihr war kalt. Kalt vor Anspannung.

»Wer will das wissen?«

»Katinka Palfy.«

»Sagt mir nichts.«

»Ich bin eine alte Freundin von Dani. Aus Wien. Sie hat mir versprochen, mich zu unterstützen, indem sie mir ein Interview gibt. Es ist gar nicht so leicht, als freie Journalistin ein Bein an die Erde zu kriegen.«

Jana trank von ihrem Kaffee und zündete sich eine neue Zigarette an. Ihre Hände zitterten. Sie saugte gierig den Rauch ein.

»Das muss ich jetzt wohl glauben.«

»Wissen Sie, wo Dani steckt? War sie in den letzten Tagen hier?«, insistierte Katinka.

»Nein.«

»Aber Sie kennen Dani doch.«

Jana trank Kaffee und goss die Hälfte auf ihren Pullover. Sie achtete gar nicht darauf.

»Sie war nicht hier.«

»Wissen Sie, wo sie sich aufhalten könnte? Wo ist ihr Bruder? Gibt es Adressen, die Sie kennen?«

Jana starrte Katinka an. In ihren Augen schwammen Tränen. Sie stellte die Kaffeetasse ab.

»Gehen Sie. Los, hauen Sie ab. Bei diesen Spielchen mache ich nicht mit!« Sie sprang auf und trat drohend auf Katinka zu. Ihr Gesicht schimmerte weiß wie Papier.

»Ich bitte Sie. Habe ich Sie gekränkt? Jetzt helfen Sie mir doch!« Katinka wich zurück.

»Raus! Zischen Sie ab! Verschwinden Sie! Los! Weg!« Jana schrie so hysterisch, dass Katinka den Rückzug antrat. Sie lief auf den Hof und zu ihrem Auto. Janas Kreischen drang durch die Idylle.

Der Anlasser streikte. Katinka bemühte ihren fantasievollsten Wortschatz, trat das Gaspedal durch und floh aus Holzhof.

8. Ignaz Palfy

Erst, als sie bei Wiesengiech wieder auf die bekannte Straße fand, beruhigte sie sich. Sie hielt an einer verwaisten Bushaltestelle, ließ den Motor laufen, kurbelte das Fenster herunter und atmete tief durch.

Hier lag etwas im Argen. Jana wusste etwas über Dani, was Katinka nicht wusste. Es musste etwas Dramatisches sein. Jana war völlig ausgetickt.

Wahrscheinlich liegt sie jetzt in Booz' Armen und heult sich aus, dachte Katinka. Sie hatte keine Ahnung, weshalb sie dieser Gedanke so höhnisch grinsen ließ.

Jana könnte Dani entführt oder umgebracht haben. Jana könnte gemeinsam mit Danis Bruder Dani entführt oder umgebracht haben. Booz könnte Dani entführt oder umgebracht haben und Jana weiß davon.

Die Gedanken umwirbelten Katinka und sanken wie Federn auf sie nieder. Booz mit seinen Drahthaaren, dessen Blick ihre Haut prickeln ließ wie Brause. Er hatte sie völlig durcheinander gebracht, ihre Gedanken verdreht. Sie hatte keinen Plan, was sie tun sollte. Mit einem Spaten in Holzhof anrücken und alles umgraben? Hardo anrufen?

Sie griff nach ihrem Handy. Sie könnte ihn anrufen. Es war nur eine Möglichkeit. Er brauchte gar nicht zu kommen oder irgendetwas zu tun. Nur einen Rat geben. Einen Witz machen. Mit dem Finger beinahe unmerklich in eine Richtung zeigen, in die es weitergehen konnte. Einen Durchsuchungsbeschluss erwirken.

Katinka löste die Tastensperre.

»Au Backe!«

Das Handy meldete eine neue Nachricht auf der Mailbox. Katinka kannte die Nummer. Britta! Sie hatte Britta und ihren Artikel ganz vergessen. Es war schon bald sieben. Schnell hörte sie die Mailbox ab.

»Katinka, bist du in der Karibik? Ich brauche das Material!«

Sie rief zurück. Britta riss den Hörer schon beim ersten Klingeln an sich.

»Katinka? Himmel, wo hast du dich verkrochen! War's so spannend bei den Youngtimern?«

»Entschuldige, Britta. Ich bin gleich bei dir.«

Zwanzig Minuten später parkte sie in Brittas Hinterhof und rannte die Treppen zu ihrer Wohnung hinauf.

»Tut mir wirklich leid. Ich musste …«

Britta nahm ihr die Digitalkamera und die Notizen ab.

»Gebongt. Wenn du willst, bleib hier und nimm dir einen Kaffee oder ein Glas Wein. Ich mache mich an die Arbeit.«

»Danke dir, aber ich will nach Hause. Zu müde, jedenfalls für heute.«

Sie verließ das Haus. Eine Frau umkreiste Katinkas Wagen.

»Fahren Sie hier wieder weg? Das sind nämlich Anwohnerparkplätze.«

»Ich bin eigentlich gar nicht da«, erwiderte Katinka wütend. »Sie haben eine Erscheinung vor sich.«

Zu Hause zog sie sich um und machte Wasser heiß. Kater Vishnu missachtete demonstrativ die angebotenen Streicheleinheiten. Eine Wärmflasche an sich gedrückt, setzte Katinka sich an den Küchentisch und dachte nach. Versuchte, Parallelen zwischen Booz und Dani herzustellen. Dani, die erfolgreiche Bildhauerin, die hart arbeitete und Geld verdiente. Und dann Booz und seine Installationen. Katinka gruselte es vor den Gleitschirmfliegern an der Felswand. Kunst, überlegte sie, war doch ihrem Wesen nach Ausdruck einer inneren Sicht, eines Selbst. Das Selbst, das sich da bei Booz offenbarte, schreckte sie. Es schien ihr makaber und von unglaublicher Hässlichkeit.

Sie nahm sich ein Schälchen Quark aus dem Kühlschrank und rührte Honig hinein. Seit heute Morgen hatte sie nichts gegessen. Appetit hatte sie keinen, Hunger auch nicht, aber sie spürte ein Sausen in ihrem Kopf. Unterzucker. Mit dem Quark in einer Hand, der Wärmflasche in der anderen setzte sie sich vor Toms Computer. Es sollte ein Leichtes sein, im Internet auf Informationen zu Arian Booz zu stoßen. Sie fuhr den Rechner hoch und hielt dann inne. Es gab eine sehr viel bessere Möglichkeit. Der einzige Nachteil bestand darin, dass ihr Informant schwer zu erreichen war. Aber er würde Bescheid wissen. Sie suchte ihr Adressbuch und startete ihre Versuchsreihe mit einigen Nummern, die mit 0043 begannen. Beim dritten Mal hatte sie Glück.

»Palfy?«

»Hallo Papa!«

Kurzes Schweigen in der Leitung.

»Ja, Katinkaaa«, kam es dann aus der Ferne. »Dich habe ich aber lange nicht gehört. Gesehen übrigens auch nicht.«

»Da könnte ich das Gleiche sagen!«

»Na, komm schon, Kati! Ich habe viel zu tun.«

Katinka mochte ihren Kindernamen nicht besonders.

»Ich auch. Ich wundere mich ohnehin, dass du in Wien bist.«

Ihr Vater besaß Häuser in mehreren europäischen Städten und eines auf Teneriffa, das er als Winterrefugium nutzte. Meistens mit Katinkas Mutter gemeinsam, obwohl beide seit etlichen Jahren geschieden waren.

»Aufträge, meine Liebe.«

»Wie geht es Melissa?«

Melissa Palfy, Katinkas Schwester, war vor einem knappen Jahr nach Europa zurückgekehrt, nachdem sie sich längere Zeit in den USA durchgeschlagen hatte. Kurz nach ihrer Ankunft in der alten Welt hatte sie Katinka in Bamberg besucht und bei der Aufklärung einiger brisanter Mordfälle mitgewirkt. Anschließend war sie mit der festen Absicht nach Wien gefahren, dort ein Literatur-Kaffeehaus zu eröffnen.

»Ganz gut, soweit ich weiß. Ihr telefoniert nicht häufig, nehme ich an.«

Katinka seufzte. Sie hatte nie gut mit Melissa gestanden. Meistens begründete sie die fehlende Harmonie damit, dass sie einfach zu verschieden seien und die Welt aus jeweils ganz unterschiedlichen Perspektiven sahen. Allerdings hatte die gemeinschaftliche Mörderjagd die beiden Schwestern zusammengeschweißt, wenigstens für ein paar Tage. Ich habe nicht den Mut, auszuprobieren, ob das neue Zusammengehörigkeitsgefühl tragfähig ist, dachte Katinka selbstkritisch. Deswegen melde ich mich nicht bei ihr.

»Ich komme mal wieder nach Wien und besuche euch alle. Läuft das Literatur-Kaffeehaus?«, fragte Katinka. Sie hatte ihren Vater im Verdacht, das Anfangskapital zugeschossen zu haben. Möglich wäre es. Er schwamm im Geld. Ignaz Palfy war einer, der es im Kapitalismus geschafft hatte. Für ihn war die Welt ein großes Monopoly-Spiel, in dem man nur oft genug über LOS ziehen musste, um auf der Gewinnerseite zu stehen.

»Sie eröffnet erst im Juli!«

»Ich dachte, das Ding steht schon.«

»Du weißt doch«, sagte Ignaz Palfy gedehnt. »Konzept, Vorbereitungen, Einrichtung … so schnell kann es nicht gehen.«

»Und Mama?«

»Wo deine Mutter steckt, weiß ich nicht. Wir haben uns das letzte Mal auf dem Rückflug von den Kanaren gesehen.«

»Hör mal, Papa«, begann Katinka. »Ich wollte mal deine Expertise in Sachen Kunst zurate ziehen.«

»Klärst du gerade einen Kunstraub auf?«

Er sagte es mit einem spöttischen Unterton, und Katinka hätte aufgelegt, wenn sie nicht dringend etwas über Booz hätte in Erfahrung bringen wollen. Sie atmete tief durch und schob sich die Wärmflasche unter den Pulli.

»Sagt dir Arian Booz was?«

»Lass mich mal kurz nachdenken.«

»Gedächtnisstütze: Er macht ›Happenings‹. Auf dem Wiener Prater hat er Sparschweine aus Pappmaschee aufgebaut.«

»Ach, der.« Ignaz Palfy lachte. »Klar. Ein ziemlicher Spinner. Ich habe ihn nie ganz ernst genommen.«

»Wer ist dieser Booz und was macht er für Kunst?«

Katinka hörte, wie in Wien jemand eine Tür schloss. Ignaz Palfy hielt die Hand über den Hörer und murmelte etwas. Er hat Besuch, dachte Katinka.

»Arian Booz ist ein Idiotus Maximus. Tut harmlos, aber meines Erachtens hat er die Grenzen des guten Geschmacks schon lange hinter sich gelassen. Er ist jetzt 40 und macht seit seinen Zwanzigern Installationen. Ich erinnere mich noch genau an die Geschichte mit den Sparschweinen. Fand erst im April statt. Die Bank of Austria veranstaltete in der Stadt irgendwelche Informationstage, mit Ständen und so weiter. Booz baute eine Frau in ein Sparschwein ein, nur der Kopf guckte oben aus dem Schlitz raus. Er wollte zeigen, dass die Menschen durch Geiz, Knausrigkeit und Geldgier Gefangene werden. Sehr simpel gedacht. Die Frau harrte den ganzen Tag in dem Pappmascheeschwein aus. Es war ein ungewöhnlich warmer Tag. Am Abend musste die Feuerwehr sie aus dem Schwein befreien. Sie hatte einen Sonnenstich.«

Katinka wurde übel. Jana, die zarte Jana.

»Unappetitlich.«

»Das kannst du laut sagen. Booz ist dafür bekannt, dass er Tierkadaver in Eisblöcke einfriert und sie an stark frequentierten Plätzen aufstellt. Man hat ihm auch nachgesagt, er mache Abgüsse von Toten, um diese dann als Plastiken quasi wieder auferstehen zu lassen. Er wurde sogar mal wegen Leichenschändung angeklagt, aber nicht verurteilt. Das Verfahren wurde eingestellt. Böse Zungen behaupten, er hätte beste

Kontakte in die Film- und Medienszene, zu entsprechenden Gesichtern, die auch im Justizministerium ein- und ausgehen. Journalisten, Typen vom Fernsehen. Deswegen haben seine Aktionen auch immer ein rauschendes Medienecho.«

»Kannst du mir mal ein paar mehr Informationen über diese Geschichte zukommen lassen?«

Ignaz Palfy hörte sich argwöhnisch an, als er sagte:

»Hast du mit Booz zu tun?«

»Komm, Papa. Du kennst doch überall Leute.«

Er seufzte.

»Na gut. Ich sehe, was zu machen ist.«

»Hast du eine Vorstellung davon, was Booz als nächstes plant?«

»Wie sollte ich! Mit Wahnsinnigen gebe ich mich normalerweise nicht ab.«

Wieder hielt er die Hand vor die Sprechmuschel und flüsterte.

»Hast du Besuch, Papa?«

»Und wenn es so wäre?«

»Ich habe ja nur gefragt.« Katinka wusste, dass ihr Vater seine Privatsphäre gerne verschleierte und damit kokettierte. Sie stellte ihn sich vor, den schütteren Haarwuchs, das braungebrannte Gesicht, und wie er die verbliebenen Haare im Nacken zu einem Pferdeschwanz zusammennahm, der aussah wie ein Ziegenbärtchen. Seine Anziehungskraft auf Frauen, zumal auf sehr viel jüngere, war legendär und einer der Gründe, warum Katinkas Mutter sich von ihm getrennt hatte. Zumindest formell. Denn dass die beiden von Zeit zu Zeit wieder gemeinsame Wege gingen, war Stadtgespräch beim Wiener Jetset.

»Sag mal, der Name Jana Dorell, sagt dir der was?«, fragte Katinka.

»Jana Dorell? Nie gehört.«

»Sie ist die Frau, die im Sparschwein steckte.«

»Woher weißt du das jetzt wieder?«

Katinka lachte: »Ich bin Privatdetektivin.«

»Mädel, hör zu: Bist du mit Booz im Geschäft? Dann sei vorsichtig. Er ist ein charmanter Kerl, aber er hat den Charakter einer Kanalratte«, warnte Ignaz Palfy.

»Was für einen Charakter haben Kanalratten?«

Er stöhnte.

»Du bist unmöglich. Also bist du Booz über den Weg gelaufen.«

Katinka grinste in sich hinein. Ihr Vater hatte diese typische Elternintuition nie abgelegt. Sie lenkte das Gespräch auf privatere Dinge, bevor sie fragte: »Weißt du eigentlich irgendwas von Dani Zanini?«

Die Antwort ließ einen Moment auf sich warten, als hinge sie irgendwo auf den 600 Kilometern zwischen Wien und Bamberg fest.

»Dass sie eine außerordentlich gutaussehende Frau ist.«

Katinka verdrehte die Augen.

»Abgesehen davon. Mehr … beruflich.«

»Nein, macht sie eine neue Ausstellung?«

»Ich habe sie am Freitag zufällig in Bamberg getroffen.«

»Ach, ja?«

Ignaz Palfys Stimme klang unbeteiligt, beinahe desinteressiert.

Einem diffusen Gefühl folgend sagte Katinka: »Falls du sie siehst – sie soll sich bei mir mal melden.«

Sie beendete das Gespräch mit den notwendigen

Platitüden. Mit ihrem Vater zu telefonieren, hinterließ in ihr immer den Eindruck, nicht mit ihm selbst gesprochen zu haben, sondern mit einer verschwommenen Figur, die neben ihm stand und die Antworten für ihn gab.

Wenigstens zu Booz hatte sie etwas erfahren, wenngleich sie noch nicht wusste, wie seine provokanten künstlerischen Geschmacklosigkeiten zu Danis Verschwinden passten.

Katinka verließ das Arbeitszimmer, löschte das Licht und blieb einen Moment in der Dunkelheit stehen.

Booz ist ein Sadist, dachte Katinka. Wie konnte er Jana in dieses Sparschwein einbauen? Wollte sie das selbst? Welche Macht hat er über sie? Ist sie der Typ Frau, die einem Mann hörig ist und von einer Felswand springt, um ihm zu Diensten zu sein? Warum fror er Kadaver in Eisblöcke ein?

Katinka hielt sich Janas panische Reaktion vor Augen. Jana Dorell, die Verlobte des Arian Booz, sein Hündchen, die ergebene Dienerin. Wie sonst sollte man sich erklären, dass sie sich für Stunden in einem Pappmascheeschwein einsperren ließ.

Katinka setzte sich in der Küche an den Tisch und schrieb auf ein Blatt Papier: *Jana dazu bringen, über Dani zu reden.* Jana war komplett ausgeflippt, als Danis Name genannt wurde. *Warum?*, schrieb Katinka dazu und legte die Wärmflasche neben ihren Zettel.

Sie grübelte, wanderte hin und her, starrte aus dem Fenster. Sie machte ein paar Tanzschritte, stellte sich grinsend vor, wie ihr Vater eine elegante Dame zum Essen ausführte. Sah Janas blasses Gesicht vor sich und die Hysterie, mit der sie Katinka rausgeschmissen hatte.

Jana, der Schlüssel zu Booz. In diesem Fall würde ihr Heppner mit seiner Ausrüstung nicht helfen können.

In der Nacht schlief sie schlecht. Sie träumte, dass sie Booz mit ihrer Waffe in Schach hielt. Booz streckte die Hand aus und berührte die Pistole. Sie wurde weich wie Nougat und begann in Katinkas Hand zu schmelzen.

Sie schreckte hoch. Sah auf die Uhr, stöhnte, warf sich hin und her. Die Geräusche der nächtlichen Stadt drangen unwirklich laut an ihr Ohr. Sie stand auf und suchte sich Ohropax. Blendete die Welt aus. Versuchte es mit einem neuen Traum. Bemerkte, wie der Kater aufs Bett sprang, und wärmte sich an seinem Fell. Es war 2 Uhr 30, Montag, der 14. Juni 2004.

9. Ertrunken

»Katinka, wieder einer!«

»Was?«

»Und du wirst nicht glauben, wo der festsitzt.«

Katinka hockte auf dem Badewannenrand und presste das Telefon mit dem Kinn ans Ohr, während sie sich die Haare trockenrieb.

»Sag schon, Britta!«

»Am Schönleinsplatz. Im Brunnen.«

Elektrisiert sprang Katinka auf.

»Ich bin gleich da!«

Sie pfefferte das Handtuch in den Wäschekorb, schlüpfte in Jeans und Pulli und rannte aus der Wohnung.

Sie kam jeden Tag auf dem Weg zu ihrer Detektei hier vorbei. Aber dieser Anblick war wirklich eine Sensation. Der Fotograf lag bäuchlings auf der Erde, um sein Motiv ins rechte Licht zu rücken.

»Ach, die Frau Privatdetektivin ist auch mit von der Partie. Heute ohne Unterstützung durch den Hauptkommissar?«

Sie hätte sich denken können, dass der hämische Ton zu Lutz Fleischmann gehörte.

»Wieder Ketchup?«, fragte sie.

»Deutliche Currynote.«

Katinka besah sich den schwarzen Käfer, den jemand mitten in den kreisrunden Brunnen gesetzt hatte. Es war ein älteres Modell und das erste Mal kein Cabrio. Das Samuraischwert, auf den ersten Blick identisch mit den vorherigen, war durch das Dach gebohrt und in den Fahrersitz gerammt worden.

»Fehlt nur noch, dass einer drinsitzt und mit aufgespießt wird«, witzelte Fleischmann. Der Gedanke amüsierte ihn sichtlich.

Das Wasser stand dem Wagen bis zu den Scheinwerfern. Er saß ein bisschen schief auf den Düsen auf, aus denen sonst die Wasserfontänen spritzten.

»Morgen, Katinka!«

Britta trat zu ihr, die XXL-Kuriertasche um ihren Regenmantel gewickelt. Sie sah müde aus, dunkle Ringe umschatteten ihre Augen. Sie war ungeschminkt, was selten genug vorkam.

»Die Polizei ist kurz nach sechs angerufen worden. Jemand ... also jemand hat in etwa zur gleichen Zeit meine Handynummer gewählt«, erklärte Britta.

»Was für ein Jemand?«

»Kein Kommentar. Wo steckt dein Kommissar?«

»Er hat Urlaub. Und er ist nicht *mein* Kommissar.«

»Dann müssen wir mit diesem Witzbold vorlieb nehmen?«

Britta deutete auf Lutz Fleischmann in seinem weißen Overall mit der Aufschrift ›Kriminaltechnik‹, der an dem Käfer lehnte und seiner Arbeit nachging.

»Fleischmann? Der ist Techniker. Jemand anderes muss die Ermittlungen leiten. Keine Ahnung.« Katinka sah sich hilflos um.

Britta hatte die Antwort schon parat.

»Schätzungsweise deine besondere Freundin, Oberkommissarin Winkler. Guck mal, da drüben steht sie.«

»O Gott.«

Katinka fror. Die nassen Haare klebten in der kalten Morgenluft wie eine Schicht Eis auf ihrem Kopf. Nieselregen setzte ein. Der Anblick von Oberkommissarin Johanna Winklers Faltenrock unter dem grünen Polizeianorak war nicht im mindesten geeignet, sie zu erwärmen.

»Der deutsche Sommer ist ein grün angestrichener Winter«, meckerte Britta. »Sagte der Alte Fritz. Und er hatte recht. Treffen wir uns zum Mittagessen?«

Katinka nickte. Sie umkreiste den schwarzen VW und prägte sich die Position des Schwertes ein. Sie konnte sogar die Autonummer entziffern, die knapp unter der Wasseroberfläche schimmerte.

»Ein sogenanntes *Katana* oder auch *japanisches Langschwert*«, dozierte Fleischmann. »Schauen Sie sich mal die Griffwicklung an. Da sind schöne Dekoelemente unter dem Band, oder?«

»Allerdings«, mußte Katinka zugeben. Sie zog die Schultern hoch gegen die Kälte. Ihr Magen knurrte. Wenn sie ehrlich war, konnte sie sich einfach nicht erklären, woher ihre Abneigung gegen Fleischmann rührte.

»Entfernen Sie sich aus dem abgesperrten Bereich. Privatpersonen haben hier keinen Zugang.«

Die Stimme klang emotionslos, aber Katinka wusste nur zu genau, dass Johanna Winkler sich unter großen Mühen zusammenriss. Ihre Wangenmuskeln traten überdeutlich hervor.

»Sofort, Frau Oberkommissarin«, sagte Katinka spöttisch.

Johanna Winkler warf ihr einen wütenden Blick zu und hob das rot-weiße Band ein Stück an. Katinka kroch durch. Im Nacken spürte sie Fleischmanns anzügliches Grinsen. Er sagte etwas zu Johanna Winkler. Die verzog die Lippen. Fleischmann formte ein O mit dem Mund und wedelte mit den Händen wie mit Flügelchen.

Katinka winkte Britta, die Daumen und kleinen Finger abspreizte und an ihr Ohr hielt. Dann sprang sie auf ihr Rad und fuhr nach Hause.

Es war gerade halb acht. Sie fror wie ein Schneider. Es mochte keine 12 Grad haben. Die Zentralheizung war schon seit Mai abgestellt. Katinka setzte Wasser auf und rieb sich das Haar mit einem Küchenhandtuch trocken, als das Telefon läutete. Panisch rannte sie durch die Wohnung. Beim achten Klingeln endlich fand sie das Telefon im Wäschekorb.

»Palfy!«

Es knackte und knisterte, dann schrie ihr jemand ins Ohr:

»Schewschenko, Juri Schewschenko, from Kiev!«

Sie brauchte einen kurzen Moment. Kiew.

»Ich freue mich, dass Sie zurückrufen!«, brüllte Katinka in den Apparat. Dann erläuterte sie dem Anrufer, weshalb sie ihn hatte sprechen wollen. Sie bemühte die Journalistengeschichte, betonte ihre vergeblichen Versuche, Dani für ein Interview ausfindig zu machen. Juri schien untröstlich, keine Hinweise geben zu können. Er besaß weder Danis aktuelle Adresse noch eine Telefonnummer.

»I am sorry«, rief er immer wieder in den Äther. Er habe Dani sehr gemocht, die Zusammenarbeit mit ihr sei das reinste Vergnügen gewesen und die Kiewer von ihren Plastiken geradezu hingerissen. Aber im Anschluss sei der Kontakt eingeschlafen.

»Tja, da kann man nichts machen«, seufzte Katinka.

»So sorry, cannot help you«, bedauerte Juri.

Katinka bedankte sich und tippte auf den roten Knopf. Bibbernd stieg sie ein zweites Mal unter die Dusche. Das Wasser trommelte kochend heiß auf ihre Schultern. Dani schien sich zu bemühen, ihre Spuren alsbald zu verwischen. Es mochte ihr gefallen, flüchtige Kontakte aufzubauen, für ihre beruflichen Ambitionen zu nutzen und dann in der Versenkung zu verschwinden. Eigentlich seltsam, dachte Katinka. Es muss doch gerade das Faszinierende an diesen weltweiten Ausstellungen sein, dass man Leute kennen lernt. Sie selbst an Danis Stelle hätte wenigstens dafür gesorgt, erreichbar zu bleiben.

Erst, als ihr ganzer Körper krebsrot war, stellte Katinka das Wasser ab und rieb sich trocken. Als sie vor einer Tasse dampfenden Kaffees saß, fühlte sie sich endlich halbwegs lebendig. Sie versuchte erneut die Berliner Nummer, aber der gleiche freudlose Automat wie am Tag zuvor repetierte die Geschäftszeiten. Sie war eindeutig zu früh dran.

Ein dritter ermordeter Käfer. Der Schönleinsplatz war eine belebte Ecke, auch nachts herrschte dort beständig Verkehr. Wie konnte jemand einen Käfer in den Brunnen bugsieren, mit einem Schwert durchbohren und abhauen, ohne bemerkt zu werden?

Sie notierte sich das Kennzeichen auf einem Schmierzettel.

Während sie mehr Kaffee trank, versuchte sie sich plastisch vorzustellen, wie der Täter ein derart langes und wahrscheinlich schweres Schwert in ein Dach bohrte. Er musste auf das Dach klettern und mit aller Kraft zustoßen. Bei einem Cabrio mochte es leicht gehen. Aber ein Dach aus Blech zu durchbohren … Katinka nahm an, dass das Schwert Gefahr lief, abzurutschen und den Täter zu verletzen. Womöglich hatte er mit einem anderen Werkzeug vorgebohrt.

Käfer. Kadaver. Tot aussehende Puppen in Gleitschirmen.

Zerstörung als Kunst ausgegeben.

Sie nahm die Brille ab und rieb sich die Augen.

Booz hatte ihr nicht alle Stallungen gezeigt. Manches sei geheim. Geheime Kunstprojekte.

Sie seufzte. Der Kunstaspekt war nur die eine Sache. Es kam noch Diebstahl hinzu. Die beiden ersten Käfer jedenfalls waren gestohlen. Katinka mochte sich nicht recht an den Gedanken gewöhnen, dass Booz durch die Gegend zog und Autos knackte. Also brauchte er zumindest dazu einen Partner. Kam Jana in Frage? Blieb offen, wie er die Käfer an Ort und Stelle brachte, und vor allem, wie dieser dritte VW in den Brunnen gesetzt werden konnte. Katinka musste unbedingt in Erfahrung bringen, wie lange die Wagen schon als gestohlen gemeldet waren, bevor sie mit einem Schwert im Dach wieder auftauchten.

Katinka machte sich eine Liste. Der erste Käfer hatte kein Bamberger Kennzeichen. Ein Student, der in Bamberg auf der Fahrt in den Süden Station gemacht hatte, war der Eigentümer.

Der zweite Käfer. Um dessen Halter hatte sie sich nicht mehr gekümmert. Sie machte sich eine Notiz.

Hardo hatte ihr einen Namen genannt. Sie wollte schon zum Telefon greifen, als sie beschloss, den Kontakt für Notfälle zu sparen und es zunächst bei der Polizei zu versuchen.

In dem Moment klingelte ihr Handy.

»Palfy?«

»Sie haben es vermutlich schon gehört.«

Katinka lachte.

»Morgen, Hardo. Ich habe es sogar schon gesehen.«

»Dann haben Sie mir etwas voraus.«

»Ich wollte Sie gerade anrufen«, log Katinka. »Die Zusammenarbeit mit Ihrer Kollegin Winkler ist nicht die einfachste.«

Er lachte trocken.

»Sie ist eben durch und durch Beamtin. Haben Sie etwas von Ihrer Freundin gehört?«

Katinka zuckte zusammen.

»Nein.« Sie dachte an Booz und seine Stallungen. Stellte sich Danis Leiche vor, wie sie in einem der leeren Gebäude lag, bis Booz eine Gelegenheit auftat, sie in einer Installation zu verwenden. Katinka hatte das stürmische Bedürfnis, Hardo von ihrem Besuch in Holzhof und dem Telefonat mit ihrem Vater zu berichten. Aber etwas ließ sie zögern: die Erfahrung, dass Hardo ihr gerne die Fälle vor der Nase wegschnappte.

»Wollten Sie mir etwas sagen, Palfy?«, fragte Hardo.

Wie er es nur immer merkt, dachte Katinka.

»Ich ... bin ziemlich durcheinander. Haben Sie den gelben Beetle weitergereicht?«

»Dauert noch. Gelbe Spielzeugautos haben momentan keine Priorität. Man tut mir lediglich einen privaten Gefallen.«

»Aha.«

»Zwei Kollegen haben nochmal Danis Grundstück abgegrast. Nichts, absolut nichts.«

»Das habe ich befürchtet«, seufzte Katinka.

»Dafür haben wir ihr Auto ermittelt. Sie werden lachen: Sie fährt einen New Beetle, ein Cabrio. Bloß wo dieser Wagen steht, wissen wir noch nicht.«

Katinka dachte an Georg Krüppmann, den Autohausbesitzer, den sie bei den Youngtimern getroffen hatte. Wie er damit geprahlt hatte, erst vor kurzem einer jungen Dame einen neuen Käfer verkauft zu haben.

»Danke«, sagte sie zu Hardo. »Immerhin ein kleiner Schritt.«

»Melden Sie sich, wenn Sie mich brauchen.«

Er hatte schon längst aufgelegt, als Katinka immer noch auf das Display ihres Handys starrte. ›Dauer des Gesprächs: 4:05‹ stand dort.

Ich brauche ihn, dachte Katinka. Die Angst um Dani kam wieder hoch, der schale Geschmack ihrer eigenen Hilflosigkeit. Sie sehnte sich nach der trutzigen Sicherheit, die Hardo ausstrahlte, der Ruhe, mit der er ihr zuhörte. ›Du bist dir deiner Gefühle nicht sicher‹, hörte sie Dani. Sie brauchte seine Erfahrung, seine souveräne Kompetenz. Sie kam nicht weiter auf der Suche nach Dani. Eigentlich kam es ihr vor, als suchte sie gar nicht, weil sie nicht wusste, wie und wo. Katinka wischte sich über die Augen. Die Tränen kamen einfach so, und weil niemand in der Nähe war, konnte sie es wagen, ihnen freie Fahrt zu lassen.

Sie suchte einige Fotoalben ab, um ein Bild von Dani zu finden. Erst, als sie frustriert und unverrichteter Dinge die dicken Kladden wieder wegräumte, fiel ihr ein, dass Dani ihr einmal ein Foto von sich geschickt hatte, das auf einer ihrer Vernissagen aufgenommen worden war. Sie entdeckte es prompt unter einem Stapel alter Zeitschriften und Briefe.

Dani. Tom. Die merkwürdige Kälte zwischen ihnen, die Funkstille. Katinka verstand nicht, wieso der Schlaganfall seiner Mutter sich wie ein Eisblock zwischen ihnen aufgetürmt hatte. Noch weniger wollte ihr eingehen, dass Tom sich nicht bei ihr aussprach. Dann Booz. Die Warnung ihres Vaters. Die aufgespießten Käfer. Der kleine gelbe Beetle vor Danis Haus. Jana, der die brennende Zigarette aus der Hand fiel. Sie fühlte sich schwindelig, als wolle eine unbekannte Kraft sie aus ihrem Leben kippen, in ein anderes, bedrohliches, das nicht ihres war.

Ich muss zu Danis Ferienhaus fahren und mich umsehen. Es gibt eine Verbindung zwischen Booz und Dani. Oder wenigstens zwischen Jana und Dani. Und dann kugelt noch dieser York durchs Bild.

Katinka machte sich eine Notiz, unbedingt Britta ins Gewissen zu reden. Mochte York auch ihr Wochenendlover sein, die Sache war zu ernst, um sie auf sich beruhen zu lassen.

Katinka radelte zur Polizeidirektion und brachte Sabine Kerschensteiner das Foto. Als es zu den Akten genommen war, begleitete die Polizistin sie zum Eingang und steckte sich eine Zigarette an.

»Sie rauchen!«, sagte Katinka überrascht.

Sabine lächelte. »Und Sie?«

»Nicht mehr«, sagte Katinka stolz. »Wo ist eigentlich Ihr rothaariger Kollege?«

Sie spielte auf Polizeimeister Urban Dütsch an. Er war genau genommen ihr allererster Polizeikontakt gewesen, ein wahrer Freund und Helfer in Uniform.

»Urlaub«, sagte Sabine Kerschensteiner. »Gran Canaria, soweit ich weiß. Da ist wohl auch besseres Wetter.«

Katinka seufzte wehmütig.

»Haben Sie zwei Minuten für mich?«

»Sicher.«

»Frau Kerschensteiner, wegen dieser Sache mit den

aufgespießten Cabrios ... Könnten Sie mir die Namen der Fahrzeughalter durchgeben, ich meine, die der Käferbesitzer?«

Diese Bitte war eine der größeren, das war unschwer an Sabines Reaktion zu erkennen. Katinka hatte Sabine Kerschensteiner einiges zu verdanken, sie hatte sich schon manchmal für Katinka ins Zeug gelegt, sowohl bei Hardo persönlich, als auch in der Zeit, als der Kommissar nach Südamerika abgetaucht war.

Sabine sah sie zweifelnd an. Dann nickte sie.

»Seien Sie ein bisschen vorsichtig, Frau Palfy«, sagte sie. »Es gibt hier Leute, denen passt es nicht, wenn sogenannte Außenstehende schnüffeln gehen.«

»Ich behindere doch niemanden«, fuhr Katinka auf. Sofort schämte sie sich. »Sorry. Ich ... Es klingt blöd, wenn ich sage, ich mache nur meinen Job, oder?«

Sabine zog zweifelnd die Augenbrauen hoch.

»Ich meine nur, Uttenreuther hat mächtige Flügel, und darunter sieht alles kollegial und schön aus. Aber es gibt auch eine Gegenfraktion, wenn Sie mich verstehen.«

»Verstehe. Danke für die Warnung.«

»Ich rufe Sie an.«

Katinka war sich unsicher, ob sie versuchen sollte, Tom anzurufen. Sie versuchte es anders: Kramte in seinem Adressbuch nach der Telefonnummer seiner Eltern. Dort ging nach zweimaligem Klingeln sein Vater an den Apparat. Katinka erschrak so heftig, dass sie auflegte. Sie wählte die Handynummer. Am liebsten hätte sie einen Schuss auf den Automaten abgefeuert, der sein stupides ›Dies ist die Mailbox von...‹ abspulte.

Sie gab ihrem Herzen einen Stoß und wählte wieder die Privatnummer.

»Hallo? Thiele hier. Wer ist denn da?«

»Katinka!«

Sie wartete einen Moment. Es kam keine Reaktion.

»Katinka hier«, versuchte sie es ein zweites Mal.

»Ach, ja!«, sagte Toms Vater.

»Ich wollte mich erkundigen, wie es Ihrer Frau geht.«

»Sie ist jetzt bei Bewusstsein«, sagte er. »Aber ob das eine Besserung ist, weiß ich ehrlich gesagt nicht. Sie kann immer noch nicht sprechen, und ihre ganze rechte Seite ist gelähmt. Nichts hat sich getan seit Freitag früh. Immerhin kann sie jetzt essen. Mit der linken Hand.«

Katinka fuhr mit dem Finger die Kanten all ihrer Schmierzettel entlang, die vor ihr auf dem Tisch lagen.

»Es tut mir leid. Wenn ich etwas tun kann …«

Toms Vater schien diesen Vorschlag als seltsam zu empfinden. Er druckste herum, dann sagte er:

»Man kann nichts machen. Jetzt noch nicht. Die Ärzte empfehlen uns, einen Rehaplatz für sie zu suchen, in einer Spezialklinik. Sie wird nicht nach Hause kommen können. Wir wohnen im dritten Stock, ohne Fahrstuhl. Ich müsste sie hinauf- und hinuntertragen. Wie soll das gehen.«

»Ist Tom jetzt bei ihr?«

»Ja, der Junge ist in der Klinik.«

Der Junge, dachte Katinka. Der 32-jährige Junge.

Sie verabschiedete sich und legte das Telefon weg.

Sie ging ein wenig hin und her. Bis zu ihrer Verabredung mit Britta hatte sie noch eine Menge Zeit. Es würde für das Samurai-Studio reichen und für einen zweiten Besuch in Holzhof. Der Gedanke an Janas Hysterie gefiel ihr gar nicht und noch weniger die Vorstellung, die junge Frau wieder in die Mangel zu nehmen, diesmal allerdings ohne locker zu lassen.

Katinka setzte sich ins Auto und fuhr zum Berliner Ring. Der Motor würgte und hustete, sobald sie im Leerlauf an roten Ampeln stand. Es würde nicht mehr lange dauern, und das Vehikel hätte seine aktiven Zeiten hinter sich. Ich könnte es Booz für eine Installation überlassen, dachte sie.

Das Samurai-Studio war vormittags offiziell noch nicht geöffnet, aber ein junger Mann mit langen, zu einem Zopf gefassten Haaren öffnete ihr die schwere Eisentür. Darauf klebte der gleiche Aufkleber, den sie auf Hansi Schmidts Auto gesehen hatte. Nur einige Nummern größer.

»Training erst ab 14 Uhr«, versuchte er Katinka abzuwimmeln.

»Ich brauche nur ein paar Informationen«, sagte sie schnell. »Sind Sie der Chef?«

»Mir gehört das Studio«, sagte er stolz. »Toni Utzmann. Wenn Sie an einem Einführungskurs teilnehmen wollen, ich beginne erst wieder nach den Sommerferien.«

»Was sind das eigentlich für Kampftechniken? Was kann ich hier lernen?«

»Jiu Jitsu, Judo, Karate.«

»Und was ist das mit den Schwertern?«

»Sie interessieren sich für Kendo?«

»Genau.«

Utzmann sah Katinka zweifelnd an.

»Was wollen Sie eigentlich wirklich?«

Katinka zückte ihren Ausweis. »Ich bin Privatdetektivin. Es geht um die ermordeten VWs der letzten Woche.«

»Ach so!« Utzmann lachte erleichtert. »Sagen Sie's doch gleich. Also, mit den Kendo-Schwertern kriegen Sie kein Dach durch. Die sind aus Bambus.«

Er führte Katinka in den mit weißen, quadratischen Matten ausgelegten Trainingsraum. An der Wand befand sich eine Art Garderobe.

»Hier. Das tragen die Kämpfer als Schutz, wie eine Rüstung: Gesichtsmaske, Brustplatte, Panzerhandschuhe und Schurz. Darunter hat man einen geschlitzten Rock an.« Er zog einen von einem Bügel und hielt ihn Katinka an. »Würde Ihnen schon stehen.«

Sie grinste.

»Ich überlege es mir. Wie geht denn so ein Kendo-Kampf?«

»Das ist eine komplexe Sache. Die Art der Schläge ist genau festgelegt. Ein Kampf dauert drei bis fünf Minuten. Das Training ist ziemlich hart. Da wird nicht nur der Körper einer strengen Disziplin unterworfen, sondern auch der Geist.«

»Was denken Sie eigentlich über diese Samuraischwerter, die in den Käfern steckten?«, fragte Katinka. »Sie haben sicher davon in der Zeitung gelesen, oder?«

Utzmann zuckte die Schultern.

»Ich besitze kein Samuraischwert. Aber ich weiß, dass es eingeschworene Fans gibt, die sich von dem Ehrenkodex der Samurai angezogen fühlen und irgendwas nachahmen, was ihnen als japanische Tradition erscheint. Ein buntes Mischmasch aus Esoterik und Rittertum.«

Katinka hörte an seinem Tonfall, dass er Mischungen ablehnte.

»Solche Typen trainieren aber nicht bei Ihnen? Immerhin nennt sich Ihr Laden ›Samurai-Studio‹!«

»Was meine Schüler in ihrer Freizeit treiben, weiß ich nicht«, sagte Utzmann. Es klang ein bisschen entnervt. »Aber ich versichere Ihnen, dass das, was wir hier beim Training und vorher und nachher tun, nichts mit Schwertern in Autodächern zu tun hat. Asiatische Kampftechniken werden nicht um der Gewalt willen trainiert. In den Frauenkursen wollen viele einfach mehr Sicherheit entwickeln und Selbstverteidigung lernen. Generell konzentrieren sich aber alle auf die geistige Komponente, um ihre Selbstdisziplin zu schulen und ihr Selbstvertrauen zu stärken.«

»Wo bekommt man ein Samuraischwert?«

»Bin ich Jesus? Keine Ahnung! Manche Waffengeschäfte sind wohl auf Stichwaffen spezialisiert. Im Internet findet man bestimmt Unmengen an Angeboten. Zulegen kann man sich ja alles, heutzutage.«

»Kennen Sie einen Hansi Schmidt?«

Utzmann sah Katinka argwöhnisch an.

»Ich gebe über meine Kunden keine Daten oder so raus, nicht einmal das Geburtsdatum«, sagte er. »Damit fährt man nie gut. Ich verdiene mein Brot mit den Kursen und diesem Studio. Was wissen denn Sie, wie man als Unternehmer derzeit schrubben muss, um auf zwei Beinen zu stehen.«

»Weiß ich alles«, sagte Katinka.

»Ach so, ja, natürlich, Sie sind ja auch selbständig … und geht das?«

»Geht. Bei nur einer Mahlzeit pro Tag.«

Verdattert sah Utzmann sie an. Sie hörte förmlich

die Zahnräder in seinem Kopf einrasten und stellte sich vor, wie er nachdachte, ob ihre Bemerkung ein Witz oder ernst gemeint war. Schnell griff er nach ein paar kopierten Blättern auf seinem Begrüßungstresen:

»Das wäre unser aktueller Stundenplan, und hier ist die Ankündigung für die neuen Kurse ab September.«

»Danke. Ich melde mich.«

»Tschüss dann!«

Sie hatte den Eindruck, Utzmann war froh, dass sie ging.

Der Wagen sprang sofort an, das mysteriöse Klappern war verstummt. Katinka nahm es als gutes Omen. Ein paar Sonnenstrahlen quälten sich durch die grauen Wolken. Dennoch war es so kalt, dass sie die Heizung einschaltete. An einer Apotheke in Memmelsdorf wurde die Temperatur angezeigt. 14 Grad. Grün angestrichener Winter, dachte Katinka. Der Alte Fritz hat's erfaßt. Während sie weiter Richtung Holzhof fuhr, probierte sie verschiedene Gesprächsvarianten aus. Sie könnte die gute Fee spielen, die Janas Seele Erleichterung versprach, wenn sie sich nur endlich in Sachen Daniela Zanini einmal aussprechen würde. Oder sie machte auf miesen Cop und drohte Folter an. Mit klopfendem Herzen steuerte sie in die schmale Straße hinter dem Ortsschild. Sie parkte vor der Einfahrt in den Hof und ging die letzten Schritte zu Fuß. Alles sah genauso aus wie zuvor. Der Geländewagen parkte an der gleichen Stelle, als sei er nicht bewegt worden. Über dem Gutshof lag tiefe Stille.

Im Teich in der Mitte herrschte allerdings Bewegung. Die Wasseroberfläche kräuselte sich. Jemand stelzte im Wasser herum. Als Katinka ausstieg, hörte sie das erboste Quaken einer Ente. Mitten im Weiher stand Jana, die Hosen bis zum Schritt hochgekrempelt.

»Ist Ihnen nicht kalt da drin?«, rief Katinka hinüber.

Jana schreckte so heftig zusammen, dass sie einknickte und bis zu den Hüften im Teich versank.

»Sind Sie bescheuert?«, brüllte sie. Mit hochrotem Kopf stakte sie zum Ufer.

»Ich fragte nur, ob es nicht kalt ist. Wir haben's ja noch nicht so sommerlich.«

Jana stapfte aus dem Teich. An ihren nackten Beinen klebte Entengrütze. Ihre Jeans und der Pullover klumpten nass und schwer an ihrem zarten Körper.

»Ich muss dringend mit Ihnen sprechen«, sagte Katinka und hielt sich beide Optionen offen. Noch hatte Jana die Messlatte für die ›gute Fee‹ nicht überdehnt.

»Ach so? Darf ich mich vielleicht vorher trockenlegen?«

Katinka lief ihr einfach nach. Jana ging nicht zum Wohnhaus, sondern marschierte geradewegs auf den Stall zu, in dem Katinka sie am Tag zuvor angetroffen hatte.

»Wohnen Sie hier drin?«

Jana sagte kein Wort. Sie querte den Vorraum und betrat das Stallgebäude. Mehrere mannshohe Holzsäulen standen in unterschiedlichen Abständen darin verteilt. An ihre Seiten waren großformatige Fotos geklebt. Fotos, die Formen und Farben zeigten, mit denen Katinka nichts anfangen konnte.

»Was ist das?«, fragte sie.

Jana stand in der hintersten Ecke. Sie zog ihre nassen Sachen aus, ohne auf Katinka zu achten. Nackt stellte sie sich vor einen Schrank und wühlte nach frischer Wäsche und einem trockenen Pullover. Statt einer Hose wickelte sie sich ein Handtuch um die Beine.

»Aufnahmen von Blüten hier aus der Gegend«, sagte Jana. »Um ein Vielfaches vergrößert.«

»Ist so was wie das hier«, Katinka wies auf die Säulen, »eine Installation?«

»Soll mal eine werden.«

»Wo stellen Sie das aus?«

»Geheimnis.«

Jana kam zurück. Sie hatte die Arme fest um den Oberkörper geschlungen.

»Ich brauche was Warmes. Wollen Sie auch einen Kaffee?«

Katinka folgte ihr in den Vorraum. Jana füllte Wasser in ihre Kaffeemaschine und gab großzügig Kaffeepulver in den Filter. Während die Maschine fauchte, griff sie nach der Zigarettenschachtel.

»Was haben Sie da im Teich gemacht?«, fragte Katinka.

Jana hockte sich auf die Bank unter den Sattelböcken und bot Katinka mit einer unwirschen Kopfbewegung Platz an. Sie zog die Knie hoch und umklammerte sie mit den Armen. Ihre Hände zitterten so sehr, dass sie das Feuerzeug nicht bedienen konnte. Katinka nahm es ihr aus den Händen. Sie waren eiskalt. Die Flamme beleuchtete Janas blasses Gesicht.

»Kein Kommentar. Aber ich habe mir schon gedacht, dass Sie sich nicht abwimmeln lassen«, sagte sie schließlich.

Katinka wartete ab.

»Sie kennen doch Livio Zanini, nehme ich an?«, fragte Jana.

»Danis Bruder? Kennen ist wohl zuviel gesagt.«

»Ich war mit ihm zusammen. Einige Jahre. Schon fast wie verheiratet.«

In ihren Augen leuchtete unerwartete Wärme auf. Sie rauchte. Die Kaffeemaschine spuckte den letzten Tropfen Wasser in den Filter.

»Anfang des Jahres starb er.«

Katinka zuckte zusammen. Schlagartig sah sie den Gauguin in Danis Schlafzimmer vor sich. ›Der Geist der Toten begleitet dich.‹

»Wie ist das passiert?«, fragte sie.

Jana legte die angerauchte Zigarette in den Aschenbecher und zerrte die Kaffeekanne von der Heizplatte. Sie goss zwei Tassen voll und schob eine angebrochene Tüte H-Milch zu Katinka hinüber.

»Bedienen Sie sich. Er war ein begeisterter Bergsteiger und Skifahrer. Jeden Winter musste er mindestens zweimal in die Alpen fahren und über die Pisten rasen. Sein Ausgleich zur Kunst, wie er sagte.«

Katinka probierte von dem Kaffee. Er war so stark wie ein dreifacher Espresso.

»Er meinte, das Waghalsige würde ihn inspirieren«, fuhr Jana fort. »Nahm die schwierigsten Pisten, oft fegte er den Berg im Tiefschnee runter. Im Sommer gingen wir auch zusammen klettern. Er lachte sich über mich kaputt, weil ich nicht so waghalsig war. Warf mir vor, übervorsichtig zu sein. ›Meine Übervorsichtige‹, neckte er mich.« Jana machte ein paar hektische Züge. »Letzten Winter war die Inspiration dann ein bisschen zu heftig. Er jagte über einen Überhang, kam aus der Spur, wurde von seinem eigenen Schwung zur Seite geschleudert, durchschlug das Fangnetz und stürzte in den Abgrund.«

Jana drückte ihre Zigarette aus und zündete die

nächste an. Katinka musste ihr das Feuerzeug halten. Gierig sog Jana den Rauch ein. Sie griff nach der Kaffeetasse und wärmte sich die Finger.

»Dani und Livio und ich waren ein ganz besonderes Team. Er war Bildhauer, wie Dani. Aber begabter. Sie hat es ohne Umschweife zugegeben. Livio arbeitete mehr aus dem Bauch raus.« Jana trank einen Schluck Kaffee und wischte sich über die Augen. »Nahm einfach sein Material und sein Werkzeug und fing an. Auf diese Weise schaffte er ganz andere Formen. Etwas Besonderes. Nicht so vom Kopf her.«

»Dani und Livio machten die Skulpturen, und Sie nutzten sie für Ihre Installationen?«, fragte Katinka.

»Genau. Es lief wahnsinnig gut. Dani hatte immer auch ihre eigenen Ausstellungen. Livio nicht so. Er verkaufte wenige Plastiken an gut betuchte Leute. Sammler. Wenn man einen von denen an der Angel hat, gibt der den Tipp an seine Kollegen weiter. Da gab es schon einige erklärte Fans, die auf echte Zaninis standen.« Jana lachte traurig auf. »Dann sieht man den Tod, und plötzlich ist es, als sei man zehn Kilo schwerer. Als schleppte man die Last in seinem eigenen Körper herum.«

Katinka blies sich die Ponys aus dem Gesicht. Die Trauer in dem kleinen Raum und der beißende Zigarettenrauch brannten auf ihrer Haut.

»Jetzt sind Sie mit Booz zusammen.«

Jana drückte die Zigarette aus und schob angewidert den Aschenbecher beiseite.

»Ich liebe Booz«, sagte sie schlicht.

Die Liebe war in ihren Augen nicht zu sehen. Kein warmes Glänzen flammte auf, wie vorhin, als sie von Livio sprach.

»Das hier«, sie holte mit dem Arm aus, »ist meine Rettung. Ich will nicht untergehen. Dani kann alleine auf sich gestellt arbeiten. Ich schaffe das nicht. Ich brauche eine Familie!«

Tränen krochen über ihre Wangen. Sie trank ihren Kaffee aus und stellte die Tasse mit einem lauten Klack auf den Tisch. »Jetzt wissen Sie alles, oder?«

»Wie ist Ihr Verhältnis zu Dani?«

»Sie ist beinahe meine Schwägerin geworden«, sagte Jana. »Meine Freundin ist sie geblieben. Wir beraten uns. Wir kritisieren unsere Arbeiten gegenseitig. So soll das auch sein. Manche Künstler spinnen herum, qualmen sich mit Marihuana zu und stinken nach Dope. Aber eben nicht alle. Sehen Sie sich doch mal an, wie Dani arbeitet. Die ist diszipliniert wie eine Abteilungsleiterin. Morgens aufstehen, kurzer Blick in die Zeitung, dann los ins Atelier. Arbeiten. Mittagspause, weiterarbeiten. So wird was draus.«

»Macht Booz das auch so?«

Jana lächelte. »Nein. Er hat einen anderen Rhythmus.«

»Und Sie?«

Jana zuckte die Achseln.

»Sie und Dani und Livio...«, fragte Katinka behutsam. »Das gibt es kein zweites Mal, nicht wahr?«

Jana sah Katinka ganz offen an.

»Nein«, sagte sie.

»Bitte helfen Sie mir«, sagte Katinka. »Dani ist verschwunden. Sie hat mich angerufen und mich um Hilfe gebeten, aber das Gespräch wurde unterbrochen. Ich habe Angst, dass ihr etwas passiert sein könnte.«

»Ich weiß nicht, wo sie steckt«, sagte Jana.

»Dani hätte kein Interesse gehabt, hier in Holzhof

mitzuarbeiten, oder?«, fragte Katinka. »So habe ich es doch richtig verstanden.«

»Nein. Sie hat immer allein gearbeitet. Den Anrufbeantworter zwischen sich und die Welt geschaltet.«

»Und York? Wie kommt der ins Spiel?«

Janas Gesicht verdunkelte sich. Sie schüttelte eine neue Zigarette aus der Schachtel.

»Ich möchte Booz nicht in den Rücken fallen«, sagte sie. »Aber ich würde lügen, wenn ich sagte, dass *ich* mich für York als Teilnehmer hier entschieden hätte.«

»Wen hätten Sie denn genommen?«

Jana zögerte. »Jedenfalls nicht York.«

»Warum nicht?«

»Es gibt bessere.«

»Sie haben also nicht mitentschieden? Booz macht das alleine?«

»Er ist der Projektleiter.«

»Und wie nennt sich das Projekt?«, versuchte Katinka es wieder.

»Kein Kommentar.«

»York Schlingenberger … kennt er Dani? Kannte er Livio?«

»Der ist ganz neu zu uns gestoßen«, antwortete Jana mürrisch. »Er wollte hier bei Booz mitmachen. Booz hält ihn für genial. Was weiß ich.«

»Kennen Sie Freunde von Dani, Leute, bei denen sie unterkriechen könnte?«

»Es gibt so ein Künstlerinnen-Netzwerk. Ich gebe Ihnen die Telefonnummern. Dani war dort Mitglied.«

Jana ging zurück in den Stall und kam mit einem Kärtchen zurück.

»Hier.«

»Danke.« Katinka steckte das Kärtchen ein. »Gibt

es denn weitere Verwandte? Ich weiß, dass die Eltern Zanini vor einigen Jahren verstorben sind.«

Jana schüttelte den Kopf.

»Livio hat mir erzählt, dass nur ihr Vater Geschwister hatte, einen Bruder, der in Kanada lebt.«

»Kanada?«

»Er und Livios Vater haben sich als junge Männer gestritten und nie wieder voneinander gehört. So behauptete es Livio. Bei der Beerdigung der Eltern war er jedenfalls nicht dabei und auch sonst keiner aus der Familie.«

Katinka legte ihre Visitenkarte neben die Kaffeemaschine und sagte: »Wenn Sie irgendwas von Dani hören, dann rufen Sie mich an. Auch wenn Ihnen noch eine Idee kommt, wo sie sich vielleicht aufhält.«

Katinka verabschiedete sich und trat ins Freie. Als sie schon am Teich vorbei war, rief Jana ihr nach: »Ich hätte eine Frau genommen!«

Kaum im Auto, rief Katinka die Nummern an, die Jana aufgeschrieben hatte. Sie erreichte drei der vier Frauen aus dem Netzwerk. Alle kannten Dani, hatten aber keine Ahnung, wo sie steckte. Zwei wussten von dem Haus, das sie sich gekauft hatte. Sie hatten wie selbstverständlich angenommen, dass Dani den Sommer dort in Abgeschiedenheit verbringen würde und sich auch nicht gewundert, dass sie sich nicht meldete.

Schwermütig von dem neuerlichen Misserfolg stieß Katinka auf dem engen Weg zurück und wendete an der Gabelung. Erneuter Regen setzte ein, als sie das Ortsschild von Bamberg passierte.

Kurz vor zwölf Uhr mittags bekam Katinka die gewünschten Daten von Sabine Kerschensteiner übermittelt. Sie kritzelte alles auf einen ihrer Zettel:

1. Käfer, Oldenburger Kennzeichen, Halter Gernot Rogge, Student. Gestohlen gemeldet am 6.6.2004. Sportplatz Bug.

2. Käfer, Mannheimer Kennzeichen, Halterin Elisabeth Männel, Vertreterin für Klimaanlagen. Gestohlen gemeldet am 9.6.2004. Parkplatz Moosstraße/Ecke Armeestraße.

3. Käfer, Erfurter Kennzeichen, Halter Thomas Furtner, Komponist. Gestohlen gemeldet am 12.6.2004. Parkpalette Heinrichsdamm.

»Ich nehme an, dass es keine Zeugen gibt?«, fragte Katinka. »Keinen Nachbarn oder sonst jemanden, der gesehen hat, wie die Käfer davonfuhren?«

»Autodiebstähle sind sehr einfach«, gab Sabine Kerschensteiner zurück. »Ich kriege jeden Wagen auf, zumindest die älteren. Bei den neueren ist es nicht mehr so einfach wegen der ganzen Elektronik. Und mit einem Cabrio macht es ohnehin keine Schwierigkeiten.«

»Eine Polizistin, die Autos knackt?«, fragte Katinka lachend.

»Fragen Sie nicht zuviel. Natürlich. Wir müssen doch das Handwerk der Gegenseite kennen!«

»Danke für die Infos.«

»Gern geschehen. Bis bald mal.«

Sabine Kerschensteiner legte auf. Katinka dachte darüber nach, dass sie bald lernen müsste, Autos aufzubrechen und kurzzuschließen. Sie wollte der Jungpolizistin in nichts nachstehen.

Mittags kam die Sonne durch, aber es fegte ein kalter Wind über die Stadt hinweg, verfing sich zwischen den Häusern und saugte wie ein gigantischer Exhaustor Schmutz und Staub durch die Straßen. Britta wartete schon im *Cador* auf Katinka.

»Scheißkälte«, beschwerte sich Britta. »Und ich armer Wurm kriege nicht mal einen Sommerurlaub.«

»Weshalb nicht?«

Britta winkte ab.

»Interna.«

»Britta, wir müssen unbedingt über York reden.«

»Über York?« Die Tomate purzelte von Brittas Gabel und landete in der Vinaigrette. Die Spritzer benetzten ihren Regenmantel. »Wieso über York?«

»Er heißt York Schlingenberg, richtig?«

»Wird das ein Verhör?«

»Nein. Aber du musst mir helfen. Ich bin da auf eine eigenartige Sache gestoßen. Auf eine Künstlerkolonie, die sich in Holzhof in einem wunderschönen alten Gutshof verschanzt. York gehört dazu.«

Britta seufzte: »Das ist aber eine private Angelegenheit.«

»Wir reden doch sonst immer über Privates«, meinte Katinka grinsend.

»Aber jetzt hast du die Platte mit dem Businesston auf dem Teller«, entgegnete Britta.

Katinka stöhnte. Mit Britta war schwer zu verhandeln. Informationen gab sie selten ohne Gegenleistung preis. Deswegen hatte Katinka nach einigem Hin und Her beschlossen, von ihrem Ausflug nach Holzhof zu erzählen. Sie vertraute Britta, und es war leichter, mit der Wahrheit herauszurücken und dafür Brittas persönlichen Nachrichtendienst anzuzapfen, als sich zu winden und an allen Ecken und Enden zu mogeln.

»Am Sonntag war ich nach den Youngtimern zufällig in Holzhof. Da verschanzt sich eine Künstlerclique, ihr Häuptling heißt Arian Booz. Mein Vater kennt ihn. Booz ist seiner Meinung nach ein Sadist, dessen Kunstaktionen die Grenzen des guten Geschmacks sprengen und Gewalt verherrlichen. York ist neben der Verlobten von Booz, einer gewissen Jana Dorell, der Dritte im Bunde. Booz bezeichnet ihn als Raumkünstler.« Sie erklärte, wie die Künstlerclique aus Holzhof mit den Käfermorden zusammenhängen könnte.

Britta schwieg.

»Komm schon, Britta. Du hast den Sonntag mit ihm verbracht, oder? Am Freitagabend warst du auch mit ihm zusammen. Erzähle mir was von ihm. Ich will nicht wissen, wie er im Bett war.«

»Was willst du denn dann wissen?« Britta sah immer noch blass aus, fiel Katinka auf. Übermüdet, angespannt und lustlos. Wie ich selbst, überlegte Katinka. Sie stocherte in ihrem Salat herum. Die Oliven schmeckten sauer. Was wahrscheinlich nicht an den Oliven liegt, dachte sie selbstkritisch. Sondern an mir.

»Der Freitagabend war genial«, sagte Britta. »Ich verstand mich am Anfang super mit York. Du findest das vielleicht verwerflich, aber ich habe meine sexuellen Bedürfnisse, und Alban … kann nicht mit allen Punkten so gut umgehen.«

»Ich finde überhaupt nichts verwerflich«, murrte Katinka. »Das weißt du genau. Ich bin nur … weniger auf Abwechslung bedacht.«

Britta warf ihr einen vernichtenden Blick zu.

»Am Sonntag tauchte York gegen zehn auf. Wir frühstückten bei mir. Alles bestens. Dann ergab es sich … also, wir landeten im Bett. Und plötzlich zückte der Scheißkerl eine Kamera und filmte mich. Ich raste auf ihn zu und wollte ihm das Teil abluchsen, dachte zuerst, das wäre ein Spaß. Bis dieser Kacker durchblicken ließ, dass er die Filme für ein Raumkunstprojekt verwenden will. Katinka!« Britta beugte sich vor. »Er reißt Frauen auf. Jede Menge Frauen. Er filmt sie, gegen ihren Willen. Und vermanscht die Filme zu irgendeiner idiotischen Bildpräsentation.«

Katinka blieb der Mund offen stehen.

»Er sieht aus wie Adonis persönlich. Er sucht sich Frauen über siebzig, dicke Frauen, magersüchtige Frauen, behinderte Frauen. Sein Interesse gilt nur diesem perversen Projekt. Ich glaube, jetzt weißt du genug über ihn. Seine erotische Ausstrahlung ist unglaublich. Also, ich bin ihm aufgesessen. Ich hätte an so was doch nie gedacht, wollte einfach ein bisschen Spaß, solange Alban weg ist!«

»Du kannst gegen so was gerichtlich vorgehen.«

»Haha«, machte Britta. »Das wird der ultimative Sommerspaß und füllt alle Klatschspalten Frankens: Journalistin von Sexschwindler reingelegt.«

Katinka musste zugeben, dass Britta recht hatte. Sich zu wehren, würde hundertmal mehr Staub aufwirbeln, als bei irgendeinem Kunstprojekt über die Leinwand zu flimmern.

»Vielleicht verfremdet er sein Material«, versuchte es Katinka.

Britta schob ihren Teller von sich und trank einen Schluck Mineralwasser. Fischte die Zitronenscheibe heraus und biss hinein. »Ich bin noch nie so reingefallen«, sagte sie trübsinnig.

Katinka griff nach Brittas Hand und drückte sie.

»Zahlen wir es ihm heim«, schlug sie vor. »Wir fahren nach Holzhof. Suchen die Kamera, die Computer, und schnappen uns die Filme. Dann kannst du eine Story daraus machen.«

Später dachte Katinka, dass dies die verrückteste Idee gewesen war, die sie jemals mit Britta gemeinsam ausgebrütet hatte. Doch das kam ihr erst in den Sinn, als die Sonne von grauen Wolken bedeckt an einem unsichtbaren Horizont abgetaucht war und eine bleischwere Nacht hinterlassen hatte.

Du hast es immer verstanden, sorgsam Gebrauch von deinen Talenten zu machen.

Eines deiner Talente ist deine Fähigkeit zu glasklarem Denken. Du weißt nicht einmal, dass du diese Fähigkeit besitzt. Und wenn du es ahntest, dass du rational denken kannst wie ein Großrechner, würdest du dich nie und nimmer damit brüsten. Du prahlst nicht. Du salbaderst nicht. Du denkst und du handelst. Du gebrauchst deine analytischen Gaben, ohne es auch nur zu bemerken. Du verrechnest deine Chancen mit x-beliebigen anderen Konstellationen und vor dir als Ergebnis hast du eine genaue Vorstellung, wie du vorgehen wirst. Dann tust du es. Ja, auch diese Stärke gehört dir: die Stärke, zu handeln, wenn gehandelt werden muss und nicht zu zögern. Wie gesagt, du hast es immer verstanden, Gebrauch von deinen Talenten zu machen.

10. Einbrecher

Um Mitternacht brachen sie in Brittas Fiat auf.

»Deiner ist zuverlässiger als Toms alte Kiste«, sagte Katinka. Sie saß am Steuer. Britta behauptete, zu nervös zum Fahren zu sein. »Und wenn wir ein Fluchtfahrzeug brauchen, dann ist dieses hier im Fall des Falles wenigstens startklar.«

Katinka beschrieb Britta die Anlage. Ihr Ziel war der Raum mit den Computern. Wahrscheinlich hatte York sein Material schon längst auf diversen Festplatten gespeichert.

»Er kann Hunderte von Sicherheitskopien haben, vergiss das nicht!«, mahnte Britta. Sie strich unruhig über die schwarzen Jeans und entfernte imaginäre Stäubchen.

»Egal! Solange du wenigstens eine Version der Filme hast, kannst du ihn knacken.«

Sie durchquerten die stillen, dunklen Dörfer und bogen dann an der Stelle ab, wo Katinka von dem Mercedes beinahe plattgewalzt worden wäre. In Wahrheit gab es da noch die Angst, Dani in Holzhof zu finden. Tot. Oder vielleicht lebendig. Vielleicht auch nur einen Hinweis aufzuspüren, wo sich die Suche nach Dani lohnen konnte.

»Düstere Gegend«, murmelte Britta.

Katinka kannte sie so ängstlich nicht. Sie hatten schon andere Aktionen hinter sich gebracht. Meistens richtete sich jede am vermeintlichen Mut der anderen auf. Jetzt war es anders. Katinka hatte keinen Beweis, dass Booz der Verrückte mit den Samuraischwertern war. Aber er hatte etwas Unergründliches an sich. Etwas Lockendes und gleichzeitig Aggressives. Glaubte sie jedenfalls. Wenn sie an die kurze Zeit mit Booz in der Küche und in dem großen Büro dachte, wie er vor dem Bildschirm saß und seine Fotos zeigte, fühlte sie einen Cocktail aus Angst, Ekel und Knistern.

Diesmal fand sie die Abzweigung hinter dem Holzhofer Ortsschild sofort. An der Gabelung wendete sie den Fiat, setzte ein Stück zurück in den Weg, der ein Stück weiter im Nichts endete, und stellte den Motor ab. Die unerwartete Stille schmerzte in den Ohren. Sie sahen sich an.

»O.k.«, sagte Katinka. Nun war es an ihr, die Kontrolle zu übernehmen. Beide hatten sie schwarze Klamotten angezogen und darauf geachtet, dass sich keine Leuchtstreifen oder Reflektoren an Kleidung und Schuhen befanden. Unter schwarzen Piratentüchern verbargen sie ihre Haare. Katinka reichte Britta eine Taschenlampe mit Gummiband.

»Die kannst du dir um die Stirn spannen«, sagte sie. »Nur leuchten, wenn es nicht anders geht. Ich habe meine Pistole dabei. Handys auf Vibrieralarm, Tastentöne aus.«

Britta nickte und klimperte auf ihrem Mobiltelefon herum.

»Zweimal vibrieren lassen heißt: was Interessantes gefunden. Einmal: sofort kommen. Merkst du dir das?«

Britta repetierte. Sie war nervös. Ihre Hände zitterten so sehr, dass sie das Handy auf die Fußmatte fallen ließ.

»Bleiben wir nicht zusammen?«, wollte sie wissen.

»Doch. Aber es könnte sich ergeben, dass wir uns trennen. Wir checken zunächst mal, ob noch Leute wach sind. Halte dich immer hinter mir. Anschließend mischen wir das Büro auf. Installationen sind vergängliche Kunst. Fotos und Filme sind ihre einzige Möglichkeit, ihre sogenannten Werke bestehen zu lassen. Wir werden was finden, verlass dich drauf. Hier sind Handschuhe. Streife sie am besten gleich über.«

Brittas Hände flatterten. Sie brauchte mehrere Anläufe, um in die Latexhandschuhe zu schlüpfen.

»Ich packe das nicht, Katinka«, jammerte sie.

»Aber sicher doch.« Katinka kam sich ganz groß vor. »Ich habe Erfahrung in diesen Dingen. Wenn wir mit dem Büro fertig sind, schleichst du zum Auto zurück und machst dich auf dem Fahrersitz bereit.«

»Und du?« Katinka konnte hören, dass Britta mit den Zähnen klapperte.

»Brittachen!« Sie drückte die Schulter ihrer Freundin. »Komm. Die Sache wäre ein prima Erfolg für dich. Wir finden Material für *die* Story.«

»Aber was willst *du* eigentlich hier?«, fragte Britta.

Katinka starrte sie an.

»Was schon. Die Filme finden, die York von dir gemacht hat.«

»Aber du hast noch was anderes vor, oder?«

Katinka schoss die Röte ins Gesicht.

»Während du zum Auto zurückgehst und dich abfahrbereit machst, sehe ich mich in den Stallungen um, die Booz mir nicht gezeigt hat. Es könnte sein, dass ich Schwerter finde. Oder irgendwas anderes. Britta, vielleicht steckt wirklich Booz hinter diesen Käfermorden. Das wäre auch ein Erfolg für mich. Die riesen Sache!«

Britta nickte: »Aber was machen wir, wenn wir in dem Büro die Filme nicht entdecken?«

»Dann müssen wir uns überlegen, wo sie sonst stecken könnten. So ein Film braucht doch eine Menge Speicherplatz. Du hast gesagt, York hat viele gemacht. Wir müssen uns nach anderen Speichermedien umschauen, nach ZIPs, Speicherstiften, was weiß ich. Externen Festplatten.«

»Du willst die ganzen Gebäude absuchen?«

»Soweit es geht. Bist du bereit?« Katinka schlüpfte in ihre Handschuhe.

Britta atmete tief durch, dann nickte sie.

Sie stiegen aus. Es nieselte leicht, und ein steter Wind blies die feuchte Luft in ihre Gesichter.

»Umso besser«, sagte Katinka. »Dann hat keiner Lust, im Freien herumzuschwirren.«

Sie tasteten sich den Weg bis zum Gutshof vor. Die hohen Grashalme rechts und links an den Rainen wiegten sich leicht im Wind. Sie hörten das Leben in den Feldern neben ihnen: Rascheln, Glucksen, Fiepen. Katinka bedeutete Britta, sich im Schatten zu halten und umrundete einmal das Wohngebäude. An der dem Hof abgewandten Seite entdeckte sie eine schmale Tür. Hinterausgang, vermerkte sie in ihrem Kopf. Im oberen Stockwerk war ein einziges Fenster beleuchtet. Sie nahm an, dass es sich um ein Schlafzimmer handelte. Jana, Booz oder York, dachte Katinka. Alle anderen Fenster waren dunkel.

»Sieht gut aus«, wisperte Katinka, als sie zu Britta zurückkam. »Ich sehe mich noch bei den Stallgebäuden um. Warte.«

Sie tappte durch die Schatten. Mit einem Blick sah sie, dass der Geländewagen fehlte. Der Teich lag schwarzgrau vor ihr. Die Entengrütze war in der Mitte aufgerissen. Die Atmosphäre hätte etwas Romantisches an sich gehabt, wenn diese Mission nicht schlimm an Katinkas Nerven gezerrt hätte. Die Gelassenheit, die sie Britta gegenüber zur Schau stellte, war zu 90 Prozent gespielt. Aber die Rolle der coolen, die Gefahr gewohnten Detektivin beruhigte sie selbst auf geheimnisvolle Weise.

Katinka passierte den Teich, als rechts neben ihr etwas Lautes aus dem Gebüsch brach. Sie warf sich zur Seite und wartete. Atmete ein, atmete aus. Nichts. Eine Ente, die mit den Flügeln schlug.

Sie richtete sich auf. Ihre Kleider waren nass vom Niesel im Gras. Ich brauche professionellere Sachen für diese Operationen, dachte sie. Sie stand vor dem Stall, aus dem Jana sie weggejagt hatte. Der ehemalige Pferdestall. Sie probierte die Tür. Verschlossen. Sie lauschte lange und angestrengt. Nichts. Im nächsten Gebäude war sie mit Booz gewesen. Angeblich wurde der alte Stall benutzt, um Installationen auszuprobieren. Katinka erinnerte sich, dass er weitgehend leer war.

Sie drückte die Klinke. Die Tür sprang auf. Katinka lauschte, betrat den Stall und schloss die Tür hinter sich. Britta würde sich zu Tode ängstigen. Hinter dem kleinen Vorraum lag der große, leere Raum. Es war stockdunkel. Katinka blieb stehen und hielt den Atem an. Sie saugte die Atmosphäre ein. Kitzelte die Anwesenheit von Menschen und Ereignissen aus den Wänden. Niemand war hier. Alles leer. Öde, einfach nur ein leerer Raum. Einer, in dem ausprobiert wurde.

Der alte Stall strahlte Würde aus, als könne ihm niemand mehr etwas anhaben. Auch Booz nicht. Katinka ging wieder hinaus.

Die restlichen Stallungen bis zum Haupthaus hatte Booz ihr nicht gezeigt. Sie waren abgeschlossen. Der erste lag dunkel und still. Der zweite schien ebenso verlassen. Katinka fragte sich, ob ihre Ohren ihr einen Streich spielten. Sie hörte Musik. *Don Giovanni*. Eindeutig. Katinka kannte die Oper fast auswendig. Gedämpft, unwirklich klangen die Melodien zu ihr herüber, beinahe außerirdisch. Sie duckte sich, als Zerlina ihr ›Là ci darem la mano‹ jubelte. Wartete ab. Don Giovanni sang, dann Zerlina. Dann wieder Don Giovanni.

Da lief ein Endlosband. Sie versuchte, sich Booz vorzustellen, mit einem Glas Rotwein, wie er bis zum in die Unendlichkeit verschobenen Schlussakkord immer wieder die gleiche Arie hörte. Vorsichtig pirschte sie sich voran, schlich um das Gebäude.

»Au!«

Der Schrei war heraus, ehe sie sich bremsen konnte. Sie stand kniehoch in Brennnesseln. Ihre linke Hand hatte nach den Stengeln gegriffen, als sie über etwas Hartes stolperte. Wieder die flatternden Entenflügel beim Teich. Katinka hielt den Atem an. Ihre Hand war durch den Handschuh geschützt, aber zwischen dem Handschuh und dem Pulloverärmel brannte ihre Haut wie Feuer.

»Là ci darem la mano, là mi dirai di sì«, schmetterte Don Giovanni.

Don Giovanni passt eigentlich eher zu York, überlegte Katinka. Vielleicht inspirierte er sich mit Mozart für seine Filmaufnahmen. Und für die Vorbereitungen dazu. Hier an der Rückseite des Gebäudes war die Musik deutlicher zu hören. Katinka zog sich ein Stück am Fenstersims hoch. Der Raum war schwach von ein paar Kerzen beleuchtet. Bis auf ein Sofa und eine turmhohe Stereoanlage war er völlig leer. An den Wänden hingen überlebensgroße Aktfotos. Frauen und Männer. York lag wie ein großes X ausgebreitet auf dem Boden und schlief. Tatsächlich ein süßer Typ, dachte Katinka und musste lächeln, als sie an Britta dachte. Aber ein bisschen zu sehr Praline, für meinen Geschmack.

Sie ließ sich vorsichtig wieder herunter. Solange York sich mit Mozart abgab, konnte er ihr und Britta nicht gefährlich werden. Sie schlich im Schatten der Stallungen zurück zu Britta.

»Katinka! Wo hast du so lange gesteckt.«

Britta stand zitternd an der Stelle, wo Katinka sie zurückgelassen hatte.

»Jetzt geht's los«, versicherte Katinka. »Wir versuchen die Haustür. Wenn die nicht geht, probieren wir die Fenster.«

Sie ging voraus. Schon fiel es ihr leichter, sich im Dunkeln zu bewegen.

Die Haustür war verschlossen. Mit dem Dietrich brauchte Katinka keine Minute. Die Tür klemmte, aber es fehlte nur ein entschiedener Ruck, um sie aufzustoßen. Ein Knarren zerriss die Stille. Katinka war sich sicher, dass es ein leises, filigranes Geräusch war, doch die Anspannung und die Angst verstärkte es zu einem furchteinflößenden Lärm.

Auch die Bürotür war abgeschlossen. Aber es ist keine Sicherheitstür wie bei Dani, dachte Katinka und fühlte ein Stechen in der Brust, als sie an ihre Freundin dachte. Sie hörte Brittas keuchenden Atem, während sie an dem Schloss manipulierte, und roch ihre Angst. Komisch, dachte sie, dass man Angst riecht. Es klickte, und die Tür ging auf. Sie scheuchte Britta hinein, folgte und schob die Tür wieder zu.

Alles lag ruhig. Niemand hatte sie gehört, und niemand würde kommen und Ärger machen. Den Ärger machen wir, dachte Katinka grimmig. Sie kontrollierte die Fenster. Rollläden, alt aber funktionstüchtig, schotteten den Raum gegen Licht ab. Sie schaltete ihre Taschenlampe ein. Die beiden Laptops standen ungeschützt herum. Niemand machte sich die Mühe, sie irgendwo einzuschließen.

»Nimm den dort drüben«, sagte sie zu Britta und klappte schon den anderen auf.

Kein Passwort schützte die Rechner. Katinka presste die Hände auf die Lautsprecher, um den Windows-Begrüßungston zu dämpfen. Sie durchkämmte die Dateien. Das meiste waren Fotos. Fotos, die abstruse Dinge zeigten, von denen Katinka nicht wusste, was sie eigentlich darstellten. Außer Formen, Farben. Und immer wieder Zerstörungen.

»Ich hab' was«, rief Britta eifrig.

»Psssst.«

Katinka tappte zu ihr hinüber. In einem Ordner fanden sich mindestens zwanzig Filme. Sie klickten wahllos auf eine der Dateien.

Ein Frauenkörper wurde sichtbar. Eine Frau, bestimmt jenseits der fünfzig, räkelte sich nackt auf einem Sofa. Das Bild wurde grau, Schatten wanden sich über den Körper. Sie verwandelten sich in Schlangen. Farbfunken stoben über den Bildschirm. Der Körper, die Schlangen, die Funken verloschen allmählich. Katinka starrte auf den dunklen Bildschirm. Dann erschien ein Gesicht. Brittas Gesicht.

»Das ist es«, sagte Britta laut.

»Leise!«, zischte Katinka. Sie stoppte den Film.

»Warte doch!«, klagte Britta.

»Halte die Klappe«, flüsterte Katinka. »Wir bauen die Festplatte aus.«

»Was machen wir?«

»Tom hat mir gezeigt, wie man das macht. Bei Laptops geht es ganz leicht.«

Über ihren Köpfen knarrte etwas. Katinka nahm es nur mit halbem Ohr wahr. Sie fuhr den Rechner herunter.

Dann hörte sie etwas Lauteres. Schritte, die sich von oben der Treppe näherten.

»Scheibenhonig«, wisperte Katinka.

Die Schritte tasteten sich langsam die Treppe hinunter. Jemand vermied es, Licht zu machen. In diesem Moment tirillierte der Rechner seine Abschiedsmelodie.

Katinka und Britta sahen sich an. Brittas Augen standen vor Schrecken weit offen, ihr Gesicht glänzte weiß. Als die Schritte schon ganz nahe waren, stieß Katinka ihre Freundin unter einen der Schreibtische. Sie selbst drückte sich hinter die Tür und schaltete die Taschenlampe aus.

Die Schritte entfernten sich. Jemand ging in die große Wohnküche nebenan. Katinka kauerte sich neben den Kachelofen. Der Nachtschwärmer nahm sich etwas aus dem Kühlschrank. Sie hörte, wie ein Glas auf den Tisch gestellt wurde.

Wer auch immer das ist: Er hat schlechte Ohren, dachte Katinka. Er hat uns nicht gehört.

Sie warteten. Als Katinka schon zum Schreibtisch

zurückschleichen wollte, um die Festplatte auszubauen, hörte sie eine Stimme.

»Jana? Wo steckst du, Liebling!«

Booz!, formte Katinka mit den Lippen. Dabei fiel ihr ein, dass Britta sie in der Dunkelheit nicht sehen konnte.

»Was ist denn los!« Booz klang gönnerhaft. Der Held, der mit der erregten Jungfrau parliert.

»Über Livio? What for, Baby!«

Katinka wurde heiß. Sie meinte zu ersticken. Presste die Hand auf ihre Kehle.

»Aber woher sollte sie das wissen?«

Jana schien ihm eine Menge Erklärungen zu geben.

»Nein, York hockt im Stall und hört Opern!«, kam es von Booz. Dann folgte eine lange Pause, unterbrochen von wenigen Ahas und Hms.

»Ich schaue mir das an«, versprach Booz. »Und dann komm endlich heim. Ich vermisse dich. Ich mag es nicht, wenn du nachts stundenlang in der Gegend herumzwitscherst.«

Katinka zuckte zusammen, als die Schritte näher kamen. Booz öffnete die Haustür und trat hinaus. Sie hörte, wie er ein paarmal tief durchatmete. Dann ging er davon. Seine Schritte verklangen.

Entschlossen machte Katinka ihre Lampe wieder an, drehte den Laptop um und schraubte mit einem kleinen Kreuzschlitzschraubenzieher den Deckel ab. Es machte ihr keine Schwierigkeiten, die Festplatte herauszulösen. Sie drückte sie Britta in die Hand, während sie aus ihrem Rucksack einen Plastikbeutel nahm. Die Festplatte verschwand darin, ein unschuldiges bisschen Technik.

»Nehmen wir die andere auch mit?«, flüsterte Britta.

»Nein. Wir wollen die Künstler ja nicht auf Teufel komm raus schädigen. Es geht um die Filme, oder?«

Katinka stellte den Laptop zurück auf den Tisch. Sie befehligte Britta zum Fenster, um zu lauschen, wann Booz wiederkäme. In rascher Folge suchte sie den Rest des Büros ab. Auf dem Regal mit den Videofilmen lag ein Verzeichnis: Booz und seine Kollegen führten genau Buch über all ihre Filme. Sie hatten Vernissagen, Vorträge über Kunst und Happenings aufgezeichnet.

»Nichts mit Frauen«, murmelte Katinka und machte sich über die Schreibtische her. Möglich, dass sie in der Kürze der Zeit und mit der Panik vor Booz' Rückkehr etwas übersah. Was für eine Rolle spielt York hier, fragte sie sich. Arbeiten die alle am gleichen Projekt, oder macht jeder seinen eigenen Kram, ohne sich um den anderen zu kümmern? Katinka und Britta hatten die Festplatte. Aber Katinka wusste noch nichts über Dani.

Katinka blickte zu Britta, die am Fenster stand und die Lamellen der Rollläden mit ihrem Blick durchbohrte. Sie gab ihr die Tüte mit der Festplatte.

»Sieh zu, dass du zum Auto kommst und klemm dich hinters Steuer«, flüsterte Katinka. »Ich will wissen, wofür Booz sich mitten in der Nacht interessiert. Dann komme ich sofort nach.«

Hastig verließen sie das Büro. Sie hatten es eilig. Überhörten beinahe das leise, tapsige Geräusch draußen. Als ein Schlüssel ins Schloss gesteckt wurde, war es fast schon zu spät.

Katinka dirigierte Britta durch den Gang Richtung Hintertür. Die Haustür ging auf. Jemand tastete ungeschickt nach dem Lichtschalter.

»Hier rein!«, hauchte Britta. Sie stieß eine niedrige Seitentür auf. Katinka drängte Britta hinein. Eine enge Treppe führte in einen Keller. Britta wäre beinahe hinuntergestürzt und konnte sich gerade noch am Geländer festhalten. Sie schlossen die Tür und warteten mit angehaltenem Atem. Katinka sah grüne und rote Funken vor ihrem Gesicht. Ansonsten war alles nachtschwarz.

Jemand torkelte an der Kellertür vorbei, unverkennbar betrunken. Sie hörten die unregelmäßigen Schritte und abgehacktes Gemurmel.

Plötzlich tönte Booz' Stimme:

»Ach du dicke Kanone, York! Was treibst du eigentlich!«, sagte er.

Jemand machte Licht. Katinka sah den schmalen hellen Streifen zwischen Schwelle und Tür.

»Ave, Booz, unser Künstler und Held!«, lallte eine andere Stimme.

Katinka erschrak fast zu Tode, als Britta sich ganz nah zu ihr beugte, und mit den Lippen an ihrem Ohr flüsterte: »Das ist er!«

»Säufst du jeden Tag und jede Nacht?«, fragte Booz genervt.

»Mal wieder auf dem Kindermädchentrip?«, gab York zurück.

»Mir ist egal, was du tust, solange dein Interesse an unserem Projekt nicht darunter leidet«, sagte Booz. Oberlehrer, dachte Katinka. »Aber mittlerweile habe ich den Eindruck, du gehst nur noch deinen eigenen Plänen nach.«

»Ach, komm schon! Wir haben mehr als genug Zeit.«

»Andere hätten was darum gegeben, hier aufgenommen zu werden«, sagte Booz eisig. »Ich habe etliche gute Leute abgewiesen. Ich habe auf dich gesetzt.«

»Und jetzt ist es zu spät, noch zu wechseln, stimmt's?«, kam es hämisch von York. »Au!« Er jaulte wie ein getretener Hund.

»Ich sage dir nur eins. Wenn unser Projekt scheitert, weil du Murks baust, oder wenn wir nicht rechtzeitig fertig werden und uns die Kohle durch die Lappen geht, dann schleife ich dir die Eier.«

»Lass mich los!«

Es polterte.

Katinka und Britta hielten sich aneinander fest. Schritte näherten sich. Booz probierte die Hintertür.

»Nicht mal abgesperrt hast du«, murrte er. »Uns wird noch mal jemand die Bude ausräumen.«

Katinka stellte sich vor, wie sich York auf die Füße mühte, nachdem Booz ihm einen Vorgeschmack auf seine fürchterliche Rache präsentiert hatte. Ein Schlüssel drehte sich. Booz ging wieder an der Kellertür vorbei. Sie hörten ihn auf der Treppe nach oben. Das Licht verlosch. Es konnte nur Minuten gedauert haben, bis York sich endgültig aufrappelte. Katinka kam es wie Stunden vor. Sie lauschte seinen schwankenden Schritten und lallenden Kommentaren, als er sich seinerseits die Treppen hinaufkämpfte.

»Raus«, zischte sie Britta zu.

Sie öffnete die Kellertür und machte sich schon am Schloss zu schaffen. Es sprang sofort auf.

»Immer am Haus bleiben«, wisperte sie Britta zu. Es hatte heftig zu regnen begonnen. Sie rannten durch das nasse Gras. Katinka rutschte, fing sich gerade noch.

Ein schneidender Schmerz fuhr durch ihren Rücken. An der Querseite des Hauses sah Katinka sich kurz um. Niemand war draußen.

»Los!«, kommandierte sie. Sie jagten wie die Hasen den Weg entlang in die Nacht hinaus. Es war 2 Uhr 58, Dienstag, der 15. Juni 2004.

11. Festplatten und Faxe

»Nie, nie wieder mache ich sowas!«, sagte Britta im Brustton der Überzeugung. Sie saßen in Katinkas Küche und tranken Tee. Die Uhr zeigte halb vier am Morgen. Britta war immer noch kalkweiß im Gesicht. »Hast du einen Schnaps? Morgen melde ich mich krank, das weiß ich jetzt schon.«

Katinka fand eine angebrochene Flasche Grappa und schenkte Britta ein Glas voll. Sie stürzte es in einem Zug hinunter.

»Wir haben die Festplatte!«, sagte Katinka stolz. »Wir checken, was drauf ist. Du kriegst die Filme. Vielleicht finden wir noch andere Sachen.«

Britta stierte vor sich hin. »Ich weiß nicht mal, wie ich das mit dieser Story hinkriegen soll. Wie soll ich nur auf das Material verweisen.« Sie schüttelte sorgenschwer den Kopf.

»Also, jetzt schnattere mal nicht mit den Gänsen«, lachte Katinka. »Eine der Frauen in den Filmen kann dir das Material zugespielt haben. Ihr Journalisten gebt eure Informanten doch sowieso nicht bekannt.«

»Es ist absolut kompliziert, mit diesem kompromittierenden Kram umzugehen, Katinka, das kannst du dir gar nicht vorstellen!«

»Britta!«, sagte Katinka ruhig und kam sich vor wie Kommissar Uttenreuther. Er pflegte im gleichen Ton auf sie selbst einzureden, wenn sie kurz vorm Durchdrehen war. »Wir sind beide hundemüde. Unsere Nerven glühen auf Höchststufe. Sobald wir uns ausgeschlafen haben, sieht die Welt anders aus.«

Britta goss sich Grappa nach.

»Ich halte das nicht aus«, sagte sie. »Wie schaffst du sowas? Niemals mehr in meinem ganzen Leben …«

Sie verlor sich in Klagen und Jammertiraden. Katinka stand auf und trat ans Fenster. Schon seit ihrer Ankunft zu Hause warf sie immer wieder einen prüfenden Blick auf die Straße. Niemand ist hinter uns her, beruhigte sie sich. Wir haben keine Spuren hinterlassen. Der Fiat parkte ein paar Straßen weiter. Selbst Brittas Reifenabdrücke waren bei dem momentanen Wetter schon in Matsch aufgelöst. Katinka malte mit dem Finger Muster an die Scheibe. Sie hatte Britta nicht gesagt, dass der schwarze Geländewagen, der ihnen kurz hinter Holzhof entgegengekommen war, derselbe war, den sie am Sonntag neben den Stallungen hatte stehen sehen. Sie nahm an, dass Jana ihn gefahren hatte.

»Übernachte doch bei mir«, schlug Katinka vor.

»Sowieso«, knurrte Britta. Nach dem dritten Grappa nahm ihre Stimme einen sonderbar weichen Klang an. »Glaubst du, ich bewege mich nochmal in diese Dunkelheit, in diese Nässe? Ich friere jetzt noch, aber vor Angst, das sage ich dir.«

Katinka grinste, als sie einen Blick auf ihre nassen schwarzen Sachen warf, achtlos auf dem Boden aufgehäuft. Sie bezog Toms Bett neu. Als Britta schon tief und fest schlief, lag sie immer noch wach, zu aufgedreht, um einschlafen zu können. Am liebsten hätte sie gleich die Festplatte aus Holzhof überprüft, aber sie wusste, es hatte jetzt keinen Sinn. Sie war zu müde. Zu müde zum Schlafen, dachte sie seufzend und stand leise auf. Auf Zehenspitzen schlich sie in die Küche und setzte sich an den Tisch. Ihr Kopf fühlte sich bleischwer an. Wieder spürte sie das Flirren über den Augenbrauen. Ein Nerv, der Alarm schlug. Sie verdrängte alle Gedanken daran, was passieren würde, sobald Booz merkte, dass seine Festplatte weg war. Es schien ihr zwar unwahrscheinlich, aber was, wenn man sie und Britta des Einbruchs überführen könnte? Ihr kam in den Sinn, wie grauenvoll zornig Hauptkommissar Harduin Uttenreuther werden und wie schnell die Lizenz einer Detektivin im Altpapier landen konnte. Womöglich verlor Britta ihren Job. Die Nacht bauschte die Gedankenfetzen zu bedrohlichen Monstern auf. Katinka dachte an Dani und fragte sich, wo sie steckte und weshalb sie sich nicht wieder meldete. Wenn sie einmal diesen Hilferuf abgesetzt hatte, warum dann nicht ein zweites Mal? Es gab dafür nur eine Erklärung: Dani konnte sich nicht mehr melden. Etwas war ihr zugestoßen. Sie war krank, bewusstlos, entführt, tot. Oder das Problem, was auch immer es war, hatte sich von selbst gelöst. Doch wieso ruft sie dann nicht an, um Entwarnung zu geben, murmelte Katinka vor sich hin. Ihr Herz hämmerte in einem eigenwilligen Rhythmus. Sie fand keine Ruhe, bis es hell wurde.

Als sie gegen halb neun erwachte, war Britta weg. Ein Zettel in der Küche verriet Katinka, dass Britta sich für ein paar Tage krankschreiben lassen wollte. Ihr desolater Zustand sei kaum zu übersehen, auch nicht von einem Arzt, das müsse sie ausnutzen. Typisch Britta, dachte Katinka und grinste schief. Sie fühlte sich nicht nur desolat, ihr Körper war eine einzige Baustelle. Ihr Kopf dröhnte, und die Schmerzen über den Augenbrauen waren unerträglich geworden. Schon beim ersten Blinzeln waren ihr die wirren Gedanken wieder ins Bewusstsein geschossen. Einbruch, Lizenz, Brittas Job. Dani. Hilfe.

Die vielen unruhigen Nächte mit wenigen Stunden Schlaf versetzten sie allmählich in eine Art Trance, und der Kummer wegen Tom, der alle paar Stunden aufflammte, forderte ebenso seinen Tribut. Sie kam sich vor, als müsse sie in einem völlig fremden, unverständlichen System funktionieren.

Ich sollte mal wieder was Richtiges essen, dachte Katinka, während sie Kaffee kochte und eine Aspirintablette auflöste. Seit Tom, der üblicherweise den Part des Meisterkochs übernahm, am Freitagmorgen überstürzt aufgebrochen war, hatte sie nur von Kaffee, eilig belegten Broten und Kraftriegeln gelebt. Vor ihren Augen wuchs ein gewaltiger Berg Spaghetti einfach so aus dem Tisch. Eine magische Hand übergoss ihn mit dampfender Tomatensoße und raspelte Parmesankäse darüber.

Sie hatte keine Zeit zu kochen. Sie musste sich daran machen, die Festplatte zu untersuchen. Rasch stürzte sie das Aspirin hinunter und richtete sich mit Thermoskanne und Kaffeetasse in Toms Arbeitszimmer ein. Sie müsste Tom anrufen. Sie fühlte sich verpflichtet, sich nach seiner Mutter zu erkundigen, und bemerkte gleichzeitig, dass der Gedankengang grundfalsch war. Tom will in Ruhe gelassen werden, dachte sie. Sie trimmte sich auf diese Sichtweise und legte das Handy, das wie von selbst in ihre Handfläche gekrochen war, wieder weg.

Zwei Stunden später hatte sie alle Dateien angesehen. Sie würde Britta die gesamte Festplatte mit den Filmen geben. Was Danis Verschwinden betraf, so hatte sie keine klaren Vorstellungen, ob ihr der Datenwust überhaupt irgendetwas nützte. Das Gespräch zwischen Booz und York gestern Nacht turnte durch ihren Brummschädel. Es drehte sich um ein gemeinsames Projekt, bei dem viel Geld zu verdienen war. Ein Kunstprojekt, zweifellos. Aber Booz warf York vor, nur an seine eigenen Pläne zu denken.

Katinka ging nochmal alle Dateien durch, um herauszufinden, was für ein Projekt gemeint sein könnte. Fehlanzeige.

Wir hätten die andere Festplatte auch mitnehmen sollen, dachte Katinka. Doch sie hatte gezögert: Sie wollte die Arbeit der Künstlertruppe nicht zunichte machen, und sollte jemals herauskommen, wer in Holzhof eingebrochen war, könnte sie anführen, tatsächlich nur auf die kompromittierenden Filme ausgewesen zu sein.

Systematisch besah sie sich die Word-Dokumente. Nichts als Korrespondenz und eine Auflistung der Videofilme, die Booz oder wer auch immer im Büro in die Regale gestellt hatte. Katinka hatte einen Ausdruck davon in der Hand gehabt. Dann gab es ein paar Briefe an Kunstvereine, Förderinitiativen, Journalisten, Sponsoren, aber die waren alle mindestens ein halbes Jahr alt. Booz bedankte sich darin für überwiesene Gelder, Besuche, erschienene Zeitschriftenartikel. Es gab nichts Aktuelles, keine offenen Rechnungen, keine dringend erwarteten Reaktionen, nichts. Alles schien fertig, abgeschlossen.

Das Neueste war eine Liste, die den Namen *Bewerber.doc* trug. Tatsächlich hatten auch York und Booz davon geredet, wie viele Künstler, darunter ausgezeichnete, den Sommer mit Booz und Co. in Holzhof verbringen wollten. Worin auch immer deren Auszeichnung bestand.

Katinka wusste nicht, weshalb diese Künstler mit Booz arbeiten wollten. Ihre Fantasie quittierte den Dienst. Sie hatte einfach keine Vorstellung davon, was an der Beteiligung an Booz' Aktivitäten so herausragend war, dass es das Renommee eines Künstlers steigern konnte. Sie dachte an die vermeintlichen Leichen in den Gleitschirmen. Vielleicht ist es dieser Schauer, der einem den Rücken herunterrieselt, dachte sie. Deswegen machen manche Künstler sowas: Für die ist das wie Dope. So wie es für York der Kick sein mag, die unterschiedlichsten Frauen zu vögeln, sie zu filmen und sich dann mit einem ›Ätsch‹ aus dem Staub zu machen. Katinka hätte gerne gewusst, was York mit den Aufnahmen vorhatte. Gebrauchen konnte er sie jetzt nur noch für private Zwecke: Sobald die Geschichte mal an der Öffentlichkeit war, bestanden wenige Chancen, dass York ein Kunstprojekt daraus machen konnte. Katinka wünschte sich brennend, es möge ihn von der Bildfläche fegen. Don Juan, dachte sie wütend. Aber Typen wie York würden immer wieder aus der Pfütze krabbeln und sich am Ende mit ihren Misserfolgen brüsten, um sie auf diese Weise ins Gegenteil umzukehren.

Sie versuchte es mit Akupressur gegen die Kopfschmerzen und wandte sich dann noch einmal der Bewerberdatei zu. Dani war nicht dabei. Die Liste war alphabetisch geordnet und enthielt Angaben zum Alter der Künstler, zu ihrer Herkunft und zu ihrem Schwerpunkt. Katinka staunte, dass immerhin zehn Künstler aus aller Herren Länder für einen Sommer nach Holzhof hatten kommen wollen. Sie fragte sich, ob es eine

Ausschreibung gegeben hatte. Sie würde ihren Vater nochmal fragen müssen. Er wüsste vielleicht davon oder konnte sich bei jemandem erkundigen. Am besten faxte sie ihm gleich die ganze Liste.

1. Adams, Elizabeth, USA, 40, Fotoinstallationen

2. Bennet, Finna, England, 52, Fotoinstallationen

3. Frantiček, Zdeněk, Tschechien, 30, Installationen

4. Hüllen, Anke, 25, Deutschland, Garteninstallationen

5. Landers, Pirkko, 34, Finnland, Fotografie und Bildhauerei

6. Neumeier, Paulina, 29, Italien/Südtirol, Installationen

7. Nordheim, Ella, 44, Schweiz, Installationen

8. Stein, Petra, 39, Österreich, Bildhauerei, Installationen

9. Träger, Meinholf, 53, Deutschland, Installationen

10. Walters, Henny, 32, Dänemark, Installationen

Katinka konnte mit den Namen nichts anfangen. Sie steckte die Liste in ihren Rucksack. Vermutlich war sie völlig nebensächlich. Ihrem knurrenden Magen bot sie ein Honigbrot an. Das Brot war so hart, dass ihr die Kiefer vom Kauen wehtaten. Sie kopierte alle Daten bis auf die Filme auf eine von Toms ZIP-Disketten und schwang sich aufs Rad. Das Wetter hinkte dem Monat Juni immer noch hinterher. Die grauen Wolken ließen ein wenig Blau durch, aber der Wind fegte genauso kalt und unangenehm durch die Straßen wie zuvor. Britta war schon vom Arzt zurück. Sie riss Katinka die Tür auf.

»Eine Woche! Eine segenslange Woche!«

»Hat er dich krankgeschrieben?«

»Hat er. Hurra. Her mit der Festplatte. Jetzt geht's rund.«

Katinka radelte erleichtert weiter in ihre Detektei. Britta war wieder ganz die Alte. Wer sollte auch herausfinden, dass sie beide den Gutshof unsicher gemacht hatten. Wenn sie sich die nächsten Tage nur vorsichtig verhielten. Als sie in die Hasengasse einbog, kam es ihr vor, als sei sie viele Wochen nicht mehr hier gewesen. Ihr Büro lag klein und schüchtern gleich hinter dem ehemaligen Stadttor. In der engen Gasse erweckte es den Anschein völliger Verlassenheit. Während Katinka nach den Schlüsseln suchte, fiel ihr ein, dass sie heute ohnehin wieder gearbeitet hätte – wenn sie und Tom den geplanten Wochenendurlaub angetreten hätten. Hardo und seine Wanderpläne kamen ihr in den Sinn. Sie setzte sich auf die Stufe vor ihrer Tür und rief ihn an.

»Uttenreuther?«

»Ich bin's, Katinka Palfy.«

Ihr Herz klopfte im Rhythmus kubanischer Congas.

»Palfy. Was Neues?«

»Nein. Nicht direkt. Ich habe mich gerade an Ihren Wandervorschlag erinnert.«

Wirbel auf ein paar Bongos.

»Haben Sie einen Blick aus dem Fenster geworfen?«

»Ich bin draußen. Aber sagt man nicht immer, es gäbe kein schlechtes Wetter …«

»… nur schlechte Kleidung. Halte ich für einen Witz.«

»Schützen Sie keine Müdigkeit vor!«, sagte Katinka. Ich muss blöd sein, dachte sie. Wieso will ich mit ihm wandern gehen.

Er lachte.

»Wie wäre es mit Freitag? Das Radio meldet Wetterbesserung.«

Katinka fiel ein, dass sie seit Ewigkeiten keine Nachrichten mehr gehört und keine Zeitung gelesen hatte. Das wäre ein gefundenes Fressen für Britta. Oder für Dani und andere Weltabgewandte.

»Haben Sie ... wegen der Käfer irgendwas Neues erfahren?«, versuchte es Katinka.

Hardo wurde sofort hellhörig. Sie bemerkte es an der Art, wie er die Pause in die Länge zog. Aber sie hatte dazugelernt. Sie wartete.

»Nein. Neben den Käfern haben die Kollegen noch so eine Raubgeschichte an der Backe.«

»Also, dann bis Freitag!«

»Machen Sie's gut, Palfy.«

Hardo legte auf.

Katinka würde sich am Freitag an dieses Gespräch erinnern und mit Staunen darüber nachdenken, wie anders die Woche verlaufen war.

Sie schloss die Tür auf und sammelte das Wenige an Post auf, was unter der Tür durchgeschoben worden war. Nichts hatte sich verändert. Nur die Staubschicht war etwas dicker geworden.

Was sollte sich schon verändern, dachte Katinka und warf die Briefe auf den Schreibtisch. Einer vom Schlüsseldienst Heppner war dabei. Sie schlitzte den Umschlag gleich auf. Er wollte unverschämte 240 Euro für seine Dienstleistung am vergangenen Samstag. Katinka grinste und warf den Brief in den Papierkorb. Der zweite Brief stammte von einem Mann namens Hermann Erbinger. Zum dritten Mal innerhalb eines Monats war ihm das Handy gestohlen worden, und er verdächtigte einen bestimmten Arbeitskollegen. Das ist was Einfaches, dachte Katinka. Das mache ich gleich, wenn diese Sache hier rum ist. Ihre Jacke flog auf den IKEA-Kleiderständer. Besuchersessel und Bürostuhl standen unordentlich herum, als könnten sie ihren Anblick gegenseitig nicht ertragen. Der Terminplaner an der Wand hätte mehr Eintragungen enthalten können.

Katinka sehnte sich nach einem Telefonat mit Tom, aber sie rief nicht an. Sie fuhr ihr Notebook hoch und suchte die Liste mit den Künstlernamen aus ihrem Rucksack. Das digitale Adressbuch führte sie vorbildlich. Sofort fand sie die Faxadressen ihres Vaters: die private und die seines Büros. Schnell schrieb sie ein paar Zeilen und bat um Rückruf.

Sie ging in den Nebenraum, wo sie Wasser aufsetzte und ihr Waffenschränkchen kontrollierte. Nur eine Routinesache, ein Automatismus, sie trug die Pistole bei sich. Wie üblich wusste sie nicht, ob sie das Blatt mit der beschriebenen Seite nach unten oder nach oben in das Faxgerät einlegen sollte. Sie wählte die Nummer und beobachtete, wie die Maschine das Papier verschlang und am anderen Ende wieder ausspie.

Sie legte es ein zweites Mal ein und tippte die Büronummer.

Im Ausgabefach schlummerte eine Seite. Eine unschuldige DIN-A-4-Seite. Sie musste schon eine Weile da liegen. Katinka nahm sie in die Hand.

Liebe Katinka.
Ich muss unbedingt mit dir sprechen. Treffen am Dienstag, 15. 6. 2004, um 22 Uhr auf dem Staffelberg.
Bitte komm unbedingt! Komm allein!
Dani

Gelähmt starrte Katinka auf das Fax. Sie musste es oben auf das Gerät legen, so sehr zitterten ihre Hände. Es war keine Kennung angegeben. Das ist strafbar, dachte sie. Kein Datum, kein Ort. Wo zum Teufel hatte Dani dieses Schreiben weggeschickt? Abgesehen davon, dass Katinka zunächst keinerlei Erleichterung darüber verspürte, ein Lebenszeichen von Dani in den Händen zu halten, fragte sie sich, weswegen Dani nicht einfach angerufen hatte. Sie mixte sich einen Nescafé. Schon seit längerem hatte sie sich nicht um Milch gekümmert. Sie musste den Kaffee schwarz trinken.

Dani hat nicht angerufen, weil sie nicht will, dass ich Fragen stelle, dachte Katinka. Und jetzt will sie mich treffen. Ausgerechnet auf dem Staffelberg, wo Booz seine Leicheninstallation gemacht hat.

Die Vorstellung, nach den nervenzerreißenden Stunden gestern Nacht schon wieder eine ähnlich schauerliche Aktion vor sich zu haben, gefiel ihr überhaupt nicht. Gemeinsam mit dem schwarzen Gebräu hinterließ sie einen schauderhaft galligen Geschmack. Zwar war es um 22 Uhr noch beinahe hell um diese Zeit, aber das Bergplateau lag mit Sicherheit verwaist hoch oben über dem Tal.

Sie könnte ja jemanden mitnehmen. Jemanden, von dem Dani nichts zu wissen brauchte. Hardo. Britta. Katinka lachte laut auf. Britta würde bei aller Kaltschnäuzigkeit nicht noch einmal so ein Abenteuer wagen.

Blieb also Hardo. Katinka stellte die Tasse weg.

Es war die vernünftigste Lösung. Aber sie war sich unsicher. Es fühlte sich nicht richtig an. Sie wog das Telefon in der Hand. Ihre Finger weigerten sich, seine Nummer zu tippen. Sie dachte an die drei gestohlenen und durchbohrten Käfer. Legte das Telefon weg.

Konnte Dani Hilfe brauchen, weil sie ein Verbrechen begangen hatte? Katinka fuhr sich durchs Haar. Hatte am Ende Dani die Käfer ›erdolcht‹? Um eine neue Kunstinstallation zu schaffen? Eine markige Botschaft an die Kollegen vom Typ des Arian Booz? Katinka stöhnte. Die Kopfschmerzen machten sich wieder bemerkbar. Sie trank zuviel Kaffee.

Das mochte des Rätsels Lösung sein. Dani, der reitende Husar, die bildhauernde Überfliegerin, die talentierte Künstlerin. Sie hatte eine Dummheit gemacht und suchte nun nach der Fluchttür. Katinka begann sich zu entspannen. Selbst wenn Dani wirklich Mist gebaut hatte. Es war immer noch besser, als ihre Einzelteile irgendwo aufzuklauben. Und ich Knallerbse habe sie auch noch vermisst gemeldet, dachte Katinka, und ihr damit wahrlich keinen Gefallen getan. Sie war drauf und dran, Sabine Kerschensteiner anzurufen und alles rückgängig zu machen, als das Telefon klingelte. Katinka lief in der Vorraum.

»Palfy?«

»Hier auch. Was ist denn das für eine Geisterliste, die du mir ins Büro geschickt hast?«

»Hallo, Papa. Ich dachte, du könntest mir was über die Künstler sagen, die …«

»Künstler?« Ignaz Palfy spielte gekonnt die Entrüstung des Selbstgerechten. »Ich kenne keinen einzigen von denen!«

»Womöglich … decken die Personen auf der Liste nicht direkt deine Schwerpunkte ab.«

»Jetzt lass aber mal den Hahn auf dem Mist, geliebte Tochter«, steigerte sich Ignaz Palfy. »Ich bin auch nicht eben erst auf der Ursuppe dahergeschwappt. Schließlich leben wir hier in einer Metropole.« Er betonte das ›Wir‹. »Ich habe gerade mit einem Kollegen telefoniert. Ich meine, wenn ich deine beruflichen Tätigkeiten schon unterstützen darf.«

Katinka verdrehte die Augen. Sie verstand den Seitenhieb durchaus, auch wenn sie es nicht zeigte.

»Und der kannte auch keinen von denen?«

»Nicht die Bohne.«

»Da ist eine Frau aus Österreich dabei, Petra Stein.«

»Null und nichts.«

Katinka seufzte.

»Dann sind das wohl alles noch unbekannte Nachwuchsleute.«

Ignaz Palfy gab ein Prusten von sich, das irgendwo zwischen Arroganz und Resignation stecken blieb.

»Du wolltest doch noch mehr über Booz wissen«, sagte er. »Lass es dir eine Warnung sein: Er ist schon einige Male wegen Körperverletzung angezeigt worden. Aber wie durch ein Wunder konnte er oder besser sein Anwalt das immer abschmettern. Nichts zu beweisen.«

»Körperverletzung im Zusammenhang mit seinen Kunstaktionen?«

»Manchmal ja, manchmal auch unabhängig davon. Hör zu, Kati …«

Sie musste lachen.

»Ich ahne es. Dir hängt ein Kunde in der anderen Leitung.«

»Ich habe gleich eine Besprechung. Eine ganz wichtige PR-Maßnahme für die Eröffnung eines Einkaufszentrums in Linz, das ich gebaut habe. Ich melde mich bei dir.«

Er legte auf.

Katinka fuhr mit dem Finger über die zehn Namen auf ihrer Liste. Seltsam, dachte sie. Wollen diese No-Names mit Booz zusammenarbeiten, um zu Ehr' und Lorbeer zu kommen? Sie konnte sich keine andere Erklärung ausmalen. Doch Booz schien gar nicht die große Nummer zu sein, als die er sich selbst sah. Jedenfalls nicht, wenn sie ihrem Vater vertrauen konnte. Er mochte selbstgefällig sein und einem gewissen Geltungsbedürfnis frönen, aber er kannte sich tatsächlich gut in der Szene aus, und seine Voraussagen, welcher Künstler in der nächsten Zeit den großen Sprung auf die Bühne schaffen würde, trafen gewöhnlich zu. Wahrscheinlich war Ignaz Palfy in Wirklichkeit einer von denen, die die Stars erst zu Stars machten. Katinka nahm die Brille ab und putzte die Gläser mit dem Zipfel ihres T-Shirts.

Wieder fiel ihr die Vermisstenanzeige ein. Sie zögerte, doch dann beschloss sie, sich nicht bei der Polizei zu melden. Es würde nur unnötig Staub aufwirbeln. Sobald sie wusste, was wirklich Danis Problem war, konnte sie immer noch etwas in die Richtung unternehmen.

Katinka fuhr nach Hause und legte sich eine Weile hin. Später ging sie einkaufen und achtete darauf, ausreichend Obst und Vollkornprodukte in den Korb zu legen. Sie besorgte auch teures Futter für Vishnu und kaufte die aktuelle Ausgabe des *Fränkischen Tags*.

Die Spaghetti, die sie sich anschließend kochte, schmeckten ihr so gut wie lange nichts. Erst, als die dampfenden Nudeln, bestreut mit frisch geriebenem Parmesan und selbstgekochter Tomatensoße vor ihr standen und dufteten, bemerkte Katinka, wie hungrig sie war. Als Nachspeise kredenzte sie sich selbst zwei Pfirsiche. Doch als sie sich satt und einigermaßen zufrieden mit ihren Kochkünsten zurücklehnte, verflog der Genuss ihrer Mahlzeit sofort. Es macht keinen Spaß, alleine zu essen, dachte sie. Irgendwie schlich sich ein schaler Nachgeschmack ein. Sie war es nicht mehr gewöhnt, alleine zu leben. Seit sie zu Tom gezogen war, waren sie bis auf ganz wenige Unterbrechungen immer zusammengewesen.

Tom. Seine Reaktion war ihr egal, sie wollte nur seine Stimme hören.

Er meldete sich beim ersten Klingeln.

»Tom, ich bin's. Wie geht's?«

Es klang, als freute er sich über ihren Anruf.

»Die Situation ist unverändert dramatisch. Sie ist bei Bewusstsein. Und völlig traumatisiert von ihrer hilflosen Situation. Sie kann kein Wort sprechen, sich überhaupt nicht mitteilen. Mein Vater ist total auf dem Reifen. Ich werde sicher noch eine Weile in Berlin sein. Meinen Kunden habe ich schon Bescheid gegeben. Ich will zwar so schnell wie möglich wieder an die Arbeit, aber …«

»Hattest du nicht gesagt, du würdest eventuell diese Woche zurückkommen?«

Katinka bereute es sofort. Tom blieb gelassen, aber seine Stimme klang einige Nuancen kühler. Er wollte seinen Vater noch nicht alleine lassen. Sie suchten fieberhaft nach einem Platz in einer Rehaklinik, ohne auch nur ansatzweise eine Ahnung zu haben, wie sie all die vielen unterstützenden medizinischen Maßnahmen für seine Mutter bezahlen sollten, die die Krankenkasse nicht übernehmen würde.

»Sie kann unmöglich nach Hause zurück«, sagte Tom. »Es ist ein Jammer, mitanzusehen, wie sie sich quält.«

Er erkundigte sich, was in Bamberg los war. Er tat es aus Höflichkeit, Katinka spürte seine Aufmerksamkeit abdriften wie Treibholz. Sie erzählte nicht viel, nur dass Britta an einer neuen großen Story dran war.

»Na, dann ist ja alles wie immer«, sagte Tom. »Kaum was los, und wenn nicht wenigstens Britta Beerenstrauch aus der Lokalredaktion ordentlich Saft pressen würde, gäbe es nur noch Mohrrüben zu essen.«

»Komisch. So was Ähnliches habe ich heute auch schon gehört. Aber aus der Hauptstadt Österreichs.«

Sie verabschiedeten sich reserviert voneinander. Katinka fragte sich traurig, ob der Kerl am Telefon der Tom war, den sie kennen und lieben gelernt hatte. Jedenfalls war er ein Mann, der in einer Krise steckte, und vielleicht entschuldigte das seine Hybris und seine großstädtische Arroganz. Katinka fühlte sich elend und ärgerte sich gleichzeitig, dass sie sich elend fühlte. Es war ein Gefühl erbarmungswürdiger Leere.

Fast sieben. Sie hatte noch Zeit. Britta ging nicht ans Telefon. Wahrscheinlich sichtete sie die Materialien auf der gestohlenen Festplatte und betrank sich, um die Filme aus Yorks Produktion zu ertragen. Katinka fiel ein, dass sie immer noch nicht bei den Berliner Kunstfuzzis angerufen hatte, um nach Dani zu fragen. Sie probierte die Nummer. Als der Anrufbeantworter seinen Sermon abspielte, kauzte sie mit der Automatenstimme um die Wette. Natürlich hatte sie ein weiteres Mal die Geschäftszeiten missachtet. Gereizt fuhr sie sich durchs Haar. Es war gewachsen, die längsten Strähnen reichten schon über die Ohrläppchen. Es war ihr bisher nicht aufgefallen. Jetzt kontrollierte sie sich im Spiegel. Dicke dunkle Ringe umschatteten ihre Augen. Sie fühlte sich abgerissen, jämmerlich. Ein Schwall Selbstmitleid trug sie davon. Wenn sie sich hässlich fühlte, dann deshalb, weil niemand sich dafür interessierte, wie es ihr ging. Alle waren beschäftigt oder verschwunden oder nicht zuständig. Sie hatte Sehnsucht nach jemandem, der sie tröstete. Ihr ein paar nette Sachen sagte, und sei es aus Höflichkeit.

Katinka rief Hardo an. Erst, als er sich meldete, wurde ihr klar, was sie da tat. Sie wollte auflegen, aber er würde ohnehin wissen, dass sie es war.

»Ich … wollte mich nur noch mal absichern wegen Freitag«, druckste sie herum. »Ich …«

»Mein Laubfrosch gibt grünes Wetterlicht für Freitag«, sagte Hardo.

Im Hintergrund klirrte etwas. Katinkas Gesicht wurde heiß.

»Haben Sie Besuch?«

»Ja.«

Katinka stellte sich vor, wie eine langbeinige Schönheit im knappen Schlauchkleid und mit langen, blonden Locken dem Kommissar einen Cocktail servierte.

»Dann entschuldigen Sie. Ich wollte nicht stören.«

»Keine Ursache. Manfred Schröppel ist hier. Mein frühpensionierter Kollege, Sie kennen ihn doch noch.«

Eine Welle der Erleichterung schwappte über Katinka hinweg. Sie schwitzte.

»Ja, natürlich«, sagte sie lachend und fand, dass es verlegen klang. Schröppel hatte ihr einmal in einer äußerst prekären Situation beigestanden. »Grüßen Sie ihn schön.«

»Mache ich. Er wünscht Ihnen einen schönen Abend.«

»Danke, werde ich haben«, sagte Katinka schnell und legte auf.

Ich glaube, ich spinne, dachte sie, und stellte das Telefon auf die Station zurück. Ich bin nicht mehr ganz dicht. Als sie daran dachte, womit sie sich an diesem Abend beschäftigen würde, bekam sie einen Lachanfall. Es war 19 Uhr 22, Dienstag, 15. Juni 2004.

12. Felsen zum Sterben

Sie brach um acht Uhr auf. Das Wetter wurde tatsächlich besser. Am Himmel waren nur noch vereinzelte Wolken zu sehen. Als sie aus der Stadt herauskam und über die Autobahn Richtung Lichtenfels fuhr, konnte sie erkennen, dass die Wolken wie ein Pfeil formiert nach Osten abzogen. Sie bog bei Breitengüßbach ab und fuhr über die Landstraße weiter.

Sie hatte viel Zeit. Von Bamberg zum Staffelberg würde sie etwa 30 Minuten brauchen. Sollte das Auto streiken, hatte sie also genug Vorlauf eingeplant. Noch war sie sich nicht im Klaren darüber, ob sie möglichst weit bis zum Plateau hinauffahren sollte. Ihre Karte gab keine genaue Auskunft über die Wege, aber sie wusste, dass eine Wirtschaft dort oben war und es insofern einen asphaltierten Weg für die Zulieferungen geben musste. Andererseits war es vielleicht sinnvoller, zu Fuß hinaufzusteigen und so unsichtbar werden zu können, wenn es sich als nötig erwies.

Katinka beschloss, sich intuitiv zu entscheiden. Als sie nahe genug an den Staffelberg herankam, sah sie seine steilen Felsen in die Lüfte ragen. Von Westen her von der Sonne beschienen schickten sie eine Aureole von Erhabenheit durch das Maintal. Der Abendstimmung in diesen hellen Juninächten konnte sich niemand entziehen, und noch weniger in der von sanften

Hügeln durchzogenen Landschaft mit ihrem felsigen Thron in der Mitte.

Katinka kam bei Bad Staffelstein am Kreisverkehr aus dem Konzept. Sie fuhr einige Male durch den Kreisel, bis sie sich für die richtige Abzweigung nach Schwabtal entschied. In Loffeld war ein Wanderparkplatz angezeigt. Sie hielt und stellte den Motor ab. Als sie das Radio einschaltete, kamen in Bayern 5 die Nachrichten.

Katinka stieg aus. Es war immer noch zu kühl, aber der Wind war nicht mehr so schneidend. Sie konnte jetzt riechen, dass die Schafskälte allmählich an Kraft verlor. Da sie so selten in die Natur kam, sog sie mit Wonne den Duft der Weizenfelder in sich auf. Ein Hauch von Orange lag über allem. Es würde einen prachtvollen Sonnenuntergang geben. Heute Abend würde sie den Fall Dani abschließen, die Käfermorde vergessen und sich wieder auf Fälle konzentrieren, die ihr etwas einbrachten, ohne ihre Nerven zu zerfetzen.

Die herrliche Abendstimmung gab den Ausschlag für ihre Entscheidung, das Auto stehen zu lassen und zu Fuß auf das Plateau zu steigen. Sie war gut in Form und würde etwa eine halbe Stunde brauchen. Sie käme zu früh oben an, aber sie könnte sich abseits halten und beobachten, wie und von wo Dani aufkreuzte.

Katinka ging unter der Brücke durch und entschied sich an der ersten Abzweigung für den breiteren Weg. Der Pfad nach links mündete in den Karlsteig. Ein Golf parkte dort, ein altes Modell, giftgrün lackiert. Katinka fiel das Kennzeichen auf. Eine Bamberger Nummer mit vier Vieren hinten. Schnapszahlen auf den Nummernschildern waren groß in Mode. Sie musste an die

Youngtimer denken. Ein Schild wies darauf hin, dass dienstags die Staffelbergklause geschlossen war.

Na, Bingo, dachte Katinka. Ob Dani das gewusst hat? Keine Kneipe, keine Menschen, keine Zeugen.

Sie ging zügig voran. Holunder blühte zu beiden Seiten des Weges. Sie liebte den Duft der weißen Blüten und träumte davon, Hollerküchla zu backen: Holunderdolden, in Pfannkuchenteig getunkt und im heißen Fett gebacken. Beinahe glücklich tänzelte sie über den Weg und strich behutsam über die Blütenpracht. Essen musste warten. Ich werde unvorsichtig, dachte Katinka. Diese Mittsommerstimmung macht mich ganz kirre.

Konzentriert lief sie weiter und wunderte sich, wie steil der Weg kurz darauf anstieg. Links war ein Gehege eingezäunt. Ein paar Yaks wendeten die zottigen Köpfe in Katinkas Richtung. Yaks in Franken, wunderte sie sich. Was Tom wohl dazu sagen würde. Der Weg führte in großzügigen Serpentinen nach oben. Sie sah im Hintergrund den Alten Staffelberg auftauchen. Während des Studiums war sie öfters hier gewesen. Auf dem Gipfelplateau befanden sich Reste eines keltischen Oppidums. Der Gedanke, dass schon 4000 Jahre vor Christus Menschen auf dem Berg gesiedelt hatten, faszinierte sie nach wie vor. Diese Gegend wurde sogar in der Geographielehre des Griechen Ptolemäus erwähnt. Katinka stellte sich vor, wie die geheimnisvolle keltische Stadt, die hier oben ungefähr hundert Jahre vor Christus entstanden war, ausgesehen haben mochte. Sie dachte an Münzpräger, Töpfer, Händler, an den Lärm von Ziegen und Schafen, an offene Feuer und an Schmiede, die mit muskulösen Armen Bronze und Eisen verarbeiteten.

Ihr Atem ging keuchend. Inzwischen war sie eine Viertelstunde gegangen. In der nächsten Kurve entschied sie sich für eine Abkürzung durch die Wiesen. Ein Trampelpfad führte steil hinauf. Sie erreichte einen Vorsprung und blickte sich um. Weit hinten sah man die Türme der Basilika Vierzehnheiligen. Der braune Stein leuchtete warm im Abendlicht. Nicht allzu weit entfernt hörte sie ein Auto. Nur ganz leise wehte das Knirschen von Reifen auf Kies herüber. Der stille Abend und das eigentümliche Licht verwirrten ihre Sinne. Unmöglich zu sagen, wie weit das Geräusch entfernt war. Katinka kontrollierte ihre Uhr. 20 Uhr 48.

Sie hatte genug Zeit, aber aus einem Grund, den sie nicht nennen konnte, fühlte sie sich unruhig. Sie würde Dani treffen. Und sie fühlte Angst vor dem, was Dani ihr erzählen würde. Wie sie reagieren würde, falls Dani von ihr etwas verlangte, was sie nicht tun könnte. Was auch immer das war. Es wäre Katinka lieber gewesen, Dani gleich hier zu treffen, auf den sanft abfallenden Wiesen, im Schatten der Hecken. Das schroffe Plateau jagte ihr unerwartet Angst ein. Sie wusste, dass immer wieder Leute an den Felsen verunglückten. Genaue Zahlen kannte sie nicht, aber sie nahm an, dass es sich um Kletterer handelte, die die Gefahren des karstigen Steins und der Schwerkraft unterschätzten.

Sie zögerte, als der Pfad sie ins Dunkel führte. Der Waldboden war matschig, vollgesogen mit dem Regen der letzten Tage. Katinka wich ins Dickicht aus und umrundete die morastigen Stellen. Sie musste die Taschenlampe zu Hilfe nehmen. Der Pfad wurde sehr steil. Dann stieß sie auf rohe, steinerne Treppenstufen. Erstaunt stellte sie fest, dass sie exakt unterhalb der Staffelbergklause aus dem Wald trat.

Tatsächlich war das Wirtshaus geschlossen. Katinka sah auf die Uhr. Sie zeigte kurz nach neun. Noch eine knappe Stunde warten. Katinka lehnte sich auf der Terrasse der Klause gegen die Brüstung und blickte über das Tal nach Nordosten. Inzwischen war die Basilika beleuchtet. Feine Nebel stiegen aus dem Wald, dünn wie die Atemwolke eines Menschen an kalten Tagen. Am samtblauen Himmel zeigte sich eine hauchdünne Mondsichel. Fast Neumond, dachte Katinka. Das wird eine dunkle Nacht, wenn die Sonne erstmal untergegangen ist. Eine idiotische Idee, zu Fuß hier hinaufzusteigen, sie würde in absoluter Finsternis den Rückweg antreten müssen.

Katinka drehte sich um. Sie meinte, Schritte zu hören. Aber alles blieb still. Um sich die Zeit zu vertreiben, klaubte Katinka alle Geschichten über den Staffelberg aus ihrem Gedächtnis, die sie jemals gehört hatte. Es gab diese Legende, dass ein mächtiger Fisch im Bauch des Berges wohnte und seinen Schweif im Maul hielt. Sollte er jemals den Schweif aus dem Maul lassen, würde der Berg zerspringen und das gesamte Maintal überfluten. Katinka erinnerte sich daran, wie sie während einer archäologischen Exkursion mit ein paar Kommilitonen auf dem Bauch liegend das Ohr an das harte, stachelige Gras auf dem Plateau gepresst hatte, um die Bewegungen des Fisches zu hören. Einige hatten über soviel Kindlichkeit gewitzelt. Aber es hatte Spaß gemacht, das Märchen für bare Münze zu nehmen.

Katinka stand auf und ging zu der Schautafel, die Auskunft über die Epochen der Besiedelung des Berges und die zahlreichen archäologischen Funde gab. Natürlich wusste sie sehr viel mehr als das, was in der dürren Tabelle zusammengefasst war. In ihrem Kopf war die Geschichte lebendig, sie rumorte, leuchtete, duftete und stank mitunter sogar. Katinka würde nie verstehen, dass andere Geschichte auf Jahreszahlen reduzierten. Jahreszahlen waren völlige Nebensache. Für Katinka ging es um das Brodeln im Magen, wenn sie sich vorstellte, die Zeit wie eine Ziehharmonika auffalten zu können und vom Heute zurück ins Jahr 50 ante Christum zu wechseln. Sie stapfte weiter und hielt sich brav auf dem Außenweg, wie ein Schild es empfahl. Sie wusste, dass die Gegend um den Staffelberg und natürlich vor allem der Berg selbst ein guter Platz für Heilkräuter war. Vor der keltischen Burgmauer blieb sie stehen. Es handelte sich nur um eine Rekonstruktion. Dennoch vermittelte sie eine Ahnung, wie imposant und geschickt angelegt die wirkliche Burg gewesen war. Heckenrosen rankten sich im dahinterliegenden Dickicht. Das warme Licht verhexte ihre Farben. Sie leuchteten in einem so intensiven Rot, dass Katinka blinzeln musste.

Gegen bessere Einsicht verließ sie den Außenweg und querte das Plateau. Sie kam an der Adelgundiskapelle vorbei. Die Tür war verschlossen. Zwei runde Gucklöcher gaben den Blick ins Innere frei. Es war schon fast zu dunkel, um etwas zu erkennen, aber die Abendsonne schien durch die Kapellenfenster und zauberte rote und orangefarbene Flecken auf die Gesichter der Heiligen. Sie sahen aus, als seien sie über irgendetwas in Verlegenheit geraten.

Auf der Westseite blieb Katinka lange stehen und blickte in die untergehende Sonne. Schloss Banz auf der gegenüberliegenden Seite des Maintals lag im Schatten. Hier fielen die Felsen steil ab. Eine besonders gefährliche Stelle war von einem Holzgeländer umgeben. Das Querkelesloch, dachte Katinka. Nichts anderes als eine vor Urzeiten vom Wasser ausgespülte Höhle. Damals hatte die ganze Gegend unter der Wasseroberfläche gelegen. Ohne das schützende Geländer würde man auch bei größter Vorsicht leicht in das Loch stürzen können. Katinka lief ein kalter Schauer den Rücken hinunter, als sie an all die bizarr ausgespülten Schluchten und Höhlungen im Fels dachte. Die Plateaufelsen bestanden aus Riffdolomit, einem sandigen, mittlerweile löchrigen und verwitterten Gestein. Jetzt, da die frühe Dämmerung über die karstigen Formen kroch, wirkte alles surreal, widersinnig. Sie konnte sich gut vorstellen, woher die Geschichte von den Querkelen kam, geheimnisvollen Wesen, die aus dem Loch herauskrochen und den Bäuerinnen die Klöße aus den Töpfen stibitzten.

21 Uhr 30. Und noch hell. Katinka trat schnell von den Felsen zurück. Sie ging den Weg in westliche Richtung weiter. Dort hinten türmten sich die beeindruckendsten Felsformationen, selbstverständlich die Stelle, die Booz sich für seine Installation ausgesucht hatte. Katinka wollte nicht an Booz denken. Nicht jetzt, in dieser friedlichen Stimmung. Ein Schauder kroch über ihr Rückgrat. Sie blinzelte nervös in der Dämmerung. In den Felsspalten wucherten Holundersträucher. Katinka atmete tief den betäubenden Duft ein. Die rot-weiße Frankenfahne wehte auf einem der äußersten Felsen. Katinka fragte sich, wie sie dort hatte installiert werde können. Der Felsen ragte wie ein einzelner Finger in die Luft, ohne Verbindung zum Plateau. Das traf überhaupt für viele der Steinhöcker zu. Man konnte sie nur mit einem beherzten Sprung

über Spalten erreichen, einige von ihnen bestimmt einen Meter breit. Vorsichtig tastete Katinka sich auf den ausladendsten Felsvorsprung. In den steinernen Vertiefungen stand noch Regenwasser. Wie Soßenreste auf einem Teller, dachte Katinka. Vorsichtig trat sie ganz nahe an den Abgrund heran. Sie wagte kaum, sich vorzubeugen. Wer hier abstürzte, hatte keine Chance. Man würde sich sämtliche Knochen brechen und auf irgendeinem der spitzen Kegel liegen bleiben, unerreichbar für schnelle Hilfe. Sie drehte sich um und ging weiter, übersah den Kletterhaken, der vor ihr in den Fels geschlagen war, und stolperte. Schnell fing sie sich. Ihr Herz hämmerte. 21 Uhr 50. Zeit, dass sie nach Dani Ausschau hielt. Dani musste sie sehen, so deutlich wie sie sich vor dem im Westen noch hellen Himmel abhob. Katinka beobachtete, wie sich die Beleuchtung des Gipfelkreuzes einschaltete. Das Neonlicht flackerte eine Weile, dann schimmerte das gleißende Weiß gespenstisch in die Dämmerung. Sie schlenderte weiter. Der Lärm der Autobahn unten dröhnte deutlich herauf. Je dunkler es wurde, desto klarer meinte sie die einzelnen Geräusche sezieren zu können. Ein Zug brauste durch das Tal. Nahe bei der Flagge blieb Katinka stehen. Jemand hatte einen Euro verloren. Katinka bückte sich und hob ihn auf. Als sie sich aufrichtete, wurde ihre Aufmerksamkeit von einem Blitzen erregt. Sie zuckte zurück. Eine Lichtspiegelung vielleicht, ein Reflex des späten Abendlichtes. Da war niemand auf dem Plateau. Niemand außer ihr selbst. Sie steckte die Münze ein und fühlte Enttäuschung, keine kappadokische Silberdrachme aufgelesen zu haben. Das wäre ein Fund gewesen.

Sie drehte sich um. Wieder ein Schimmer, den sie in

den Augenwinkeln einfing. Sie trat ganz nahe an den Felsabbruch heran. Blickte hinunter.

Unter ihr ein einzelner Felsen, wie ein abgebrochener Bleistift. Auf dem Stein lag Dani. In ihrer Brust steckte ein Schwert.

Ängste, so lehrt man uns, kann man überwinden.

Es sollte allerdings zuweilen sinnvoll sein, seinen Ängsten zu vertrauen wie guten Freunden. Sie bilden ein archaisches Warnsystem, das uns vor zuviel Dummheit bewahrt.

Das ist wohl dein größter Fehler. Du neigst dazu, dich zu trainieren wie ein Hochleistungssportler es tut oder ein Politiker mit Absichten auf Machtpositionen. Dadurch tötest du deine Instinkte. Ich gebe zu, es freut mich, einen Mangel an dir zu entdecken. Das macht dich menschlicher und dadurch beinahe sympathisch, auch wenn deine zahlreichen schlechten Charakterzüge wie Ehrgeiz und Betrügereien mich davon selbstverständlich abhalten. Rechnungen werden bezahlt, so ist es im Leben. Ich bin dein Gläubiger. Ich bekomme noch den Preis, der mir zusteht. Letztlich ist es mit der Schuld wie mit einem alkoholseligen Abend: zuerst sieht alles so aus, als machte es nichts aus. Aber dann kommt die Quittung.

Ja, tatsächlich ist die Angst ein treuer Freund.

13. Schwindel

Katinkas Zehenspitzen ragten ein gutes Stück über den Felsen hinaus, auf dem sie stand. Später, als sie die Situation wieder und wieder durchlebte, wurde ihr klar, dass sie nicht wirklich bei sich gewesen war. Ihr Verstand war abgeschaltet worden. Sie fühlte, wie sie vor- und zurückpendelte. Sie war ein Wolkenkratzer im Sturm.

Zuerst hatte sie sich auf den Bauch gelegt und geschrieen. Sie hatte nach Dani gerufen, ihren Namen gebrüllt. Dani regte sich nicht. Sie war tot. Zwei leere Augen starrten in den Nachthimmel. Und sie lag zu weit weg. Katinka konnte sich ihr nicht nähern. Am Anfang wunderte sie sich, dass sie kein Blut sah. Später wurde ihr klar, dass Dani ins Körperinnere verblutet war. Katinka wollte nach ihrem Handy greifen und Hilfe rufen. Ein Teil ihres Gehirns versuchte sich in rationalen Kommandos. Meldete Gefahr, der Mörder könnte noch in der Nähe sein. Plärrte das Wort ›Telefonieren‹ in die Nacht. Ohne Erfolg. In Katinkas Körper liefen nur die absolut lebensnotwendigen Funktionen ab. Die Atmung. Und ihr Gleichgewichtssinn. Noch.

Sie starrte in der zunehmenden Dunkelheit auf Danis leblosen Körper, schwankte auf den Abgrund zu, bis sie sich fing, und schaukelte wieder zurück. Irgendwann setzte das Denken ein, ruckelnd wie ein störrischer Motor, und erteilte ihr den Befehl, von dem Abgrund zurückzutreten.

Sie konnte nicht. Ihre Füße wurzelten fest auf dem grauen Stein. Zurück, befahl Katinkas Kopf.

Sie versuchte es. Zwang ihre Beine zurück. Nichts passierte. Die Tiefe zog sie an. Danis Leiche begann in die Luft zu steigen und wieder abzusinken. Ich halluziniere, sagte sich Katinka. Ganz vernünftig. Ihre Beine jedoch wollten nicht auf den Befehl reagieren. Ihre Knie begannen zu zittern.

»Dani«, flüsterte sie. Der Abendwind, eben noch sanft und zart, bekam unerwarteten Schwung. Katinka fühlte die Wärme aus ihrem Körper entweichen. Sie holte tief Luft. Atmete ein und aus. Pendelte nach vorn und starrte in die strudelnde Tiefe. Pendelte zurück.

Hinter ihr Schritte. Zwei Arme umfassten ihren Oberkörper. Sie strömten einen Geruch aus, der Katinka leidlich bekannt vorkam.

»Sie treten jetzt einen Schritt zurück, Katinka Palfy. Mit mir zusammen. Rechter Fuß zuerst.«

Katinka zuckte zusammen. Booz.

»Ich kann nicht«, flüsterte sie, sich schüttelnd vor Abscheu.

»O doch! Mit mir zusammen. Rechter Fuß.«

Er hätte sie längst hinunterstoßen können, wenn er gewollt hätte. Aber er hielt sie fest umschlungen. Seine Arme berührten ihre Brüste. Sie schüttelte sich vor Ekel.

»Drei – zwo – eins – los!«, kommandierte Booz.

Katinka gab ihrem rechten Bein die Anordnung, sich nach hinten zu bewegen. Es funktionierte. Der Schritt war größer, als sie gedacht hatte. Sie trat Booz auf die Zehen.

»Jetzt den linken«, sagte er.

Katinka gehorchte. Im Rückwärtsgang führte Booz sie Schritt für Schritt weg von dem Abgrund. Sein Griff lockerte sich. Katinka entwand sich ihm und ließ sich auf den Felsen sinken.

»Was tun Sie hier?«, fragte sie.

»Und Sie?«

»Ich glaube nicht, dass Sie das was angeht.«

»Ganz meinerseits«, sagte Booz gekünstelt. »Übrigens: gern geschehen.«

Sie starrte ihn an, bis sie endlich verstand, was er meinte.

»Danke.«

Er nickte und hob die Hände, als wäre alles nichts als ein kleiner Gefallen.

»Kennen Sie die Frau dort unten?« Booz zog eine Zigarettenschachtel aus der Hemdtasche.

»Was machen Sie hier?«, fragte Katinka wieder. Ihre Brille saß schief. Als sie sie zurechtschob bemerkte sie, wie heftig ihre Hände zitterten.

»Muss ich Ihnen darüber Auskunft geben?« Er strich sein Drahthaar nach hinten. »Möchten Sie eine?«

Katinka griff zu, ohne zu überlegen. Dies war eine Ausnahmesituation. Ein außergesetzlicher Notfall. Booz ließ sein Feuerzeug klicken.

»Was machen wir jetzt?«

Seine Frage erstaunte Katinka. Sie sog tief den Rauch ein und beobachtete die Kringel, die sie in die Nachtluft blies. Das Nikotin löste ein beruhigendes Sausen in ihrem Kopf aus. Allmählich stabilisierte sich ihr Denkapparat.

»Haben Sie die Tat beobachtet?«, fragte sie.

»Haben Sie sie da hinuntergestürzt?«, echote Booz.

»Was haben Sie gesehen?«, insistierte Katinka.

»Waren Sie es?«, parierte er.

Sie stöhnte. Sie musste die Polizei anrufen, aber zuvor konnte sie ebenso gut ein paar klärende Sätze sagen.

»Ich bin Privatdetektivin«, sagte Katinka. »Seit einigen Tagen auf der Suche nach der Frau, die dort unten tot auf dem Felsvorsprung liegt.« Eiseskälte breitete sich in ihr aus. Sie fror, aber sie war auch dankbar für die seltsame Erstarrung, die sich über sie legte wie nasser Schnee. Die Emotionen würden sie bald genug überschwemmen. »Sie wollte sich hier mit mir treffen, und ich frage mich, weshalb Sie, Arian Booz, auf diesem Berg herumlaufen.«

Booz starrte Katinka verwirrt an.

»Toller Witz. Privatdetektivin.«

Katinka kramte ihren Ausweis aus dem Rucksack. Ungläubig betrachtete Booz das Kärtchen.

»Was wollten Sie dann auf unserem Hof?«, fragte er.

Katinka ließ sich Zeit. Sie rauchte die Zigarette bis zum Filter. Booz wurde unruhig. Er drückte seine Kippe aus und fuhr sich wieder durch die Locken.

»Welche Beziehung haben Sie zu Daniela Zanini?«, fragte Katinka.

»Daniela Zanini? Wieso Daniela?«

»Weil sie diejenige ist, die dort liegt.« Katinka fühlte den Brechreiz rechtzeitig genug, um ihn wegzudrängen.

»*Die* Daniela Zanini?« Booz Verblüffung musste echt sein.

»Ja. Daniela Zanini, wir haben über sie gesprochen, als ich in Holzhof war.« Sie fragte sich, ob Jana Booz von ihrem zweiten Besuch erzählt hatte.

Booz machte runde Augen. Er machte einige Versuche, etwas zu sagen, brach ab und stand auf.

»Das gibt's doch nicht!«, sagte er und bewegte sich auf den Abgrund zu.

Katinka zog die Fleecejacke fester um sich. Sie fror bis in die Knochen. Der Wind fegte kalt über das Plateau. Sie biss fest die Zähne zusammen, um sie am Klappern zu hindern, und beobachtete Booz, der am Abhang stand und in die Tiefe starrte. Sie stand auf. Sofort wurde ihr schwindelig. Sie ging in die Hocke und rief:

»Booz, kommen Sie zurück.«

Er drehte sich um und kam auf Katinka zu.

Jetzt bringt er mich um, dachte sie. Sein Gesicht war zur Maske erstarrte. Er knetete seine Hände. Sie sprang auf und zog die Waffe.

»Sind Sie wahnsinnig?«, schrie Booz. »Ich tue Ihnen nichts.«

»Wie kann ich da so sicher sein?«, brüllte Katinka ihn an.

»Ach, lassen Sie mich doch in Ruhe. Rufen wir die Polizei«, winkte Booz ab. Er ging auf die Kapelle zu. Katinka folgte ihm. Jetzt galt es, das nächste Problem zu lösen. Sie würde eine Befragung durch Oberkommissarin Winkler nicht durchhalten. Und Hardo hatte Urlaub. Zweimal rutschte ihr das Handy beinahe aus der Hand, bis sie es endlich schaffte, seine Nummer einzutippen.

Er ging sofort an den Apparat.

»Palfy. Man könnte meinen, Sie haben Sehnsucht nach mir«, sagte er belustigt.

Der Klang seiner Stimme brachte Katinka vollkommen aus der Fassung.

»Hardo!«, rief sie ins Telefon. »Bitte. Sie müssen mir helfen. Schicken Sie nicht die Winklerin. Das überlebe ich nicht.«

»Was ist denn los? Reden Sie schon, Palfy!«

»Dani ist tot. Jemand hat sie umgebracht.«

»Wo sind Sie!«

»Auf dem Staffelberg.« Katinka stand mitten auf dem Plateau, spürte den kalten Wind im Rücken. Sie fror so sehr, dass es ihren ganzen Körper schüttelte.

»Wo bitte sind Sie?«

»Auf dem Staffelberg, das ist der große Berg bei Bad Staffelstein.«

»Ich weiß, wo und was der Staffelberg ist, verdammt. Sind Sie allein?«

Er hält mich für besoffen, dachte Katinka in Panik.

»Sie kapieren einfach gar nichts«, schrie sie. »Dani wollte sich hier mit mir treffen. Als ich kam, lag sie tot auf einem Felsvorsprung. Ein Schwert in der Brust. Jemand hat sie umgebracht.« Ich werde hysterisch, dachte Katinka. Sie spürte die Tränen übers Gesicht rinnen.

»Ich komme«, sagte Hardo. »Ist noch jemand da oben?«

»Ja. Booz.«

»Wer?«

»Ein Künstler.«

»Himmelherrgott, Palfy…« Er wollte zu einer längeren Schimpftirade ansetzen, bremste sich aber und fragte: »Haben Sie Ihre Waffe bei sich?«

»Ja!«, sagte Katinka und schluckte die Tränen hinunter. »Hardo, bitte, ich schaffe das nicht.«

Sie schämte sich unendlich. Soviel also zu der knallharten Detektivin aus der Hasengasse.

»Suchen Sie sich einen sicheren Ort. Wir sind gleich da. Zwanzig Minuten. Neunzehn.«

Suchen Sie sich einen sicheren Ort, dachte Katinka höhnisch. Wo bitte ist hier ein sicherer Ort?

Ihr Blick fiel automatisch auf die Kapelle. Booz saß dort auf der Erde, den Rücken an die Mauer gelehnt. In der Dunkelheit unter den Linden war er kaum zu erkennen.

»Können Sie nicht das Schießeisen wegnehmen?«, fragte er und deutete unwillig auf Katinkas Beretta. »Ganz schön große Waffe für eine Frau.«

»Beretta 9000 S«, sagte Katinka. »Halbautomatik, neun Millimeter. 15 Schuss. Wenn Sie die Kugel erstmal im Arsch haben, ist es Ihnen egal, ob ein Mann oder eine Frau geschossen hat.«

Sie setzte sich ein Stück weg von Booz. Legte die Waffe neben sich ins Gras.

»Kommt die Polizei?«

»Ja. Das Erste, was die tun, ist Sie zu fragen, was Sie hier wollten.«

»Ach«, spöttelte Booz. »Und Sie, Katinka Palfy, dürfen neben Leichen stehen beziehungsweise über ihnen, oder wie sehe ich das?«

Katinka beruhigte sich. Sie drückte sich soweit es ging in den Windschatten. Hier war es wenigstens ein bisschen wärmer als mitten auf dem Plateau. Sie fragte sich, ob Booz schon bemerkt hatte, dass seine Festplatte fehlte. Ob er jetzt, da er von ihrem wirklichen Beruf wusste, eins und eins addieren und diesen eventuellen Zusammenhang der Polizei stecken würde. Sie entschied sich, dass das im Augenblick nicht zählte. So unheimlich Booz ihr war, so dankbar fühlte sie sich, gerade jetzt nicht alleine zu sein.

»Sind Sie religiös?«, fragte Booz unvermittelt.

»Äh … ich weiß nicht«, begann Katinka.

»Vielleicht hilft uns die Heilige Adelgundis«, sagte Booz ernsthaft. »Ich meine, ich bin Protestant und sowieso nur auf dem Papier. Aber ich habe gelesen, dass es den Schweden im Dreißigjährigen Krieg nicht gelungen ist, diese Kapelle hier oben auszurauben. Adelgundis persönlich erschien im schwarzen Gewand und schlug die Kerle in die Luft.«

Katinka griff nach der Waffe. Sie wusste nicht, warum, nur ein Gefühl.

Booz hob die Handflächen.

»Legen Sie doch diese Pistole weg«, brummte er.

Katinkas Handy klingelte.

»Palfy«, sagte Hardo. »Wir sind unterwegs. Wo genau stecken Sie?«

»Ich sitze mit Booz bei der Adelgundiskapelle. Am Eingang an der Querseite.«

»Gut. Geben Sie uns noch zehn Minuten.«

Er hatte das Gespräch schon beendet.

Booz schwieg, während sie warteten. Als sie die Polizeiwagen hörten, standen sie auf. Katinka sicherte die Waffe und steckte sie ins Holster. Sie gingen um die Kapelle herum. Gleißende Scheinwerfer blendeten sie. Katinka blieb stehen. Booz legte den Arm um sie. Sie schüttelte ihn ab.

»Lassen Sie den Scheiß«, zischte sie ihn an.

Während die Beamten auf sie zukamen, packte der Schwindel Katinka und wirbelte sie herum. Sie setzte sich auf den Boden und schloss die Augen.

»Palfy?«

»Ja.«

»Alles in Ordnung, Palfy?«

Er half ihr hoch.

»Schon o.k. Mir war nur schwindelig.«

Katinka war so froh, Hardo zu sehen, dass sie ihm am liebsten um den Hals gefallen wäre. Sein Gesichtsausdruck allerdings sah nicht besonders liebenswürdig aus. Seine grauen Augen blickten noch eisiger als sonst. Ein harter Zug spielte um seinen Mund.

»Wo ist die Tote?«

Katinka ging ihm voran. Booz waren Handschellen angelegt worden. Sie fühlte seinen vorwurfsvollen Blick, während sie Hardo und seine Leute über das Plateau zu der Stelle führte, wo die Fahne wehte. Hardo packte sie am Ellenbogen, als wollte er sie abführen. Katinka sah Fleischmann und seine Techniker und einige andere Männer mit schwerer Ausrüstung hinter ihnen herlaufen. Auf ihren Anoraks stand ›Bergwacht‹.

»Sie liegt ziemlich tief. Ich bin nicht an sie herangekommen, aber ich bin mir sicher, dass sie tot ist.«

Hardo sagte nichts. Sie kamen zum westlichen Rand.

»Hier, auf dem Felsen links unterhalb der Flagge.«

»Sie bleiben hier«, sagte Hardo. Katinka wollte widersprechen, aber sein zorniger Blick hielt sie davon ab.

Fleischmann und seine Leute traten an den Felsabbruch. Der Wind pfiff eiskalt über das Plateau. Sie stand schutzlos da und beobachtete die Polizisten. Die Männer packten Seile und allerlei Gerät aus. Hardo blieb sehr lange bei ihnen stehen. Sie diskutierten, schließlich versuchten sie es mit einer Drehleiter.

Er ist beschissen wütend, dachte Katinka verzweifelt. Selbstkritisch gestand sie sich ein, seinen Urlaub versaut zu haben. Sie kuschelte sich fester in ihre Jacke. Ihre Zähne schlugen so heftig aufeinander, dass sie Angst hatte, sie würden abbrechen. Um warm zu werden, hätte sie sich bewegen müssen, aber sie fühlte sich außerstande, irgendetwas zu tun. Ihre Kräfte waren aufgebraucht. Während sie da stand und zu den Polizisten hinüberblickte, kreisten ihre Gedanken um Booz. Sie fragte sich wieder und wieder, was nun mit ihm werden würde und warum er eigentlich hier oben war. Ob er Dani umgebracht hatte. Sie glaubte es nicht, ohne begründen zu können, warum. Aber seine Anwesenheit hier oben machte ihn verdächtig. Und seine Weigerung, sich zu erklären, noch sehr viel mehr. Selbst, wenn er nicht der Mörder war, dann wusste er womöglich etwas, und der Polizei wäre es mit Sicherheit mehr als recht, wenn er es erzählte, und zwar möglichst bald.

Es dauerte mindestens eine halbe Stunde, bis Hardo zurückkam. Er ging schweigend an Katinka vorbei. Sie folgte ihm in einigem Abstand.

»Hardo!«, rief sie. Er drehte sich um und sagte unwillig:

»Sie warten. Ich rede mit Booz.«

Katinka prallte zurück. Sie wollte etwas sagen, aber Hardo stieg schon in den Polizeibus, wo man Booz abgesetzt hatte. Die Beamten hatten das ganze Plateau abgesperrt. Rot-weiße Plastikbänder flatterten im Wind, kräftige Scheinwerfer leuchteten den Zufahrtsweg aus. Zwei Techniker waren dabei, nach Reifenspuren zu suchen.

»Hallo, Frau Palfy.«

Katinka sah sich um. Polizeimeisterin Sabine Kerschensteiner stand hinter ihr.

»Frau Kerschensteiner! Bin ich froh, Sie zu sehen!«

Katinka schoss die Röte ins Gesicht. Sabines warme Stimme und die Freundlichkeit, mit der sie Katinka grüßte, standen in scharfem Kontrast zu Hardos ruppiger Unnahbarkeit. Ohne dass sie es wollte, erzählte Katinka der Polizistin von A bis Z den ganzen Tag, angefangen von dem Fax im Ausgabekasten ohne Datum oder Kennung bis zu ihrem Aufstieg durch den Wald, dem Anblick von Danis Leiche auf dem Felsen und ihrer Unfähigkeit, sich zu rühren. Als sie berichtete, wie Booz sie gepackt und vom Abgrund weggeführt hatte, kitzelten Tränen in ihren Augenwinkeln. Sabine Kerschensteiner legte die Hand auf Katinkas Schulter.

»Sie frieren«, sagte sie. »Setzen Sie sich in einen Streifenwagen. Wir schalten die Heizung an. Kommen Sie, Sie sollten hier nicht herumstehen.«

Katinka folgte ihr wie ein Schaf. Sabine Kerschensteiner setzte sich neben sie auf die Rückbank. Der laufende Motor und die Wärme lullten Katinka ein.

»Wie hat Hardo es geschafft, seine Faltenrockkollegin aus dem Rennen zu werfen?«, fragte sie.

Sabine lachte leise.

»Bei allem, was mit Ihnen zu tun hat, ist unverzüglich der Chef auf den Plan zu rufen.«

Katinka schüttelte sich.

»Er ist stocksauer!«

»Er macht sich Sorgen. Das ist der Grund. Beunruhigen Sie sich nicht deswegen, Frau Palfy.«

Sabine Kerschensteiner stieg aus. Katinka beobachtete, wie Leute hin und her liefen. Es wurde geredet und telefoniert. Sie nickte ein. Grauer Nebel dämpfte die Geräusche und Stimmen um sie herum.

Ihr Name wurde gerufen.

»Palfy, kommen Sie raus da.«

Sein harscher Ton rüttelte an dem Zelt aus Schlaf, in das sie sich verkrochen hatte. Er riss die Autotür auf. Katinka rieb sich die Augen und rückte die Brille gerade. Sie krabbelte hinaus. Nach der Wärme im Wagen und dem Schlummer, der noch in ihren Gliedern steckte, traf sie der scharfe Wind wie ein Kolbenschlag.

»Kommen Sie mit«, befahl Hardo und stapfte ihr voran über das Plateau. Sie folgte ihm, schlotternd in der Kälte. Der Wind kam nun direkt von Nordwesten und brachte Regenwolken mit. Hardo leuchtete mit einer starken Taschenlampe. Bei den Felsen blieb er stehen. Der Lichtkegel streifte die rot-weiße Fahne.

»Kommen Sie. Kommen Sie näher!«, drängte er.

»Ich kann nicht«, flüsterte Katinka.

»Sie sind doch sonst nicht so zögerlich.« Er packte ihren Arm und zog sie an den Abbruch.

»Nein, nicht!«, schrie Katinka.

Hardo hielt sie an beiden Schultern fest. Er könnte sie jede Sekunde in den Abgrund stoßen. Die Spitzen ihrer Schuhe ragten über den Rand des Felsens hinaus. Man hatte Danis Leiche fortgebracht. Wie ein drohender Zeigefinger deutete der Felsen, auf dem sie gelegen hatte, zu ihr hinauf. Zeigte auf sie, garstig und abscheulich.

»Lassen Sie mich los!«, schrie sie. Sie wollte es nicht glauben. In ihrer Angst fühlte sie die Schwärze auf sich zurasen.

»Ich warte auf Ihre Geschichte«, sagte er hart. »Jetzt, hier und sofort. Und alles.«

Katinka war so schwindelig, dass sie sich beinahe übergeben musste.

»Lassen Sie mich!«, sagte sie ruhiger.

Er führte sie ein Stück weg und ließ sie los. Sie hockte sich auf den Fels. Schlang die Arme um die Knie und erzählte alles noch einmal. Langsamer, bedächtiger, als sie es vorhin Sabine Kerschensteiner berichtet hatte. Die Stelle, als Booz sie von dem Abgrund weggeführt hatte, ließ sie aus.

»Und wie kamen Sie zu Booz?«, wollte Hardo wissen. Er stand drohend über ihr, wie ein Turm.

»Dani erzählte mir, dass sich in Holzhof eine Künstlergruppe eingemietet hat. Sie sagte es im Zusammenhang damit, dass Oberfranken wohl zurzeit eine eigenartige Anziehungskraft auf kreative Menschen ausübt.«

Katinka fügte Janas Geschichte an, von der gemeinsamen künstlerischen Arbeit mit Dani und Livio und dem Zusammenbruch des Teams nach Livios Tod. Sie erinnerte an das Gauguin-Bild in Danis Haus und fügte hinzu, von Booz gehört zu haben, dass Jana häufig mit ihrem Auto nachts unterwegs war.

»Ein Geländewagen, schwarz, sieht neu aus. Fragen Sie mich nicht nach dem Typ.«

Schließlich zog sie das Fax aus dem Rucksack. Hardo riss es ihr förmlich aus der Hand.

»Keine Kennung, kein Datum«, sagte er. »Ist das die Schrift Ihrer Freundin?«

Katinka zögerte. Sie musste zugeben, schon seit Jahren keinen handgeschriebenen Brief von Dani bekommen zu haben. Nichts außer sporadischer Telefonate und unpersönlicher E-Mails. Aber da war der Zettel hinter dem Gauguin-Druck in ihrem Schlafzimmer.

»Ja«, sagte sie der Einfachheit halber.

Hardo schien sich zu entspannen.

»Hat Booz etwas Brauchbares gesagt?«, fragte Katinka.

»Nein«, sagte Hardo. »Er kam nach wenigen Minuten auf die Idee, die Aussage zu verweigern. Das allein genügt schon. Wir werden ihn ein bisschen bei uns behalten.«

»Hat er … etwas über mich gesagt?«

»Dass er Sie hat kommen sehen und sich fragte, was Sie hier wollen.«

»Hat er die Tat beobachtet?«

Hardo zuckte die Schultern. »Er behauptet, zwei Personen gesehen zu haben, die sich den Felsen näherten. Was dann passierte, will er nicht mitgekriegt haben. Booz stand angeblich weit hinten, bei dem anderen Kreuz.« Er wies auf die Ostseite.

»Wenn Booz nicht gekommen wäre, ich weiß nicht, wie ich den Weg zurückgefunden hätte«, flüsterte Katinka.

»Können Sie das mal genauer schildern?«

Katinka biss die Zähne zusammen. Sie zitterte am ganzen Körper. Bei dem Gedanken daran, wie sie sich wie ein schweres Pendel vor und zurückwiegte, unfähig, sich zu bremsen und wegzugehen, wurde ihr schlecht.

»Ich höre nichts«, sagte Hardo krätzig.

Katinka stand auf. Seine Gnadenlosigkeit ging ihr auf die Nerven. Zuerst hatte er sie eingeschüchtert, doch nun regte sich ihr Widerspruchsgeist. Auch Katinka Palfy ließ nicht alles mit sich machen. Wütend sah sie ihm ins Gesicht.

»Ich führe es Ihnen am besten vor«, sagte sie und

marschierte schnurstracks auf den Felsabbruch zu. Sie vermied es, nach unten zu sehen, holte tief Luft und schaukelte vor und zurück.

Hardo packte sie und zog sie mit einem einzigen kräftigen Ruck zurück. Sie prallte gegen ihn und machte sich los.

»Sind Sie übergeschnappt?«, schrie er sie an.

»Warum quälen Sie mich so?«, brüllte Katinka zurück. Der Wind verwehte ihre Stimmen in der Nacht. Sie sahen einander starr in die Augen. Keiner von beiden konnte und wollte auch nur einen Millimeter nachgeben. Schließlich sagte Katinka:

»Ich war komplett neben der Spur. Ich stand da und sah Dani und«, sie holte tief Luft und bändigte ihre bebende Stimme, »und hatte das Gefühl, ich könnte hier nicht mehr weg. Irgendwas ließ mich schaukeln, vor und zurück, ich konnte nichts dagegen machen. Mein Denken war ausgeknipst. Booz war mit einem Mal hinter mir. Er packte mich und zog mich Schritt für Schritt weg. Alleine hätte ich das nicht geschafft.«

»Booz will zwei Personen gesehen haben«, sagte Hardo.

Katinka verstand. Sie gab eine ziemlich gute Verdächtige ab. Sie selbst könnte die zweite Person sein, die Booz angeblich gesehen hatte.

»Ich war die ganze Zeit allein hier oben«, sagte sie müde. »Ich habe auf Dani gewartet. Aber da lag sie schon da unten.«

Hardo starrte sie an, ohne ein Wort zu sagen. Sie wollte ins Warme, fort von hier, sie wollte, dass er aufhörte, sie so brutal zu behandeln, als gebe er ihr die Schuld an dem Mord, als hielte er sie für die Mörderin.

»Ich entschuldige mich in aller Form, dass ich Ihnen den Urlaub vergällt habe«, sagte Katinka. Ihre Lippen waren von der Kälte ganz steif und unbeweglich. Wie grobe Klötze purzelten die Wörter aus ihrem Mund.

Hardo hob unvermittelt die Hand und strich ihr ein paar Haarsträhnen hinters Ohr.

»Es geht nicht um den Urlaub, Schäfchen«, sagte er. »Es geht darum, dass Sie hier in Begleitung eines Tatverdächtigen herumspazieren. Allein. Nachts.«

»Er ist nicht der Mörder«, gab Katinka bibbernd zurück und wich ihm aus. »Wenn er Dani umgebracht hat, warum hat er mich dann nicht auch beseitigt? Er hatte doch die beste Gelegenheit dazu. Günstiger geht's nicht mehr. Dunkelheit. Keine Zeugen. Eine Frau, die kurz vor der Klapse ist und in die Tiefe guckt. Ein Stoß, fertig. Aus, Amen, Äpfel.«

Hardo sah sie lange an, dann sagte er: »Reden Sie nicht so ordinär. Wenn Ihr Booz so ein guter Mensch ist, dann frage ich mich doch, was er hier oben trieb, warum er nicht gleich die Polizei rief, als er den Mord beobachtete.«

»Vielleicht besitzt er kein Handy. Manche Leute sind technologiefeindlich.«

»Ich frage mich weiterhin, was Sie und diesen Booz verbindet.«

»Nichts!«, schnappte Katinka mit klappernden Zähnen.

Es begann zu nieseln. Sie nahm die Brille ab und wischte die Tropfen weg. Sie wollte schlafen. Nur schlafen.

»Mir ist kalt«, flüsterte sie. »Bitte, lassen Sie uns gehen.«

»Erinnert Sie das hier an etwas?«, fragte Hardo.

Katinka nickte.

»Ja. An die ermordeten Käfer.« Sie drehte sich um und ging zu den Polizeiwagen zurück. Es war 0 Uhr 46, Mittwoch, der 16. Juni 2004.

14. Matchboxauto

Es gab eine Menge zu regeln. Hardo dirigierte sie zu dem Polizeibus und verschwand. Booz hatte man in einen anderen Wagen gesetzt. Sie sah, wie er weggefahren wurde, den Kopf gesenkt.

Der Regen prasselte herunter. Sabine Kerschensteiner brachte Katinka einen grünen Anorak mit Leuchtstreifen am Ärmel und der Aufschrift ›Polizei‹ auf dem Rücken.

»Mit schönen Grüßen vom Chef«, sagte sie und zwinkerte Katinka zu.

Dankbar schlüpfte Katinka hinein. Der Anorak reichte ihr bis zu den Knien, die Ärmel musste sie ein Stück hochkrempeln. Sie gab ihre Aussage zu Protokoll. Beim dritten Lauf durch die Geschichte des heutigen Tages hatte sie den Eindruck, eine auswendig gelernte Rolle aufzusagen. Sie fror trotz der warmen Polizeijacke. Ihr war übel vor Müdigkeit. Als alles erledigt war, fragte sie sich, wie sie zu ihrem Auto kommen sollte. Der Regen hatte ausgesetzt. Sie stieg aus dem Bus.

»Einen Schluck Kaffee, Frau Detektivin?« Lutz Fleischmann stand im Schutz eines Baumes und schwenkte eine Thermoskanne.

Katinka gab sich einen Ruck.

»Gern«, sagte sie. »Danke.«

»Immerhin sind wir sowas wie Kollegen«, sagte Fleischmann gönnerhaft.

»Klar«, nickte Katinka. Sie mochte sein Grinsen nicht, aber der Kaffee war heiß und stark und wärmte ihre Magenwände. Ein Leichenwagen war gekommen. In einem simplen Sarg warteten Danis sterbliche Überreste auf den Abtransport. Katinka ließ den Becher sinken.

»Kann ich sie nochmal sehen?«, fragte sie.

Fleischmann gab den beiden Männern, die den Sarg in den Wagen wuchten wollten, ein Zeichen. Sie nahmen den Deckel ab.

Katinka sah Dani an. Sie war selbst im Tod schön. In der Düsternis schimmerte ihr Gesicht bläulich, wie erfroren. Aber ihre Züge schienen entspannt, so ebenmäßig wie im Leben.

Katinka biss sich auf die Lippen.

»Wiedersehen, Dani«, murmelte sie und wandte sich ab.

Fleischmann sah sie neugierig an. Sie gab ihm den Becher zurück und nickte ihm zu. Der Sargdeckel wurde geschlossen, dann ertönte ein Schrammen und der Kofferraumdeckel fiel zu. Soviel zu diesem Leben, dachte Katinka. Deckel zu, Affe tot. Es kostete sie übermenschliche Anstrengung, nicht vor Fleischmann und den anderen Männern in Tränen auszubrechen. Ich bin keine verzärtelte Lady im Rüschenblüschen, redete sie sich zu. Ich bin Detektivin. Ich fange nicht an zu weinen und ich werde nicht ohnmächtig.

Es begann erneut zu regnen.

»Palfy«, hörte sie Hardos Stimme. Er kam von der Kapelle herüber. »Wo ist eigentlich Ihr Wagen?«

»Unten in Loffeld, auf dem Parkplatz.«

»Sie möchten sicher gerne zu Fuß gehen«, sagte er sarkastisch.

»Ich dachte eigentlich, jemand wäre so freundlich, mich hinzubringen«, entgegnete Katinka würdevoll.

»Kerschensteiner kann das machen«, sagte er, und Katinka war froh, dass er sie nicht selbst fahren wollte. »Sobald Sie zu Hause sind, rufen Sie mich an, haben Sie das verstanden?«

Katinka spürte Fleischmanns Blick im Rücken.

»Ich bin nicht Ihr Baby, Hardo«, sagte sie leise und bereute es sofort. Sie wollte ihn verletzen und tat sich nur selbst weh. Schnell wandte sie sich ab und stieg zu Sabine Kerschensteiner in den Streifenwagen. Als sie den schmalen, steilen Weg hinunterrollten, liefen ihr die Tränen über die Wangen, ohne ein Schluchzen, ohne den geringsten Laut. Es war ihr auch völlig gleichgültig, dass sie sich zum Idioten machte. Sabine schwieg. Konzentriert steuerte sie den Wagen durch den strömenden Regen. Erst am Parkplatz sagte sie:

»Frau Palfy, wenn Sie Hilfe brauchen… Auch Polizisten wird in solchen Fällen professioneller Rat angeboten.«

»Danke. Ich möchte nur schlafen. Erstmal. Aber danke. Auch für den Anorak. Sie haben mich vor dem Erfrieren gerettet.« Katinka öffnete den Reißverschluss.

Sabine schüttelte den Kopf.

»Behalten Sie ihn ruhig an und bringen Sie ihn mir bei Gelegenheit vorbei!«, sagte sie.

Sie wartete, bis Katinka in Toms Fiesta saß und den Motor mit einem neuen Aufgebot an fantasievollem Vokabular in Gang gebracht hatte. Sofort drehte Katinka die Heizung auf. Die Scheiben beschlugen, und sie musste das Fenster ein Stück öffnen. In flottem Tempo fuhren die beiden Wagen hintereinander her, über die Autobahn bis Bamberg. Der Streifenwagen nahm die Ausfahrt Bamberg Ost. Katinka blieb dicht dran und hupte kurz, als Sabine Kerschensteiner zum Polizeigebäude abbog. Ihr fiel ein, dass Hupen um zu grüßen nicht erlaubt war. Sie querte die beiden Brücken und bog in die Herzog-Max-Straße ein.

Die Anwohnerparkplätze waren belegt. Resigniert drehte Katinka ein paar Runden, bis sie eine Lücke weit hinten entdeckte. Erschöpft stellte sie den Motor ab. Sie lehnte sich zurück. Sie hasste sich.

Warum habe ich das gesagt, murmelte sie. Warum.

Sie hätte gut und gerne hundert Euro dafür bezahlt, in einer Sänfte zu ihrer Haustür getragen zu werden. Seufzend öffnete sie die Tür und schleppte sich durch die Nässe und den kalten Wind die Straße zurück. Als sie den Schlüssel aus ihrem Rucksack kramte, fiel ihr Blick auf die Stufe vor der Haustür. Ein Keil wurde durch ihr Herz getrieben, sie schnappte nach Luft, ließ den Schlüsselbund fallen und stützte sich mit der Hand an der Hausmauer ab. Dort auf den Stufen hockte etwas, und diesmal war es zweifellos an Katinka Palfy adressiert.

Katinka konnte nicht sagen, wie lange sie da gestanden hatte. Sie wartete darauf, dass das Stechen in der Brust abflaute, als ihr Handy klingelte. Diese Nacht hielt keine Ruhe für sie bereit.

»Ja, hallo?«

»Palfy«, sagte er. Seine Stimme klang nicht mehr so grimmig. »Ich wollte mich erkundigen, ob Sie gut gelandet sind.«

Katinka war sich hundertprozentig sicher, dass Polizeimeisterin Kerschensteiner schon Meldung gemacht hatte.

»Ich …«, fing sie an und starrte auf die Treppenstufe. Es gab zwei Möglichkeiten. Sie könnte den nächtlichen Besucher ignorieren. Sie sehnte sich nach ihrem Bett und hatte genug davon, im Regen herumzustehen und zu frieren. Andererseits dachte sie an Dani und den gelben Beetle vor deren Haustür. Sie sah Dani vor sich in dem hässlichen Sarg. Sie dachte an Hardos Ärger. Ihre Bemerkung von vorhin trieb ihr die Schamesröte ins Gesicht.

»Palfy? Sind Sie noch dran?«

»Hardo«, flüsterte Katinka. »Ich bin zu Hause. Aber es gibt ein neues Problem.«

Sie hörte ihn nach Luft schnappen.

»Nicht aufregen«, bat sie. »Nur … vor meiner Tür steht ein Käfer. Ein ganz kleiner. Aufgespießt.«

Als die Polizei kam, hockte sie auf dem Gehsteig, unfähig, irgendetwas außer bleierner Müdigkeit zu fühlen. Keine Nässe, keine Kälte, nicht einmal Angst. Die zuckenden, blauen Lichter irritierten sie für einen Moment.

»Na, das ist ja eine abenteuerliche Nacht«, hörte sie Fleischmanns Stimme.

»Frau Palfy?«

Katinka sah hoch. Sabine Kerschensteiner stand vor ihr.

»Ich hätte sie herbegleiten sollen«, sagte sie zerknirscht.

»Nein. Ist schon in Ordnung. Wer kann mit sowas rechnen!« Katinka kämpfte sich auf die Füße und deutete auf das Auto. Ein Matchbox-Käfer, durchbohrt von einem Partyspieß. Sie hatte den Eindruck, dass man die Kirsche zuoberst vergessen hatte.

»Palfy. Sind Sie o.k.?«

»Ja.« Die Schamesröte wegen ihrer Bemerkung zuvor schoss ihr ins Gesicht.

»Irgendwas beobachtet?«

»Nein. Ich habe das Auto weiter hinten geparkt und bin hierher zurückgelaufen. Wollte gerade die Tür aufschließen, als ich dieses Matchboxauto sah.«

Hardo kniete sich hin und begutachtete das Auto. Fleischmann zuckte die Schultern.

»Hier ist wenig zu holen. Es hat geregnet wie verrückt.«

»Mitnehmen. Denken Sie an den gelben Beetle«, sagte Hardo ungerührt. »Wir brauchen Vergleiche.«

»Ja ja«, murrte Fleischmann. »Bin ich auch schon drauf gekommen.«

»Geben Sie mir Ihren Schlüssel, Palfy«, befahl Hardo und sagte zu Fleischmann: »Sie passen auf das Mädchen auf. Kerschensteiner, bereitmachen.«

Katinka war zu abgekämpft, um sich über seine Wortwahl und den Kommandoton aufzuregen. Zermürbt beobachtete sie, wie Hardo und Sabine ins Haus gingen. Es dauerte nicht lange, bis sie wiederkamen. Fleischmann stand schon wie auf Kohlen.

»Alles sauber«, sagte Hardo.

»Kann ich jetzt fahren?«, fragte Fleischmann.

»Wir brauchen Zeugen.« Hardo fuhr sich über die Glatze.

»Jetzt, mitten in der Nacht?«

Katinka hörte halbherzig zu, wie Hardo seine Kollegen in der Nachbarschaft herumschickte.

»Alle rausklingeln«, ordnete er an. »Palfy, was ist mit der Pizzeria bei Ihnen im Erdgeschoss?«

»Betriebsurlaub. Und die Besitzer sind auch nicht

da. Außer unserer Wohnung ist zurzeit alles verwaist im Haus.«

Sie hörte Fleischmann nörgeln und sah zu, wie die beiden Beamten sich an die Arbeit machten.

»Hardo«, flüsterte Katinka, als sie weg waren. »Es tut mir leid wegen vorhin. Ich wollte das nicht sagen. Es war saublöd.«

»Schon vergessen. Kommen Sie.«

Er schob Katinka ins Haus, schloss die Tür zweimal ab und stieg ihr voran.

»Was haben Sie denn vor«, fragte sie, als er ihr ihre eigene Wohnungstür aufhielt.

»Ihr Freund ist noch in Berlin?«

»Ja. Seiner Mutter geht es nach wie vor schlecht.« Katinka stieg ein unangenehm galliger Geschmack in den Mund. Wenn sie jetzt an noch mehr Katastrophen dachte, würde sie nie zur Ruhe kommen. Außerdem war ihr nicht klar, worauf der Kommissar hinauswollte. Hardo machte überall Licht, marschierte dann in die Küche und setzte den Wasserkocher in Betrieb.

»Sie brauchen was Heißes zu trinken«, sagte er. »Haben Sie Tee?«

»Was machen Sie denn da!« Überspannt, wie sie war, fragte sie sich für einen kurzen Moment, ob sie sich hier in ihrer oder in Hardos Wohnung befanden.

»Tee kochen.«

»Aber …«

Er drehte sich zu Katinka um. Seine grauen Augen schimmerten dunkel wie das Eismeer.

»Katinka. Ich möchte nicht, dass Sie jetzt allein sind.«

»Ich komme zurecht«, murmelte Katinka. Die Vorstellung, Hardo gehen zu sehen, seine Schritte verklingen zu hören und allein in der Wohnung zurückzubleiben, mit all den Ängsten und Selbstzweifeln, dem Horror und der Kälte in den Knochen, versetzte sie in Panik. Sie nahm die Brille ab und legte sie auf den Tisch. Sie musste verheult aussehen. Sie konnte es nicht ausstehen, verheult auszusehen.

»Tut mir leid, wenn ich Ihnen widerspreche, aber man hat mir beigebracht, einen Menschen, der einen Schock erlitten hat, niemals allein zu lassen«, dozierte Hardo. Er öffnete ein paar Schranktüren, bis er auf Tee stieß.

»Kamillentee? Hagebuttentee?«

Katinka musste lachen, aber es klang wie ein Schluchzer.

»Lieber Kaffee.«

»Mitten in der Nacht?«, fragte er mit gespielter Entrüstung.

»Trotzdem, Herr Ober. Einen Nescafé, bitte.«

Hardo verzog das Gesicht zu einem Grinsen.

»Sehen Sie zu, dass Sie aus den nassen Klamotten rauskommen.«

»Diese Polizeijacken sind ziemlich warm.«

»Reden Sie keinen Mist. Beeilen Sie sich lieber. Noch kocht das Wasser nicht.«

Katinka ging ins Schlafzimmer. Vishnu lag auf ihrem Bett und stellte sich schlafend. Sie zog alles aus, auch Slip und BH. Keine Sekunde länger wollte sie diese Sachen anhaben. Sie schlüpfte in Toms Pyjama. Aus der Kommode kramte sie ihre wärmsten Socken und einen dicken Skipullover.

»So ist's brav«, sagte Hardo, als Katinka zurückkam. Er goss Wasser in zwei Tassen und mischte den Nescafé dazu. »Sie nehmen ihn mit Milch, oder?«

Katinka nickte. »Was ist mit Ihnen? Brauchen Sie was Trockenes?«

»Nicht wichtig«, sagte er, servierte den Kaffee und nahm einen großen Schluck. »Wir Männer halten sowas aus.«

Sprachlos starrte Katinka ihn an. Dann begann sie zu lachen. Sie fürchtete, dass daraus schnell hysterisches Weinen werden würde, holte tief Luft und presste die Kiefer aufeinander. Es war schwer, Hardos prüfendem Blick standzuhalten. Sie verkroch sich so tief es ging in den Pullover.

»Immer noch kalt?«

Sie schüttelte den Kopf, aber er griff nach der Wärmflasche, die sie, wie ihr schien, vor langer Zeit auf dem Tisch abgelegt hatte, leerte sie aus und füllte heißes Wasser hinein.

»Wie ich schon sagte, ohne Brille sieht Ihr Gesicht ganz anders aus«, sagte er und reichte die Wärmflasche hinüber.

Katinka schob sie unter ihren Pullover. Sie nahm es als Friedensangebot. Vielleicht würde sie doch wieder auftauen.

Sein Handy klingelte.

»Kerschensteiner. Ist was rausgekommen?«

Hardo hörte eine Weile zu.

»Finden Sie heraus, woher dieses Matchboxauto stammt. Fleischmann soll es mit dem abgleichen, das ich ihm vor kurzem gebracht habe. Sofort. Wenn er Mätzchen macht, rufen Sie mich an. Und Sie geben mir Bescheid, sobald Sie etwas haben. Egal um welche Uhrzeit.«

Er legte auf.

»Und?«, wollte Katinka wissen.

»Eine Frau hat kurz vor 22 Uhr auf dem Heimweg in die Amalienstraße einen Wagen gesehen, der vor Ihrer Tür hielt«, sagte er. »Sie konnte sich aber nicht daran erinnern, ob jemand darin saß, ausstieg oder irgendwas anderes tat. Ich frage mich, wo die Leute hinsehen.« Er stand auf und trat ans Fenster.

Katinka trank ihren Kaffee aus. Er schwappte in ihrem Magen herum wie ein warmer Teich. Ihre Hände und Füße waren immer noch eiskalt. Sie stützte das Kinn in ihre Hände und starrte vor sich hin.

»Warum waren Sie so wütend?«, fragte sie leise.

Er drehte sich zu ihr um.

»Verzeihen Sie mir, Katinka. Ich habe einen wahnsinnigen Schrecken bekommen. Ich hatte Angst um Sie.«

»Das sagen Sie jedesmal.«

»Verdammt«, explodierte Hardo und schlug mit der flachen Hand auf das Fensterbrett. »Warum sind Sie allein da raufgegangen? In der Nacht? Bei dieser unklaren Sachlage und einem Fax, das wer weiß wer hätte absenden können? Jemand hätte Sie umbringen können!«

»Schreien Sie nicht so.«

»Entschuldigung.« Er fuhr seinen Ton auf normale Lautstärke herunter. »Aber als Sie vom Staffelberg aus anriefen, hatte ich ja keine Vorstellung, in was für eine Situation Sie da geraten waren. Ich musste mit allem rechnen! Warum sind Sie nicht zu mir gekommen? Warum rufen Sie mich dreimal am Tag an, ohne von den wirklich wichtigen Sachen zu erzählen?«

»Sie hatten doch Besuch«, murmelte Katinka.

Hardo starrte sie einen Moment an und stieß schließlich ein Geräusch aus, das zwischen Lachen, Verblüffung und Kapitulation lag.

»Sie haben aber auch immer eine Begründung auf Halde«, sagte er. »Es tut mir leid. Ich habe ein bisschen zu arg aufs Gas gedrückt da oben. Seien Sie mir nicht böse.«

Katinka lächelte müde: »O.k., gebongt.«

»Ihr Freund«, begann Hardo nach einer Weile. »Was ist da los?«

Katinka zuckte die Achseln. Sie wusste nicht, was wirklich los war. Sie kannte nur die äußere Geschichte. Den Schlaganfall, die halbseitige Lähmung, den Schock, der alle Beteiligten aus einem vermeintlich heiteren Himmel getroffen hatte. Die allmähliche Erkenntnis, dass nichts so sein würde wie früher. Aber das, was sie ängstigte, war die Kälte zwischen ihr und Tom. Seine Verstocktheit und das Gefühl, dass sich etwas bei ihm aufgestaut hatte, von dem sie nichts wusste. Sie erzählte es Hardo. Bedächtig, ein wenig zu ausführlich, mit vielen Schleifen und Wiederholungen. Beobachtete sich, wie sie den Ängsten, dem Kummer und der Verlorenheit Worte gab. Erst vor kurzem hatte sie mit Britta hier gesessen. Sogar Dani hatte sie von ihren Kümmernissen berichtet. War alles losgeworden. Aber nur im Kopf. Im Herzen lauerte nach wie vor der Gefühlsmorast.

»Sie beide sollten mal offen miteinander reden«, schlug Hardo vor, als sie geendet hatte.

»Er spricht ja nicht mit mir«, klagte Katinka. »Auf Nachfragen reagiert er nicht oder meckert mich gleich an.«

»Vielleicht fragen Sie ihn zu investigativ. Wie einen Zeugen«, sagte Hardo lächelnd.

»Haha«, machte Katinka.

»Wir Männer sprechen unser Leid eben nicht aus. Wie verarbeiten es in unserem Innern zu Filz.«

»Und warum tut ihr Männer das?«

Hardo zuckte die Achseln.

»Keine Ahnung. Mysterium. Aber die Tatsache, dass Ihr Freund sich völlig verschließt, muss doch bedeuten, dass etwas wirklich Einschneidendes geschehen ist. Nicht nur der Schlaganfall. Da spielt eine andere Sache mit. Tom braucht Sie, Katinka. Als Dosenöffner.«

Katinka seufzte. Seit sie Tom kannte, hatte sie Probleme damit, die abgründigen, schmerzhaften Dinge anzusprechen. Da lag ein viel zu breiter Graben zwischen ihnen. Normalerweise fiel er nicht auf. Nicht, wenn alles funktionierte, wie es sollte. Aber nun kam es ihr vor, als würde er immer breiter. Zu breit, um ihn mit einem beherzten Sprung zu überwinden.

»Haben Sie eigentlich immer noch diese seltsame Devise ausgegeben, dass der Job vorgeht?«, wollte Hardo schließlich wissen.

»Wieso seltsam«, begehrte Katinka auf.

»Weil es Quatsch ist. Kompletter Müll. Man braucht nichts mehr als einen Menschen.«

Katinka legte die Arme auf die Tischplatte und vergrub ihren Kopf darin. »So was kann auch nur ein Mann sagen«, brummte sie. »Männer kriegen alles: einen Job und ein erfülltes Privatleben. Frauen müssen sich entscheiden, und bekommen trotzdem alles nur zur Hälfte.«

»Damit haben Sie recht. Aber es gibt nichts, was uns das Glück ersetzt, morgens neben dem einen vertrauten Menschen aufzuwachen. Ein Leben lang.«

Katinka hob den Kopf. In der Verwirrung dieser Nacht fragte sie sich, wohin das Gespräch führen sollte.

»Ich weiß«, seufzte Hardo. »Ich bin geschieden. Gescheitert, Ehe kaputt. Aber ich weiß trotzdem, wovon ich rede. Oder vielleicht weiß ich es gerade deswegen.«

»Warum haben Sie sich dann scheiden lassen?«

»Das ging ja nicht von mir aus. Meine Frau ist weggegangen. Für mich kam das aus heiterem Himmel. Plötzlich lag da ein Zettel auf dem Tisch, dass es ihr reicht. Klar, ich hätte die Anzeichen deuten können und natürlich gehören immer zwei dazu, und ich habe eine Menge falsch gemacht ...«

Er schwieg. Katinka wusste nicht recht, was sie sagen sollte. Die Müdigkeit lag auf ihr wie Torf. Sie sehnte sich nach der Wärme ihres Bettes und danach, das unselige Grübeln abzuschalten. Unruhig spielte sie mit ihrer leeren Tasse. Der winzige Kaffeerest trocknete am Boden zu einem braunen Ring ein.

»Die gestohlenen und ermordeten Käfer tragen Booz' Handschrift, oder?«, fragte sie, auf weniger schwankenden Boden zurückkehrend.

»Was wissen Sie über Booz?«

»Ich habe meinen Vater angerufen. Naja, er ist einer von den Architekten, die in der Schickeria herumplanschen wie in einem warmen Pool, ein Cocktailchen hier und ein Crostino da einschmeißen und sich mit Künstlern und Promis aller Couleur schmücken. Von Booz hält er allerdings nicht viel. Seiner Meinung nach ist Booz ein Sadist. Er friert zum Beispiel Tierkadaver in Eisblöcke ein und matscht seine Verlobte in ein Pappmaschee-Sparschwein.«

»Sieh an, da hat jemand schon mächtig recherchiert.«

Katinka dachte an die Liste mit den abgewiesenen Bewerbern für Booz' ominöses Projekt in Holzhof.

Jetzt wäre der Moment, darüber zu reden. Doch sie sagte nichts. Schob die Müdigkeit vor.

»Wenn Sie was über Kunst und über die Szene der Ausgeflippten wissen wollen«, sagte Katinka, »dann wenden Sie sich getrost an Ignaz Palfy in Wien. Architektenbüro Palfy, am Graben. Beste Lage. Da, wo man sich installieren muss, um wer zu sein.« Sie musste lächeln. In dieser Nacht schien ihr Wien und die Heimat ihrer Kindheit Galaxien weit weg.

»Nett von Ihnen, dass Sie Ihren Informanten mit mir teilen«, witzelte Hardo.

»Eine Hand wäscht die andere, oder?« Katinka rieb sich stöhnend die Schläfen. Die Kopfschmerzen robbten aus ihren Schlupflöchern. Sie sah Danis Gesicht vor sich.

»Sie sah so friedlich aus, wie sie da in dem Sarg lag«, murmelte sie. »Als hätte sie nicht gelitten.« Katinka wusste, dass der Gesichtsausdruck eines Toten keinen Rückschluss auf ein leichtes oder qualvolles Sterben zuließ, weil durch den Eintritt des Todes alle Muskeln erschlafften. Aber der Gedanke, dass Dani sofort tot gewesen war, half ihr für den Augenblick.

»Haben Sie Schlaftabletten da?«, fragte Hardo.

»Nein. Ich habe noch nie in meinem Leben eine einzige Schlaftablette genommen«, sagte Katinka. »Und Sie können nach Hause gehen. Ich komme klar. Kein Thema.«

»Sie kommen natürlich klar«, sagte er ironisch und trat hinter sie. »Frauen wie Sie kommen immer klar.« Seine Hände massierten behutsam ihr Genick. Alle Härchen an ihrem Körper stellten sich auf. Die vibrierenden Schmerzen über ihren Augenbrauen verzogen sich und hinterließen ein feines Surren. »Aber ich mache mir Vorwürfe, die Drohung gegen Ihre Freundin nicht ernst genug genommen zu haben. Ich will nicht den Deckel über Ihnen zumachen.«

Seine Worte klangen in Katinkas Ohren rau wie Wurzelbürsten. Ihr Atem rang sich hektisch und stoßweise aus ihrem Hals.

»Glauben Sie, dass er … der Mörder … heute Nacht …« Ihre Stimme knarrte wie verzogenes Holz. Die Angst setzte sich auf ihre Stimmbänder. Allein die Vorstellung, noch eine bedrohliche Situation mehr durchmachen zu müssen, schockierte sie heftiger, als sie zuzugeben bereit war. Ihre Muskeln verkrampften sich. Die Tasse fiel um. Schnell stellte sie sie wieder hin.

»Ich denke es eigentlich nicht«, beruhigte Hardo.

»Aber dann brauchen Sie nicht …«

»Widersprechen Sie nicht«, sagte er und ließ sie los. »Bieten Sie mir lieber einen Sessel in Ihrem Wohnzimmer an.«

Katinka nickte, stand auf und sagte:

»Sie können genauso gut das Sofa nehmen. Eine Decke liegt da. Und übrigens: Ich habe auch eine Waffe. Vergessen Sie das nicht.«

Er grinste. »Sicherlich nicht. Es wäre gut, wenn wir uns heute Nacht nicht gegenseitig erschössen.« Demonstrativ zog er seine Heckler & Koch aus dem Holster.

»Gute Nacht, Hardo«, sagte Katinka.

»Nacht, Katinka.« Er machte sein Bullengesicht. »Schlafen Sie gut.«

Katinka dankte im Stillen den Aufregungen und dem eklatanten Schlafmangel der letzten Tage. Sie war so müde, dass selbst der Horror dieser Nacht für den Augenblick verblasste. Sie schob den Kater zur Seite, kuschelte sich ins Bett, drückte die Wärmflasche an sich und fiel sofort in tiefen, traumlosen Schlaf.

15. Eine Fährte nach Südost

Sonnenstrahlen leckten über Katinkas Gesicht. Unwillig öffnete sie ein Auge und tastete nach dem Wecker. Sie hielt ihn sich nah vor die Augen, um die Zeit ablesen zu können. Acht Uhr fünf. Sie musste sich konzentrieren, während sie darüber grübelte, welcher Tag heute war. Nach einigem Nachdenken kam sie auf Mittwoch. Dann schossen brüllend die Ereignisse der Nacht in ihr Bewusstsein. Wie die Kaskaden eines riesigen Brunnens fluteten sie herbei: Dani, tot. Tom, in Berlin. Hardo, wütend. Booz, im Knast.

Katinka fuhr hoch, riss die Decke weg und sprang auf. Sie stürmte in die Küche und lugte vorsichtig ins Wohnzimmer. Niemand war zu sehen. Sie suchte nach ihrer Brille und entdeckte einen Zettel auf dem Küchentisch:

Danke für das Sofa. Bitte rufen Sie mich im Lauf des Vormittags an. Machen Sie keine gefährlichen Sachen. Nur ausnahmsweise. Hardo.

Lächelnd legte sie den Zettel weg und setzte Wasser auf. Sie war ihm tatsächlich dankbar, dass er die wenigen restlichen Stunden dieser Nacht in ihrer Wohnung verbracht hatte. Man sollte die Freiheit haben, die eigene Angst zuzugeben, dachte sie und mixte sich einen Nescafé. Mit Erstaunen stellte sie fest, dass Hardo ihre Tassen von gestern gespült hatte.

Sie setzte sich an den Tisch und machte sich eine Liste zu erledigender Dinge. Sie wollte sich bei Hermann Erbinger melden, dem Mann, der sie wegen seiner geklauten Handys angeschrieben hatte. Anschließend würde sie Hardo anrufen und ihm die Einzelheiten zu den Spuren der letzten Nacht entlocken. Sie sehnte sich danach, mit Britta zu reden. Zudem war sie neugierig, wie Brittas Recherchen in Sachen schmutzige Filme standen. Und schließlich war noch etwas zu erledigen, wovon Hardo möglichst nicht wissen sollte.

»Na endlich«, reagierte Erbinger auf ihren Anruf. »Ich dachte mir schon, Sie haben den Auftrag nicht nötig.«

Katinka blieb für einen Augenblick die Spucke weg.

»Sorry«, fing sie sich. »Ich bin gestern fast umgebracht worden, deswegen konnte ich mich nicht gleich bei Ihnen melden.«

Offensichtlich rang er mit sich, ob er glauben sollte, was sie sagte, denn er hustete ein wenig herum und bat dann zielstrebig um einen Termin. Katinka verabredete sich für den kommenden Montag mit ihm.

Sie wählte Hardos Nummer. Noch beim ersten Klingeln nahm er ab.

»Palfy, sind Sie o.k.?«

»Ja, natürlich. Es konnte mir sozusagen nichts passieren, Sie haben ja mit einer 9-Millimeter-Knarre an meinem Bett gesessen.«

Er lachte.

»Schön, dass Sie sich melden.«

»Haben Sie was rausgefunden? Spuren an den Käfern? Irgendwas anderes?«

Sie hörte das Rascheln von Papier im Hintergrund.

»Unterhalb der Wirtschaft stand ein Wagen im Morast. Die Spuren haben wir aufgenommen. Zu einem Geländewagen passen sie nicht, könnten aber zu Danis Wagen gehören. Nehmen wir an, sie hat dort oben geparkt. Dann muss der Mörder das Auto weggebracht haben, wohin auch immer.«

»Klar«, sagte Katinka. »Und es ist allein aus Zeitgründen unwahrscheinlich, dass Booz das gemacht hat.«

»Gehen wir erstmal davon aus. Ganz in der Nähe des Querkeleslochs fanden wir auch frische Spuren. Könnte sein, dass der Mörder das Schwert dort versteckt hat und es erst holte, nachdem Dani schon auf den Felsen gestürzt war.«

»Wie kam Booz eigentlich zum Staffelberg?«

»Mit seinem Motorrad. Das haben wir gefunden.«

»Haben Sie ihn schon verhört?«

»Er kommt als nächstes dran.«

»Hat er kein Auto gesehen? Und reicht es denn für einen Haftbefehl? Ich meine, er hat sich ja nicht vom Tatort entfernt oder so.«

»Wir haben eigentlich nichts gegen ihn in der Hand. Bisher hat er kein Wort gesagt, sein Anwalt kommt gleich. Warten wir es ab. Ehrlich gesagt, ich sehe kein Motiv, warum Booz Dani umgebracht haben sollte. Allerdings kommt mir seine Geschichte ein wenig märchenhaft vor. Die unbekannte Gestalt, die er gesehen haben will … Wenn er nicht der Täter ist, dann schützt er jemanden.«

»Was ist mit Jana und York?«

»Jana Dorell hat kein Alibi. Das von York Schlingenberg ist noch fragwürdig. Schlingenberg will in Bamberg gewesen sein, unterwegs von Kneipe zu Kneipe.

Wir überprüfen das. Jana hat den ganzen Abend bis in die Nacht hinein an ihren Kunstwerken gearbeitet. Sagt sie. Und sonst gibt es niemanden, der als Verdächtiger in Frage käme. Außer Ihnen übrigens.«

Katinka wischte sich das Haar aus der Stirn. Sie musste mit York sprechen. Im Hintergrund hörte sie einen anderen Apparat klingeln. Hardo ignorierte ihn.

»Auf den Spielzeugautos haben wir keine Fingerabdrücke gefunden«, machte er weiter. »Aber Kerschensteiner hatte noch gestern Nacht die zündende Idee. Sie nahm an, dass der Täter den Käfer erst kurz bevor er ihn bei Ihnen abgelegt hat, gekauft haben könnte. Der Gedankengang geht so: Der Täter hat Sie beobachtet, als Sie zu dem Treffen mit Dani kamen. Er wusste zunächst nichts davon, dass noch eine zweite Person dasein würde. Um Ihnen zu drohen, brauchte er – seinen Sitten und Gebräuchen folgend – ein weiteres Spielzeugauto.«

»Aber da war Dani schon tot«, sagte Katinka und schluckte.

»Könnte es sein, dass jemand von Ihrer Verabredung wusste?«

»Keine Ahnung«, seufzte Katinka. »Ich habe nur das Fax, das ich Ihnen gezeigt habe.«

Hardos Stimme klang sorgenvoll, als er antwortete: »Dani mag noch auf dem Staffelberg von Ihnen erzählt haben. Sie merkte, was ihr zustoßen würde, und versuchte bei ihrem Mörder zu punkten, indem sie davon sprach, dass noch jemand käme, der ihr helfen könnte.«

»Aber … das ist grauenhaft«, sagte Katinka leise. Plötzlicher, tobender Hass machte sich bemerkbar.

Ohnmächtig dachte sie daran, dass sie nichts mehr ungeschehen machen konnte.

»Da sagen Sie etwas Wahres«, sagte Hardo. »Also, wie gesagt musste der Täter, um Ihnen drohen zu können, erst noch ein Spielzeugauto kaufen. In der Nacht kommen dafür nur die Tankstellen in Frage. Kerschensteiner hat alle zwischen Bad Staffelstein und Bamberg abtelefoniert. Bei Jet in der Memmelsdorfer Straße schließlich wurde sie fündig.«

»Und? Sagen Sie schon.«

»Eine Frau hat das Matchboxauto gekauft«, berichtete Hardo. »Sie trug eine Sonnenbrille, Kopftuch und eine Art Kaftan. Die Studentin, die nachts in der Tankstelle jobbt, fragte sich, ob sie eine Muslimin vor sich hatte.«

»Sprach die Frau Deutsch?«

»Sie sagte kein Wort, nahm das Auto aus dem Regal, reichte das Geld rüber und ging. Sie kam zu Fuß. Die Kasse registrierte ihren Einkauf um 21 Uhr 47.«

»Mist«, sagte Katinka und versank in konfusen Gedankengängen. Die Zeugin hatte einen Wagen vor Katinkas Haustür gesehen, um kurz vor 22 Uhr. Könnte hinkommen.

»Die Frau kann die Ehefrau, Mutter, Schwiegertochter des Täters sein«, sagte Hardo.

»Oder die Täterin selber«, gab Katinka zu bedenken. »Sie muss nicht einmal eine Muslimin gewesen sein. Die Verkleidung ist ja ganz prima, selbst für westliche Frauen, die nicht erkannt werden wollen. Man verbirgt sich und lenkt den Verdacht gleich auf eine andere Gruppe.«

»Es wäre sehr unvorsichtig, als Mörderin selbst den Spielzeug-VW kaufen zu gehen. Wer nur den Hauch einer Ahnung von Ermittlungstechniken hat, wüsste, dass wir den Anschluss über dieses Matchboxauto suchen.«

»Jetzt suchen Sie nach Geschäften, die den gelben Beetle verkauft haben können, richtig?«

»Genau. Und nach einer Kundin im Islamlook.«

»Hardo, das klingt mir ziemlich nach politisch nicht korrekt«, mahnte Katinka ihn lächelnd.

»War nur unter uns. Ich habe nichts gegen religiöse Menschen. Auch nichts gegen Agnostiker. Hat Dani Verwandte, die wir benachrichtigen sollten?«

»Nein. Ich habe Jana schon gefragt. Einen Onkel in Kanada, aber der ist mit der Familie zerstritten und niemand kennt seine genaue Adresse.« Katinka wartete einen Augenblick ab, bevor sie fragte: »Wie hat Jana eigentlich reagiert?«

»Schockiert. Sie erzählte die Geschichte, die ich von Ihnen schon kannte. Die Beziehung zu Livio Zanini und dem Zusammenhalt der drei untereinander. Sie kann sich nicht vorstellen, wer Dani umgebracht haben könnte.«

Katinka schluckte, sagte aber nichts.

»Verkraften Sie den Befund des Rechtsmediziners?«, fragte Hardo.

»Ja«, antwortete Katinka knapp. Sie war ihm dankbar, dass sie nicht selbst nachfragen musste.

»Als wir ihre Leiche bargen, war Dani vermutlich gut zwei Stunden tot. Das deckt sich mit Booz' Aussagen über das, was er beobachtet haben will. Der Körper war noch nicht erkaltet, die Totenflecken noch verschieblich. Die Leichenstarre war erst an den Kiefergelenken eingetreten. Das Schwert drang mitten durchs Herz. Muss sehr schnell gegangen sein.«

Katinka beeilte sich, die Frage zu stellen, die ihr auf der Seele brannte: »Wie konnte der Mörder sie genau auf diesem Felsen drapieren?«

»Fleischmann hat Spuren von einem Kletterseil gefunden. Ein paar Fasern klebten an dem Felsabbruch. Wir vermuten, dass sie zu einem Seil gehören, an dem sich der Mörder gesichert hat.«

»Dani muss sich doch gewehrt haben!«

»Es wurden Abschürfungen und ein Hämatom am Schädel gefunden. Ihr Mörder hat ihr einen kräftigen Hieb auf den Hinterkopf versetzt, vermutlich mit einem Stein. Dani war wahrscheinlich für einen Moment bewusstlos.«

»Haben Sie den Stein gefunden?«

»Nein. Der Mörder kann ihn einfach in den Abgrund geschleudert haben.«

Katinka versuchte, sich die Szenerie vorzustellen. Das Schweigen kam ihr sehr lang vor, bis Hardo endlich fragte:

»Soll ich weitermachen?«

»Ja, klar.«

»Weitere Abschürfungen hat sie an Armen und Beinen. Sie wurde über den Felsrand geschleift und fiel dann auf den Felsen, ein paar Meter tief. Dabei brach sie sich einen Brustwirbel an. Der Mörder oder eben die Mörderin muss mit dem Schwert direkt über ihr balanciert haben, gesichert an dem Seil, um so zielgenau zustoßen zu können.«

»Booz sagte, die eine Person habe die andere in die Tiefe gestürzt.«

Hardo seufzte. »Wir wissen doch beide, wie genau manche Menschen hinschauen.«

»Stimmt«, sagte Katinka. Sie hatte die Erfahrung

oft gemacht. »Aber wenn Dani circa zwei Stunden tot war, als Ihre Leute sie bargen, war sie in etwa eine Stunde auf dem Felsen gelegen, als ich hinkam. Booz muss also«, sie rechnete nach, »mindestens eine Stunde auf dem Plateau rumgehangen haben, wenn er die Tat wirklich beobachtet hat. Falls es der Mord war, den er gesehen haben will.«

»Ich arbeite dran«, gab Hardo zurück.

»Und Ihr Urlaub?«

»Pfeifendeckel«, sagte Hardo. »Mit den Schwertern kommen wir auch voran. Sie stammen alle vom gleichen Hersteller. Also die drei, die in den großen VWs steckten und das Schwert, mit dem Dani umgebracht wurde. Eine Firma in der Schweiz. Wir haben eine Liste der Waffengeschäfte erhalten, an die sie vornehmlich liefern. Das Interessante ist, dass sie fast ausschließlich in die Schweiz und nach Frankreich verkaufen. Die Liste ist lang genug, aber wir telefonieren alle ab. Früher oder später kreisen wir den Täter ein.«

Katinka nickte und stützte das Kinn in die Hände.

»Jetzt noch etwas anderes«, fuhr der Kommissar fort. »Wir haben bei Dani ein Portemonnaie gefunden. Darin lag ein Kärtchen, auf dem sie bittet, für den Fall ihres Todes einen Wiener Rechtsanwalt und Notar zu benachrichtigen.«

»Komisch«, sagte Katinka. »Wen denn?«

»Einen Dr. Emmo Rosenstock. Seine Kanzlei liegt ebenfalls am Graben. Erster Bezirk. Sagt Ihnen der Name was? »

»Allerdings. Rosenstock ist der Anwalt, den mein Vater bei den meisten Vertragsabschlüssen hinzuzieht. Ich glaube, ihre Büros sind nur ein oder zwei Häuser voneinander entfernt. Haben Sie ihn schon angerufen?«, fragte Katinka, während sie sich den Namen aufschrieb.

»Ja, aber nicht erreicht. Seine Sekretärin gab an, er wäre seit vorgestern stationär in der Augenklinik. Er wird am grauen Star operiert.«

Katinka malte Kringel auf ihren Zettel.

»Ich rufe meinen Vater nochmal an. Er wird vor Überraschung den Mund nicht mehr zukriegen. Drei Telefonate in einer Woche!«

»So oft melden Sie sich sonst im ganzen Jahr nicht, was?«, fragte Hardo. Es klang ein bisschen vorwurfsvoll. »Und dann rufen Sie mich auch mal wieder an. Wenn ich heute bis 19 Uhr nichts von Ihnen höre, hetze ich einen Bluthund auf Ihre Fährte.«

»Jetzt hören Sie mal!«, rief Katinka entrüstet. »Sie können mich doch nicht an die elektronische Fußfessel hängen.«

»19 Uhr, Palfy. Keine Minute später.«

Er legte auf.

Irritiert sah Katinka ihr Telefon an, legte es weg und machte sich noch einen Kaffee. Während sie die Nummer ihres Vaters wählte, dachte sie an Jana. Jana, die frierend mitten im Ententeich stand. Jana, die grün von Entengrütze ans Ufer kletterte.

»Morgen. Katinka Palfy am Apparat. Ich möchte gern meinen Vater sprechen.«

Die Sekretärin behandelte sie ausgesucht freundlich. Ein Knacken in der Leitung, und sie landete im Allerheiligsten.

»Palfy?«

»Hallo Papa!«

»Kati, schon wieder. Habe ich eine akustische Erscheinung?«

»Ich nerve ungern«, sagte Katinka. »Aber es gibt zwei Dinge, die ich unbedingt mit dir besprechen will.«

»Und die wären?« Die Stimme der Sekretärin im Hintergrund lenkte ihn einen Moment ab. »Augenblick, Schätzchen, ich muss hier etwas unterzeichnen.«

Katinka kontrollierte die Uhr. Es dauerte eine Minute, dann nahm er das Gespräch wieder auf.

»Was wolltest du mir erzählen? Entschuldige, aber ich bin ein bisschen unter Druck.«

»Wie immer.«

Er lachte sein charmantestes Lachen.

»Du hast ja so recht«, gab er zu.

»Dani, Dani Zanini, du erinnerst dich ... wir haben über sie gesprochen.«

»Ja, ich erinnere mich«, sagte er knapp.

»Sie ist tot.«

Wieder sah sie auf die Uhr. Nach genau 32 Sekunden fragte Ignaz Palfy:

»Wie bitte?«

»Papa, wann hast du Dani das letzte Mal gesehen?«

»Ich ... das kann ich dir nicht sagen. Bewusst habe ich sie ... also, ja, das muss wohl auf der Beerdigung ihrer Eltern gewesen sein.« Er unterbrach. Katinka hörte, wie er eine Mineralwasserflasche öffnete.

»Vor vier Jahren?«

»Was heißt das, sie ist tot, Katinka!« Er bemuhte sich, seiner Stimme einen neutralen Klang zu verleihen. Sie hörte seinen stoßweisen Atem in der Leitung. Er war erschüttert. Und verbarg es denkbar schlecht.

»Du hast sie nicht zufällig in den letzten Tagen gesehen?«, fragte Katinka. »Das wäre wichtig. Sie ist nämlich ermordet worden.«

»Was?« Ignaz Palfys Stimme brach.

»Du möchtest mir jetzt bestimmt sagen, dass du sie in der vergangenen Woche getroffen hast. Hat sie vielleicht sogar bei dir gewohnt? Habt ihr miteinander geschlafen?«

Schon bevor er antwortete, war Katinka einiges klar. Dani war nach Wien geflüchtet. Sie erinnerte sich an Danis Hilferuf, und schlagartig ahnte sie, was sie da im Hintergrund gehört hatte. Eine Bahnhofsdurchsage. ›Hier Wien, Westbahnhof.‹ Verschwommen und sehr fern, aber in den Tiefen ihres kindlichen Gedächtnisses waren diese fünf Silben eingeritzt wie die Rillen in einer alten Schellackplatte.

»Als ich dich am Sonntag angerufen habe, war Dani bei dir. Ich habe dich gefragt, was du von ihr weißt. Sie hat vor dir gesessen, du hast sie dabei angesehen. Du kennst Hinz und Kunz in Wien. Sie war in Schwierigkeiten, und dir hat sie vertraut!«

Schluckgeräusche in der Leitung.

»Kati, ich …«

»Sie musste etwas Juristisches regeln, und du hast sie an Rosenstock verwiesen, habe ich recht?« Sie trommelte mit den Fingern auf die Tischplatte. »Du hast sie vom Bahnhof abgeholt. Sie hat dich angerufen, du wolltest sie dort treffen. Aber du warst ein paar Minuten zu spät. Sie hat mich angerufen, von einer Telefonzelle am Westbahnhof aus. Sie wollte mit mir sprechen, vielleicht dachte sie, du hättest sie vergessen. Dann hat sie dich kommen sehen und das Gespräch sofort unterbrochen. Sie wollte wohl nicht, dass ich von eurem Techtelmechtel etwas mitbekomme.« Katinka holte tief Luft. »Wahrscheinlich hattet ihr ein ganz lockeres Verhältnis. Das passt doch zu dir, die Schulfreundinnen deiner Tochter abzuschleppen. Ist mir auch ganz egal. Ich will nur eines von dir wissen: Wovor hatte Dani Angst?«

»Das«, krächzte Ignaz Palfy, »das kann ich dir nicht sagen. Ich musste es ihr versprechen.«

»Dani hat sich in der Fränkischen Schweiz ein Sommerhaus gekauft. Dort hat sie Panzerglasfenster und eine Spezialtür einbauen lassen, nicht gerade billig, so eine Ausstattung. Die Bedrohung, vor der sie in die Knie ging, muss also was durchaus Handfestes gewesen sein, nicht nur ein Spanner mit Fernrohr.«

Stille 600 Kilometer weiter südöstlich.

»Falls du Interesse hast, dass ich auch noch ermordet werde«, sagte Katinka kühl, »dann soll es mir recht sein. Ich schenke dir eine Stunde Bedenkzeit. Bis dahin rufst du mich zurück. Ansonsten gebe ich dem ermittelnden Bamberger Hauptkommissar deine Telefonnummer und die entsprechenden Hintergrundinfos. Er heißt Harduin Uttenreuther. Nur, damit du schon mal weißt, wer und was da auf dich zukommt.«

Sie drückte mit Elan auf den roten Knopf und schleuderte das Telefon von sich. Es schlitterte über die Tischplatte und blieb knapp vor der Kante liegen.

Das darf nicht wahr sein, dachte sie. Mein Vater vögelt meine Freundin Dani. Ein paar Tage und Nächte später wird sie ermordet. Sie muss das Fax von seinem Büro aus abgeschickt haben. Oder von seiner Wohnung. Sie hat die Kennung unterdrückt. Dann kam sie zurück nach Deutschland.

Katinka dachte eine Weile nach und schob die Fakten wie Memorykärtchen in ihrem Kopf hin und her.

Unvermittelt sprang sie auf und zog sich in aller Hast an. Sie schnappte sich den Schlüssel zu Danis Haus, kontrollierte ihre Waffe, griff nach ihrem Rucksack und verließ die Wohnung.

Auf der Fahrt zu Danis Sommerhaus rief sie Britta an. Immerhin gab der Anrufbeantworter ein Lebenszeichen.

»Britta, Dani ist ermordet worden. Ruf mal zurück.«

Sie peitschte den jaulenden Fiesta mit 140 über die Autobahn, nahm die Ausfahrt Forchheim Süd und verfuhr sich in Gosberg. Als sie endlich auf der richtigen Strecke war, brauchte sie keine halbe Stunde mehr, um das Haus zu erreichen. Die Sonne strahlte vom Himmel und übergoss das neu gedeckte Dach mit Bronze. Der Garten leuchtete wie ein Farbkasten. Katinka fragte sich, ob es hier jemanden gab, der nach den Pflanzen sah, doch als sie um das Haus herumging, bemerkte sie, wie an vielen Blumen welke Blütenblätter trauerten. Unkraut drängte zwischen den Beeten ans Licht und spross auf den Wegen. Eine Menge Blätter waren abgefressen, nur noch Stengel standen steil in die Höhe. Schnecken hatten hier ihr kulinarisches Eldorado gefunden.

Sie zog die Pistole, patrouillierte einmal ums Haus und schloss dann die Eingangstür auf. In wenigen Minuten hatte sie alles durchsucht. Nichts war verändert. Die gleiche Menge Joghurtbecher im Kühlschrank, Bananen, die sich trotz Kühlung allmählich kompostierten, der Zettel hinter dem Keilrahmen im Schlafzimmer. *Es ist ein Loch im Jahr.* Die Werkzeuge im Atelier ruhten unter einer allmählich dicker werdenden, flockigen Staubschicht.

Ganz still wartete Katinka ab. Im Haus ihrer toten Freundin zu stehen, verwirbelte ihre Gefühle. Sie ahnte wieder die Kopfschmerzen herankriechen. Hielt den Atem an. Versuchte, das Denken abzuschalten und sich ganz aufs Fühlen zu verlegen. Schickte die Intuitionen im Atelier umher, in dem Raum, der noch mit Danis Kreativität aufgeladen sein musste. Katinka schloss die Augen und lauschte. Stellte sich vor, wie Dani hier klopfte, schliff, raspelte, vor Enttäuschung fluchte und vor Zufriedenheit jubelte. Ganz sachte fuhr ihr Finger über die Werkbank. Das Holz fühlte sich rau an, uneben und abgenutzt. Katinka roch das Metall der Werkzeuge und Maschinen. Sie hörte all die fertigen und halbfertigen Skulpturen raunen und flüstern, düstere Geschichten zischelten in ihren Ohren. In diesem Haus gab es noch etwas. Etwas Persönliches. Unaustauschbares.

Katinka steckte die Waffe ins Holster zurück und überlegte. Wenn es irgendwo einen Hinweis auf jene Bedrohung geben sollte, vor der Dani geflüchtet war, dann hier. Wo sonst. Katinka sah auf die Uhr. Anderthalb Stunden waren seit dem Telefonat mit ihrem Vater vergangen. Er hatte nicht zurückgerufen.

Sie zauderte kurz. Es durfte nicht sein, dass sie Konsequenzen in Aussicht stellte und dann selbst vor ihnen zurückschreckte.

»Uttenreuther«, knurrte er ins Telefon.

»Katinka Palfy.«

Er klang sofort alarmiert.

»Was ist los?«

»Keine Panik. Ich bin nicht 24 Stunden am Stück in Lebensgefahr.«

Er lachte kurz.

»Bei Ihnen weiß man nie. Also?«

Katinka berichtete ihm von dem Telefonat mit ihrem Vater. Von ihrer Vermutung, dass Dani bei ihm Zuflucht gesucht hatte, und dass er es weder abstritt noch bestätigte.

»Mein Vater weiß, wovor Dani geflohen ist«, sagte sie. »Und glauben Sie mir, ich fühle mich ziemlich elend, Ihnen das alles brühwarm zu erzählen. Aber mir sagt er nichts. Außer, dass er Dani an Rosenstock verwiesen hat. Selbst das musste ich ihm aus der Nase ziehen.«

»Verstehe. Eigentlich müsste ich erst Kontakt mit einem unserer Verbindungsbeamten aufnehmen. Ich versuche, die Angelegenheit möglichst niedrig zu halten. Wenn Ihr Vater kooperiert, lässt sich das ohne Schwierigkeiten hinkriegen.«

»Verbindungsbeamter? Weil Wien im Ausland ist?«

»Genau. Aber manchmal kommt man auch anders weiter.«

Sie diktierte Hardo die Telefonnummer und bat ihn, ihr Bescheid zu geben, sobald er etwas in Erfahrung brachte. Als das Gespräch beendet war, hallte die Stille in ihren Ohren. Sie streunte durch das Atelier und stellte all ihre Sinne auf Empfang. Mit Hardo hatte sie das ganze Haus abgesucht. Dennoch war ihnen etwas durch die Finger geflutscht. In den Räumen, in denen sie gegraben hatten, war definitiv nichts. Also gab es irgendwo noch einen anderen Raum.

Katinka legte sich auf den Rücken und suchte die Decke ab. Unter dem Dach war Stauraum. Beinahe sofort entdeckte sie die Klappe, die auf den Dachboden führte. Sie sah sich nach etwas zum Öffnen um. In einer Ecke lehnte eine lange Stange mit Haken.

»Na, perfekt«, murmelte Katinka und balancierte die schwere Stange über ihrem Kopf. Sie erwischte die Öse und zog. Sie brauchte all ihre Kraft, um die Klappe in ihren Scharnieren zu bewegen. Eine Menge Dreck rieselte herunter. Hustend wedelte Katinka den Staub weg. Federn kamen ihr entgegen, ein Vogelskelett segelte knapp an ihrem Kopf vorbei. Angewidert fuhr sie die Leiter aus und stieg hinauf.

Der Dachboden war leer, abgesehen von toten Vögeln und Spinnweben. Ein paar verirrte Fliegen summten durch die stickige, staubige Luft. Die Zentimeter dicke Staubschicht lag unberührt vor ihr. Hier war seit Menschengedenken niemand mehr eingedrungen.

»Fehlanzeige«, murmelte Katinka. Ihr Handy schrillte.

Katinka klammerte sich an der obersten Sprosse fest und tastete nach dem Telefon.

»Palfy?«

»Uttenreuther hier. Katinka, Ihr Vater ist auf dem Weg nach Kuba.«

»Wohin? Huch!« Sie rutschte eine Sprosse tiefer, stieß sich den Kopf an der Leiter und klammerte sich erschrocken fest. »Nach Kuba? Zu Fidel Castro?«

»Was machen Sie da eigentlich?«

»Fenster putzen«, log Katinka. »Wieso Kuba? Wer behauptet sowas? Ich habe vor knapp zwei Stunden mit ihm telefoniert, seine Sekretärin kann das bestätigen, sie hat mich durchgestellt. Außerdem kam sie während unseres Telefonates dazwischen, weil mein Vater etwas unterschreiben sollte.«

»Das mag ja alles sein, aber er ist dennoch auf dem Weg nach Kuba. Seine Sekretärin faselte was von einem Club, den er dort baut.«

»So ein Quatsch!«

»In sechzig Minuten startet seine Maschine in Wien Schwechat mit Ziel Amsterdam. Von dort fliegt er mit KLM nach Havanna.« Hardo nannte die genauen Flugzeiten und Flugnummern. »Wir haben das schon überprüft. Die Verbindung ist völlig real. Keine Fantasie.«

»Hardo, das kann einfach nicht sein.«

»Sie können sich nicht mit dem Gedanken anfreunden, dass er auf der Flucht ist, meinen Sie das?«

Katinka schwieg. Sie konnte sich das alles nicht erklären. Schwierig genug, ihren Verstand von dem Gedanken zu überzeugen, dass ihr Vater ein Verhältnis mit Dani gehabt hatte. Sie wollte den Gedanken nicht weiterspinnen, dass er sie umgebracht haben könnte und nun vor der deutschen Polizei davonlief. Sollte er tatsächlich von Wien zum Staffelberg gefahren sein, um Dani mit einem Schwert zu durchbohren, und dann wieder zurück nach Wien gerast sein, um pünktlich im Büro zu sitzen? Bei wenig Verkehr und einem schnellen Wagen brauchte man in eine Richtung mindestens fünf Stunden. Sie musste zugeben, dass er es geschafft haben könnte.

»Mein Vater ist kein Mörder.«

Hardo seufzte.

»Wenn Ihre Vermutung zutrifft, dann kann er uns zu Danis Mörder führen. Ich muss den Verbindungsfuzzi auf Vordermann bringen und die Behörden in Österreich alarmieren. Die holen Ihren Vater notfalls noch aus der Maschine raus. Und wenn wir es bis dahin nicht schaffen, dann kriegen ihn die Holländer.«

Katinka kletterte die Leiter hinunter und hockte sich auf den Boden. Ihr Vater hatte davon gesprochen, unter

Druck zu sein. Doch das konnte mit einem Bauprojekt zu tun haben, war im Grunde nichts Besonderes, eher alltäglich.

»Es tut mir wirklich leid, Katinka«, sagte der Kommissar. Seine Stimme nahm einen gequälten Klang an. »Ich muss das machen.«

»Ja, schon verstanden«, sagte Katinka. »Rufen Sie mich an, wenn Sie ... ihn erwischt haben?«

»Ich verspreche es. Ich informiere Sie über alles.«

Katinka bedankte sich und drückte auf ›aus‹.

Kuba, dachte sie verdrossen, fuhr die Leiter wieder ein und stieß die Klappe zu. Sie biss die Zähne zusammen, als sie das Vogelgerippe und die Federn mit einem Stück Küchenrolle aufklaubte und in den Garten hinaustrug. Für ein paar Minuten blieb sie in der Sonne stehen. Die Wärme tat gut. Katinka schloss die Augen und träumte. Niemals im Leben glaubte sie, dass ihr Vater sich überstürzt in ein Flugzeug nach Kuba setzen würde. Im Gegenteil. Fast erschien es ihr logisch, dass er gerade nicht nach Kuba flog, sondern in Wien blieb oder wenigstens in Österreich. Sie glaubte auch nicht, dass er nach Franken fahren würde, um Dani umzubringen und mit einem Samuraischwert zu durchbohren.

Wieder klingelte das Handy. Sie nahm sich vor, bei nächster Gelegenheit den Rufton zu ändern. Beduselt von der Sonne stürmte sie ins Atelier und rumpelte gegen einen Holzklotz. Der rutschte weg, und Katinka fiel der Länge nach hin. Unsanft landete sie auf dem Ellenbogen und tastete mit der anderen Hand nach dem Telefon.

»Palfy?«

»Kati!«

»Papa, wo bist du denn?«

»Ich wollte mich wie versprochen bei dir melden.«

Pharisäer, dachte Katinka. Du weißt genau, dass du die Frist überzogen hast.

»Ich muss leider unerwartet verreisen. Wir bauen in Havanna einen neuen Club. Irgendwas läuft nicht, wie es soll. Man braucht mich.«

»Wo bist du jetzt?«

»Am Flughafen.«

Sie glaubte ihm kein Wort.

»Sag mir, wovor Dani sich fürchtete.«

»Ich melde mich wieder.«

»Ich finde es auch alleine raus«, schrie sie ins Telefon.

Tut-tut-tut, kam es zurück.

Katinka besah sich ihren Ellenbogen. Ein paar Abschürfungen, nichts Dramatisches. Seufzend kippte sie ein Fenster, um die warme Luft hereinzulassen. Ihr Selbstmitleid galt eher der Verwirrung in ihrem Herzen als dem brennenden Schmerz am Arm. Plötzlich war ihr altes, fast vergessenes Leben in Gestalt ihres Vaters herangebraust und vermischte sich mit dem Dasein, das sie sich in den vergangenen Jahren selbst ausgesucht hatte. Vor allem mit ihrem Beruf. Die daraus entstehende Mischung erwies sich als hochexplosiv. Katinka klopfte sich den Staub von den Kleidern und wollte den Holzklotz wieder zurechtschieben. Ihr Blick fiel auf den Atelierboden.

Die Bodenklappe war sorgsam angebracht worden, mit zwei unauffälligen Scharnieren am oberen Ende, beinahe unsichtbar. Katinka brauchte nur wenige Minuten, um den Griff zu finden, mit dem sie die Falltür aufziehen konnte.

Der Keller lag tief unter ihr. Der Lichtkegel ihrer Taschenlampe wanderte durch einen Raum, mindestens so groß wie das Atelier, ausgestattet mit Schränken und Regalen, und brach sich an ordentlich angeordneten und mit Segeltuch geschützten Plastiken.

Hinter der Falltür baumelte eine Strickleiter. Beherzt griff Katinka zu und kletterte hinab in Danis Unterwelt.

Du verstehst es, sorgsam mit brüchigem Material umzugehen.

Du beugst dich über Fetzen. Was zerschlissen ist, zieht dich an. Was tot ist, begeistert dich. In Zerstörung sehen deine Augen Schönheit. Winter ist deine bevorzugte Jahreszeit. Wenn Menschen sich hassen, ist deine Leidenschaft geweckt. Trennungen und Abschiede sind deine Inspiration. Ich bin zerbrochen, aber deine Kameras zoomen auf andere Objekte.

16. Gwendolyn

Katinka kam sich vor wie ein Matrose am Fallreep, als sie schwankend auf dem Boden aufkam. Andächtig ging sie den Raum unter Danis Atelier ab. Das alte Haus war wohl tatsächlich nur an dieser Stelle unterkellert. Sie fand keine weiteren Türen. In der dämmrigen Stille hier unten wirkten die abgestellten Skulpturen so majestätisch wie die berühmte chinesische Terrakotta-Armee. Katinka ging zwischen den Plastiken entlang, berührte hier und da ein Stück von dem Segeltuch und hob ein paar Planen an, um einen Blick auf die Kunstwerke zu erhaschen.

Das hier war Kunst. Wirkliche und wahrhaftige Kunst. Keine überdrehten Versuche, Aufsehen zu erregen. Im Gegenteil: Mensch wurde zu Natur und Natur zu Mensch. Die Formen verwuchsen ineinander, als wären sie schon immer nur zu diesem Zweck dagewesen, hätten auf die Bildhauerin Daniela Zanini gewartet, um zur Vollendung zu kommen.

»Mensch – Kontur – Natur«, murmelte Katinka. Danis Motto für die geplante Ausstellung. Sie hatte schon eine Menge Exponate zusammen. Das mochte das Spezialschloss und die Panzerglasfenster erklären. Jemand war ihr auf den Fersen, um ihre Skulpturen zu rauben. Oder um die Idee zu rauben, fügte Katinka in Gedanken an.

Sie schauderte. Es war kalt im Keller. Beim Gedanken an all die Schönheit hier unten und die blutige Brutalität des Todes da draußen kamen ihr die Tränen. In ihren Gedanken brachen sich Danis Schöpferkraft und Originalität und der Jargon der Rechtsmediziner. Die Eleganz der Figuren in diesem Keller und der bohrende Schmerz in ihrem Herzen. Sie blieb lange stehen, fröstelnd in der Kühle, streichelte mit den Händen über die Steine. Die Trauer um Dani begann sich zu verwurzeln, an diesem Ort, wo so viel von ihrer geistigen Energie zusammengetragen war. Katinka spürte die Tränen in ihren Augen kitzeln. Sie ging an den Regalen entlang: Bücher über Kunst, Lexika, Bildbände, Romane. Ein lautes Piepen katapultierte sie aus ihren Gedanken. Sie griff in die Hosentasche.

›Sie haben eine neue Nachricht‹, meldete das Display. Katinka rief die SMS ab. Tom schrieb:

Katinka, ich fahre in den nächsten Tagen zurück nach Bamberg. Geht mir besser. Wir werden reden. Tom.

Abgesehen von der Erleichterung, die das ›geht mir besser‹ auslöste, regte sich Katinkas Widerspruchsgeist. Was hieß ›in den nächsten Tagen‹? Morgen? Übermorgen? Ihr Kopf dröhnte. Erschreckt stellte sie fest, wie viel lieber es ihr wäre, wenn er erst auftauchen würde, nachdem sie diesen eigenartigen Fall abgeschlossen hatte.

»Egal«, murmelte sie, schickte eine kurze Antwort und machte sich an die Schränke. Sie waren verschlossen. Katinka erinnerte sich an das Plastikschälchen in der Küche, aus dem sie den Hausschlüssel gefischt hatte. Aufgeregt kletterte sie zurück ins Atelier und lief in die Küche. Die Sonne flutete durch die Fenster herein, warm und hell, und für einen Moment blieb Katinka stehen und atmete tief durch. Ihre ausgekühlten Glieder saugten die Wärme auf wie ein Schwamm. Dann griff sie nach der Plastikschüssel. Sie nahm den Schlüssel ohne Beschriftung und lief zurück, rutschte die Strickleiter hinunter und kam vor lauter Unruhe unsanft auf dem Boden auf. Erregt steckte sie den Schlüssel ins erste Schloss. Geräuschlos gab es nach. Sie stand vor ordentlich gestapelten Ordnern. ›Korrespondenz‹ stand darauf. Katinka ging schnell alles durch. Dani war ein ordentlicher Mensch gewesen. Sie hatte ihre Unterlagen akribisch nach Alphabet und Datum geordnet. Katinka scannte den Schriftwechsel mit dem Kunstverein in Straßburg. Nichts, wonach sie meinte, suchen zu müssen. Sie räumte eine Plastikkiste aus dem untersten Fach. Fotos, die Dani und ihren Bruder zeigten. Einige Alben, ältere Bilder waren darin eingeklebt. Katinka erkannte Ansichten von Wien. Dann gab es Fotos von Danis Eltern und das Bild einer Grabstätte, das einzeln zwischen den Seiten steckte. Familie Zanini. Katinka legte das Album weg. Sie kramte Skizzen aus dem Schrank, Vorarbeiten zu den Skulpturen. Es war ein ganzer Stoß, teils geknickt, nicht sehr sorgfältig aufbewahrt. Katinkas Herz klopfte. Sie witterte etwas, ohne zu verstehen, was. Eine Intuition führte sie, unerklärlich und behutsam. Sie fand Hefter mit Kontoauszügen und der Steuererklärung des vorvergangenen Jahres. Einige handgeschriebene Zettel. Es stand nichts Besonderes darauf. Einfach Notizen, die mit Steuern und Abschreibungen zu tun hatten: *Betriebsausgaben: Fahrtkosten, Übernachtungskosten, Verpflegungsmehraufwand.* Informationen in dem Stil. Katinka schloss den Schrank und ging zu dem anderen.

Der Schlüssel passte auch hier. Die Schranktür bewegte sich lautlos auf Katinka zu. Sie schrak zusammen, als ein Karton auf sie zufiel. Er rutschte ihr aus den Händen und polterte auf den Boden. Zeitungsausschnitte und Ausdrucke von Internetseiten verstreuten sich. Katinka kniete sich hin und zog aufs Geratewohl ein Blatt heraus.

Ihr Handy klingelte. Starr vor Schreck blieb sie einen Moment stehen. Sie war so vertieft gewesen.

»Palfy?«

»Uttenreuther hier. Katinka, Ihr Vater ist nicht am Flughafen. Nicht in Wien, nicht in Amsterdam. Er steht auf der Passagierliste für den Flug von Schwechat nach Amsterdam und weiter nach Havanna. Aber er hat nicht eingecheckt.«

Katinka brauchte ein paar Sekunden, um wieder auf Linie zu kommen.

»Palfy! Sind Sie dran?«

»Ja«, rief Katinka. »Entschuldigung. Aber ... Meinen Sie ...«

»Womöglich hat er seine Sekretärin den Flug buchen lassen, um eine falsche Fährte auszulegen.«

»Er hat mich angerufen und behauptete steif und fest, nach Kuba unterwegs zu sein«, sagte Katinka.

»Er steht auch auf keiner anderen Passagierliste. Abgeflogen ist er bisher nicht, und die Behörden sorgen dafür, dass er auch in den nächsten Stunden nicht abfliegen wird.«

Durch Katinkas Kopf wirbelte ein außer Kontrolle geratenes Karussell.

»Womöglich ist er nach Budapest gefahren. Er ist schon manchmal von Ungarn aus geflogen.«

»Wo stecken Sie eigentlich?«, fragte Hardo, unüberhörbaren Argwohn in der Stimme. »Es hallt so in der Leitung.«

»Im … Keller«, versuchte Katinka es mit der halben Wahrheit.

Er wartete einen Augenblick, bis er antwortete: »Das können Sie dem Blauen Klaus erzählen. Wo haben Sie sich verkrochen?«

»Wer ist denn der Blaue Klaus?«, stellte Katinka sich dumm.

»Mädchen, Mädchen«, sagte Hardo. »Wenn Sie bei Dani im Sommerhaus herumschnüffeln, dann seien Sie wenigstens vorsichtig.«

Katinka nahm das Handy vom Ohr und starrte darauf, als erwarte sie ein Kameraauge zu entdecken, durch das Hardo sie beobachtete.

»Wie …«

»Glauben Sie, ich habe nicht bemerkt, dass Sie den Schlüssel haben mitgehen lassen?«, fragte er mit einem Lachen.

Katinka blieb die Luft weg.

»Das habe ich tatsächlich geglaubt. Dass Sie es nicht bemerkt haben«, sagte sie schließlich.

»Sie sind also da?«

»Ja«, sagte Katinka und fügte schnell hinzu: »Aber Sie brauchen sich keine Sorgen zu machen. Es gibt ja eine Sicherheitstür.« Ihr fiel ein, dass sie wegen des schönen Wetters eben jene Sicherheitstür sperrangelweit offen gelassen hatte.

»Naiv sind Sie gar nicht«, sagte Hardo.

»Was unternehmen Sie jetzt wegen meinem Vater?«

»Halten Sie es für möglich, dass er zu Ihnen kommt?«

»Nach Bamberg?«, fragte Katinka entgeistert. »Aber was sollte er hier?«

»Keine Ahnung. Sie rufen mich zwischen 18 und 19 Uhr an, damit ich weiß, ob sie noch leben. Ich versuche es mal mit Ungarn.«

Er unterbrach die Verbindung und ließ Katinka in einem Cocktail aus Ungläubigkeit, Kraftlosigkeit und Erregung zurück. Sie steckte ihr Handy weg und wandte sich dem Papierhaufen zu.

Kränkliches Surrogat, lautete die Schlagzeile. *Gwendolyn Steins Ausstellung gefloppt.* Katinka überflog den Artikel und verdrehte die Augen über den gekünstelten Stil. Eine Bildhauerin wurde in Grund und Boden kritisiert. Gwendolyn Stein, vielleicht ihr Künstlername, dachte Katinka und griff nach einem anderen Artikel. Wieder Gwendolyn Stein. Überrascht überflog Katinka die restlichen Blätter. Immer ging es um diese Gwendolyn. Sie setzte sich auf den Boden und schob die Brille ins Haar. Ihre Augen brannten von dem spärlichen Licht ihrer Taschenlampe. Sie sollte diese Unterlagen nach oben bringen. Fröstelnd zog sie die Schultern hoch. Plötzlich kam ihr ein Gedanke. Ein zweiter hängte sich an. Sie dachte an Danis Ausstellungsmotto. Ging ein paar der Kritiken durch. Verglich mit den Internetausdrucken. Rief sich Danis Erklärungen vom vergangenen Freitag ins Gedächtnis. Zum ersten Mal seit Danis Verschwinden fand sich ein Faden. Ein feiner, brüchiger Faden noch, aber einer, der sie würde tragen können. Der Faden hatte einen Namen: Gwendolyn Stein. Eine Künstlerin, die mit ihrer Bildhauerei bislang wenige Erfolge hatte feiern können. Ihre seltenen Ausstellungen wurden von der Presse mit Häme überzogen. Die Feuilletons machten sich einen Spaß daraus, über Gwendolyn Stein in misantropisch-intellektuellem Ton herzuziehen, weil sie von ihrer Kunst nicht leben konnte und darauf angewiesen war, Malkurse für Toskana-Urlauber und reiche, gelangweilte Hausfrauen zu geben. Dabei wurden ihre Ideen in den Ansätzen gelobt. Sie denke mit ihren Plastiken auf bisher einzigartige Weise eine Verbindung zwischen Mensch und Natur an, hieß es. Aber es gelänge ihr nicht, dieses Thema zur künstlerischen Vollendung zu bringen.

Anders als Dani, dachte Katinka. Dani macht in Straßburg eine Ausstellung zur Verbindung zwischen Mensch und Natur. Katinka betrachtete einige Fotos, die Plastiken Gwendolyn Steins zeigten. Eine Büste, das Gesicht eines Fauns nur angedeutet, überwachsen mit Weidenzweigen. Nichts Besonderes, nichts Neues, fand sie. Erwartbar eben. ›Dani ist diszipliniert wie eine Abteilungsleiterin‹, hörte sie Jana sagen. Dani Zanini, die vom Kopf her arbeitete, sich ihre Inspiration über vernunftbetontes Nachdenken schuf. Eine glücklose Künstlerin und die schuftende Dani.

Es knallte.

Katinka schrak so heftig zusammen, dass sie zu zittern anfing.

Die Haustür war zugeschlagen.

Mit bebenden Händen griff sie nach ihrer Pistole, krabbelte wie ein Äffchen die Strickleiter hinauf und blieb schwer atmend im Atelier stehen. Sie lauschte. Lautlos ging sie zur Ateliertür. Sie durfte nicht zu lange warten, der Panik keine Chance geben. Mit wenigen Schritten war sie in der Küche. Niemand. Auch in den Schlafzimmern und im Bad fand sie nichts, was sie hätte ängstigen müssen. Sie trat vor die Tür.

Nichts.

Der Wind hatte aufgefrischt, Regenwolken herbeigetrieben und Katinka konnte sehen, dass die waldigen Hügel weit hinten am Horizont unter grauen Schleiern lagen. Neuer Regen, dachte sie erschöpft. Die Bäume schüttelten sich in den Böen. Sie beschloss, dass der Wind die Tür zugeschlagen hatte. Vorsichtshalber drehte sie den Schlüssel herum. Noch sah sie den Zusammenhang zwischen Danis Verschwinden und den Zeitungsausschnitten nicht deutlich. In ihrem Kopf warteten einige Knoten auf die Auflösung. Sie zog sich in Danis Küche zurück und setzte die Kaffeemaschine in Betrieb. Es fühlte sich angenehm normal an, Kaffee zu kochen. Dann rollte der Gedanke an Dani über sie hinweg und die absurde Frage, ob sie das durfte: Kaffee kochen in Danis Haus, wo Dani doch jetzt tot war.

Katinka ging ins Atelier, kletterte in den Keller und räumte alle Papiere über Gwendolyn in den Karton zurück. Sie setzte ihn sich auf die Schulter und wuchtete ihn die Strickleiter hinauf. Aufmerksam schloss sie die Falltür und schob mit einiger Kraftanstrengung den Holzklotz zurück.

Während die ersten Regenschauer über Haus und Garten fegten, sortierte sie die Artikel und Ausdrucke nach Datum. Dani hatte schon im vergangenen November angefangen, zu sammeln. Katinka überlegte hin und her. Die Lösung, die sich aufdrängte, gefiel ihr nicht. Sie trank ihren Kaffee schwarz und bediente sich an dem Joghurt aus Danis Kühlschrank. In ihrem Rucksack steckte noch die Liste mit den Namen der abgewiesenen Bewerber. *8. Stein, Petra, 39, Österreich, Bildhauerei, Installationen.* Es könnte zusammenpassen. Sie tippte Hardos Nummer. Mailbox.

Das gibt's nicht, dachte Katinka. Er geht immer ans Handy. Atemlos legte sie auf und versuchte es mit seiner Büronummer. Nichts. Sie wählte die Zentrale der Polizeidirektion und bat den Beamten, sie durchzustellen.

»Der Hauptkommissar ist unterwegs«, sagte er und wollte Katinka die Handynummer diktieren.

Sie bat ihn, Hardo eine Nachricht auf den Schreibtisch zu legen, er solle sie sofort zurückrufen, es sei dringend. Sie versuchte es nochmal über den Handyanschluss und berichtete der Mailbox, dass sie etwas herausgefunden hatte.

Dani als Ideendieb, dachte Katinka. Noch war ihr nicht klar, wie Jana ins Spiel kam. Jana behauptete, dass Dani vom Kopf her arbeitete. Die Puzzleteile schmiegten sich vollkommen ineinander. Dani hatte Gwendolyns Idee als vielversprechend, als gewinnbringend erkannt und diese Idee weitergeführt und zur Perfektion gebracht. Wusste Jana davon? Warum hätte sie eine Frau für das mysteriöse Holzhofer ›Projekt‹ bevorzugt? Aus weiblicher Solidarität? Hätte sie eine bestimmte Frau ausgewählt? Zum Beispiel Gwendolyn Stein?

Vorsicht, mahnte sich Katinka. Das sind nur Vermutungen. Sie ging zur Spüle, goss Wasser in ihre Tasse und trank ein paar Schlucke. Sie ließ sich über den Operator die Nummer der Zulassungsstelle geben und fragte nach Floriane Riegl. Fast zwei Minuten schwebte sie in der Leitung, bevor eine fröhliche Stimme sagte:

»Riegl hier?«

»Katinka Palfy. Ich rufe mit den besten Grüßen von Kommissar Uttenreuther an.«

»Von Hardo?«, fragte Floriane Riegl verwundert. »Sagen Sie, sind Sie die berühmte Detektivin?«

Katinka wurde rot und war froh, alleine in der Küche zu stehen. Ihr wurde bewusst, dass sie keine Ahnung hatte, in welcher Beziehung Floriane und der Kommissar zueinander standen.

»Von berühmt kann keine Rede sein.«

»Na, hören Sie mal, Hardo schwärmt in den höchsten Tönen von Ihnen. Das will was heißen. Er ist ja niemand, der mit Lob um sich schmeißt wie mit Konfetti.«

»Kennen Sie sich schon lange?«

Floriane lachte glucksend.

»Kennen? Wir sind verwandt. Fragen Sie mich nicht genau, wie. Meine Großmutter und seine Mutter waren Schwestern. Also sind wir sowas wie Cousin und Cousine, schätze ich. Zweiten Grades, um genau zu sein.«

Katinka fühlte sich irgendwie erleichtert.

»Hardo meinte, ich könnte Sie mal ins Vertrauen ziehen, wenn es nötig wird, Frau Riegl«, erklärte sie den Grund ihres Anrufes. »Und das ist jetzt der Fall.«

»Schießen Sie los.«

Katinka schilderte ihr Problem. Floriane zögerte einen Moment, dann sagte sie: »O.k. So was darf ich natürlich nicht machen. Aber wenn Hardo Ihnen vertraut, dann tue ich das auch. Ich rufe Sie zurück.«

Katinka gab ihre Handynummer an und legte auf. Das Warten wurde ihr unerträglich. Draußen hatte es abgekühlt. Auch im Haus war es ungemütlich, klamm beinahe. Sie kuschelte sich in ihre Jacke und ging hinüber in Danis Schlafzimmer. Setzte sich aufs Bett und betrachtete die Katinka aus Stein.

Was für eine verrückte Freundschaft, dachte sie und fragte sich zugleich, ob Dani und sie je wirkliche Freundinnen gewesen waren. Wohl eher etwas wie

Teilzeitfreundinnen, die miteinander Spaß hatten, einige wenige schillernde Momente teilten und dann wieder auseinandergingen. Ihnen gehörten ein paar eingezäunte Erinnerungen an die Kindheit. Ihre Gemeinsamkeiten stammten aus der Vergangenheit.

Jemand muss sich um Danis Beerdigung kümmern, sobald die Polizei die Leiche freigibt, dachte Katinka. Sie hatte das undeutliche Gefühl, dass sie diejenige sein würde, die Dani auf ihrem letzten irdischen Gang begleitete. Der Zettel hinter dem Keilrahmen machte sie nachdenklich. *Es ist ein Loch im Jahr.* Was meinte Dani mit ›Loch im Jahr‹? Wenn ich mich täuschen würde, dachte Katinka, wenn Dani keine Plagiierung vorzuwerfen wäre, dann wäre ich glücklicher.

Sie versuchte es mit Hardos Handynummer. Mailbox. Der Anschluss in seinem Büro schrillte ins Leere. Aufgebracht schleuderte sie das Handy auf Danis Bett. Spielte den gestrigen Abend vor sich ab wie einen Film. Setzte Gwendolyn als Mörderin ein. Eine frustrierte Künstlerin, die eine andere, bessere, erfolgreichere umbrachte. Das Motiv konnte Rache sein. Als hätte Gwendolyn keine anderen Lösungen gesehen. Mit diesen Zeitungsausschnitten in Händen hätte sie Dani womöglich eine Klage anhängen können. Katinka hatte keine Ahnung, ob der juristische Weg in solchen Fällen Erfolg verhieß. Wahrscheinlich war die Beweislage zu dünn. Vielleicht wusste Gwendolyn auch gar nicht, dass sich hier Informationsmaterial über sie und ihren fruchtlosen künstlerischen Lebensweg befand.

Das Handy schrillte. Hardo, hoffte Katinka.

»Palfy?«

»Frau Palfy, Riegl hier. Haben Sie was zum Mitschreiben?«

»Moment.«

Katinka rannte in die Küche und suchte ihr Notizpapier aus dem Rucksack.

»Sie hatten recht. Petra Stein besitzt einen Wagen mit Bamberger Kennzeichen.«

Floriane Riegl gab die Nummer durch. Sie endete mit einer Schnapszahl: vier Vieren. Floriane konnte Katinka auch bestätigen, dass es sich um einen Golf, Baujahr 1982 handelte. Petra Stein war seit drei Monaten in einer Wohnung in der Concordiastraße in Bamberg gemeldet.

»Danke, Frau Riegl«, rief Katinka. Die Buchstaben hopsten hektisch übers Papier. »Sie haben mir wirklich geholfen.«

»Grüßen Sie Hardo«, sagte Floriane.

Katinka warf sich den Rucksack über die Schulter, packte den Karton und verließ das Haus. Der Regen fiel ganz fein, wie ein nasser Vorhang. Unruhig sah sie sich um, als sie abschloss, Danis Schlüssel in der Hosentasche verstaute und zum Auto ging. Die Kiste mit den Dokumenten landete im Kofferraum.

Sie warf sich hinter das Steuer, legte das Handy auf dem Beifahrersitz bereit und schnallte sich an. Das Holster drückte. Entnervt löste sie den Gurt und warf es hinter ihrem Sitz auf den Boden. Die schwere Waffe fiel mit einem satten *Klonk* auf den Boden.

Sie startete den Motor. Er versuchte es mit seiner üblichen Verweigerungstaktik. Katinka hieb wütend mit der Hand auf das Armaturenbrett und trat das Gas durch.

Als sie über den einsamen Weg rollte, schaltete sie das Radio an. Der Verkehrsfunk meldete Stau auf der

A 73 zwischen Erlangen Nord und Möhrendorf. Es war 16 Uhr 57, Mittwoch, der 16. Juni 2004.

Auf der Fahrt wählte sie x-mal Hardos Nummern. Schließlich hinterließ sie auf seiner Mailbox mehrere ziemlich lange und zerfahrene Nachrichten über das, was sie herausgefunden hatte. Als sie in Bamberg Süd abfuhr, fiel ihr noch etwas ein.

»Bitte lassen Sie überprüfen, ob der Wagen, den diese Zeugin gestern Abend vor meiner Tür gesehen hat, ein giftgrüner Golf älteren Baujahres war«, sagte sie. »Der gehört Gwendolyn, also Petra Stein, wohnhaft in der Concordiastraße.« Sie gab das Kennzeichen an und legte wieder auf. Ich habe noch gar nicht mit York gesprochen, fiel ihr ein. Einfach keine Zeit gefunden.

Das Telefonieren ohne Freisprechanlage, der zunehmende Regen und die scheppernden Geräusche aus dem Motor lenkten sie ab. Sonst hätte sie den Wagen bemerken können, der ihr seit geraumer Zeit folgte.

Sie parkte verbotenerweise im Anwohnerbereich an der Nonnenbrücke und rannte die engen Gassen am Studentenwohnheim und Hotel Nepomuk vorbei. Als sie über die Holzbrücke lief, wo das Prasseln des Regens sich mit dem Lärm der Turbinen vermischte, fiel ihr ein, dass sie ihre Pistole nicht bei sich hatte.

Die Molitorgasse lag grau und heruntergekommen vor ihr. Vor kurzem hatte man hier einen der erdolchten VWs gefunden. Das unregelmäßige Kopfsteinpflaster war glatt vom Regen. Sie rannte die steile Gasse hinauf und griff nach ihrem Handy, um es noch einmal bei Hardo zu probieren.

Als sie fast oben war, spürte sie einen heftigen Schmerz am Kopf. Sie stürzte hin. Das Handy segelte davon. Irgendwo schlug es auf und zersprang. Jemand war über ihr. Dichter Nebel hüllte ihren Kopf ein. Ihre Arme wurden ihr auf den Rücken gedreht und gefesselt. Sie hörte eine Tür knarren. Erst das Geräusch weckte die Angst. Man stieß sie in einen Raum, in dem es dunkel war und nach Chemikalien roch. Sie fiel auf den Bauch, schutzlos ohne ihre Hände. Ihre Brille flog in hohem Bogen in die Düsternis. Sie schrie auf vor Schmerz, als ihr Kinn auf den Boden prallte. Doch nie hätte sie mit der Qual gerechnet, die folgte. Ein schneidender Schmerz raste vom Ellenbogen bis in die Schulter und ließ sie aufschreien. Es fühlte sich an, als würde ihr Arm abgetrennt. Sie zappelte und trat nach ihrem Peiniger, doch der packte ihre Fußgelenke und band sie aneinander. Ein greller Blitz zuckte über sie hinweg. Sie hob hilflos den Kopf. Verschwommene Umrisse. Die Tür schlug zu und ein Schlüssel drehte sich im Schloss. Gelähmt vor Schmerz und Angst blieb Katinka liegen. An ihren Wangen fühlte sie Staub und Steinchen. Das Entsetzen riss an ihren Muskeln, ihr Magen krampfte sich zusammen und ließ sie aufkeuchen vor Schmerz. Sie konnte sich keine Erleichterung verschaffen, indem sie sich drehte oder zusammenrollte. Ihr linker Oberarm war an die Holzdielen genagelt worden. Noch bevor sie ihren Kopf soweit drehen konnte, um zu sehen, was sie da am Boden festhielt, spürte sie ihren Pullover nass werden. Nass und warm.

Das ist Blut, dachte Katinka, ehe sie wegdämmerte.

17. Zu Ende denken

Sie trieb dahin, an einem grauen Ort zwischen Bewusstlosigkeit und Wachsein. Sie fühlte sich schwach, sie fror in ihren regennassen Sachen und hatte Durst. Manchmal ängstigte sie das Gefühl, keine Luft zu bekommen. Dann saugte sie mit aller Kraftanstrengung ihre Lungen voll. Ihre Gedanken surrten um Gwendolyn. Aber das Denken driftete weg und hinterließ grauen Schlamm, in dem Katinka nichts sah und nichts hörte. Nur der Gestank nach Chemikalien drang in ihren Dämmerzustand.

Einmal hörte sie Leute draußen reden. Sie wollte um Hilfe schreien, aber ihr Mund war zu trocken. Verzweifelt leckte sie sich über die Lippen, doch die Zunge klebte am Gaumen fest. Es gab kein Zeitgefühl in diesem Verlies. Ab und zu flaute die Angst ab und hinterließ das zuversichtliche Gefühl, dass man sie finden würde. Dann wieder wurde ihr klar, dass sie Blut verloren hatte. Sie fragte sich, ob sie hier verbluten würde. Ihre Hände begannen zu kribbeln und wurden schließlich taub. Wann immer sie versuchte, sich zu bewegen, sich auch nur vorsichtig zu drehen, explodierte der Schmerz in ihrem Arm, kalt wie Eis und gleichzeitig glühend heiß. Ihr fiel ein, dass Tom bald kommen würde. Lautlos formten ihre Lippen seinen Namen. Viele Male, wie ein Mantra, in der Hoffnung auf Trost.

Irgendwann nickte sie ein.

Ein Brüllen wie von einem tropischen Zyklon zerriss die Stille aus Watte um sie herum. Etwas donnerte, ein ohrenbetäubender Knall kam von der Tür. Man schrie ihren Namen. Menschen fielen über sie her wie ein Insektenschwarm. Vor Schreck fing sie selber an zu schreien. Vor Schwäche und ohne ihre Brille sah sie nur verschwommene Schatten. Ein wahnsinniger Schmerz zerschlitzte ihren Arm. Sie brüllte vor Angst und Entsetzen auf. Wenn sie etwas nicht wollte, dann war es sterben. Sie wollte leben, auf alle Fälle leben, und sie begann, sich zu wehren. Ihre Hände kamen frei. Sie zuckten unkoordiniert. Die lange Zeit ohne Bewegung hatte Muskeln und Gelenke steif werden lassen.

»Nicht«, sagte jemand. »Nicht bewegen.«

Sie kannte die Stimme. Für den Moment wusste sie keine genaue Information mit ihr zu verbinden, aber ihr limbisches System, die archaische Schaltzentrale aller Erinnerungen, meldete Entwarnung. Die Stimme verhieß Rettung. Ein Geruch schwebte durch den Raum, der ihr vertraut erschien und den chemischen Gestank verdrängte. Ihr Arm brannte wie Feuer, aber es gab keine neuen, vernichtenden Schmerzen mehr. Man drehte sie auf den Rücken, legte etwas Weiches unter. Sie flüsterte, dass ihr kalt war, und jemand deckte sie zu. Katinka blinzelte. Eine warme Hand legte sich auf ihr Haar. Der Lärm verebbte ein wenig.

Jemand sagte: »Können Sie Ihre Finger bewegen? Machen Sie eine Faust!«

Sie versuchte es. Die Finger waren taub, es kostete Mühe und tat weh. Später kamen neue Geräusche. Man trug sie davon. Urplötzlich flammte Angst auf, dass man sie für tot halten könnte. Verzweifelt murmelte sie, dass sie nicht tot sei, dass sie lebte. Kälte rückte auf sie zu und presste ihre Arme und Beine, ihren Bauch zusammen. Jemand griff nach ihrer rechten Hand. Jemand, dessen Hände warm waren wie frisches Brot. Wenn diese Hände sie losließen, würde sie sterben. Sie waren die letzte Verbindung zum Leben. Mühevoll versuchte sie, sich verständlich zu machen. Sie hörte Motorengeräusch. Es wurde leiser und erstarb.

Als sie zu sich kam, war die Welt in ein sonderbar anmutendes grünlich-graues Licht getaucht. Katinka schnappte nach Luft. Sie kam sich vor, als habe man sie in einem Aquarium versenkt. Alles um sie herum sah verwaschen aus. Sie konnte nicht einmal die Uhrzeit ablesen, obwohl eine große runde Uhr ihr genau gegenüber hing. Sie brauchte ein paar Minuten, bis sie sich erinnerte, dass ihre Brille weg war. Sie wollte sich über die Augen wischen. Ihr linker Arm bewegte sich nicht. Sie versuchte es mit dem rechten. Ein Schlauch war an ihrer Hand befestigt.

Sie zuckte zusammen vor Schreck. Sie erinnerte sich, dass sie Angst gehabt hatte, schreckliche Angst. Sie fragte sich, ob es in Ordnung war, keine Angst mehr zu haben. Oder ob sie auf der Hut sein musste.

Das Schlimmste jedoch war: Sie war ganz allein. Niemand außer ihr befand sich in diesem grünen Zimmer. Sie wollte jemanden rufen, aber es kam kein Laut. Sie versuchte logisch zu denken. Sie konnte nicht tot sein. Schauergeschichten sausten durch ihren Kopf von Menschen, die für scheintot gehalten wurden und im Keller von Krankenhäusern in Kühlräumen abgestellt wurden. Vielleicht war sie in so einem Totenzimmer. Ihr war auch kalt, sehr kalt. Sie rief ein müdes ›Hallo‹, aber nur ein Krächzen kam aus ihrem Hals. Sie weinte ein bisschen, vor Verlassenheit. Erneut nickte sie ein.

»Frau Palfy«, sagte eine freundliche Stimme. »Hören Sie mich?«

Katinka tauchte aus rauchigem Nebel auf. Sie sah nichts, nur ein verschwommenes Gesicht. Schnell schloss sie die Augen wieder. Aber ihre Ohren funktionierten.

»Hören Sie mich?«, fragte die Stimme noch einmal.

»Ja«, hauchte Katinka.

»Haben Sie Schmerzen?«

Katinka überlegte. Sie hatte keine Schmerzen. Sie fühlte eigentlich nichts. Wenn sie sich konzentrierte, dann bemerkte sie ein scheußliches Frösteln am ganzen Körper. Und ihre Füße fühlten sich wie tiefgekühlt an.

»Nein«, sagte sie schließlich. »Aber mir ist kalt.«

»Ich bringe Ihnen noch eine Decke«, sagte die Schwester.

Sie kam nach einer Weile wieder.

»So, damit wird es gehen«, sagte sie und deckte Katinka fast bis zur Nasenspitze zu.

»Was ist denn passiert?«, wollte Katinka wissen. Das Sprechen tat ihr weh, ihr Hals war staubtrocken.

»Sie sind überfallen worden. Jemand hat Ihnen eine schlimme Stichwunde am linken Oberarm zugefügt. Aber keine Angst. Es sind keine bleibenden Schäden zu erwarten, sagt der Chirurg. Ein ganz glatter Stich. Gut zu reparieren. Er musste lediglich den Stichkanal freilegen, um die Wunde zu säubern.«

Reparieren, überlegte Katinka. Klingt nach Auto

und Kundendienst. Sie sah sich um. Das zweite Bett im Zimmer war leer.

»Stichwunde«, murmelte sie. Es schien ihr ein Wort zu sein, das sie auf etwas Neues bringen musste. »Wie spät ist es?«

»Kurz nach 20 Uhr. Sie sind operiert worden, es hat nicht lange gedauert. Machen Sie sich keine unnötigen Sorgen.«

»Aber …«, begann Katinka.

»Wenn Sie Schmerzen bekommen, sagen Sie es mir«, unterbrach die Schwester und zeigte Katinka, wo sie klingeln konnte. »Ihr Vater wollte übrigens nicht nach Hause gehen. Ich habe ihm angeboten, sich in unserem Besucherzimmer eine Weile hinzulegen. Aber er bestand darauf, draußen auf dem Gang zu warten.«

»Mein Vater?«, fragte Katinka und starrte die Schwester an. Sie erinnerte sich dunkel, dass es in den letzten 24 Stunden einigen Stress mit ihrem Vater gegeben hatte. Er sollte eigentlich in einem Flugzeug nach Kuba sitzen. Oder auch nicht.

»Würden Sie … würden Sie ihm sagen, dass ich ihn gerne sehen möchte?«

»Klar!«

Die Schwester verschwand. Sie ließ die Tür offen. Katinka wartete gespannt. Dann trat jemand ein.

Obwohl alle Konturen vor ihren Augen verliefen wie auf einem Aquarell, sah sie sofort, dass sie nicht ihren Vater vor sich hatte. Der war kleiner, schmaler. Und vor allem: Er hatte Haare.

»Katinka«, sagte Hardo, während er an ihr Bett trat. »Was soll ich nur mit Ihnen machen!«

Seine samtweiche, tiefe Stimme wehte über sie hin wie ein warmer Wind.

»Ich dachte …«, begann Katinka verwirrt und versuchte sich aufzurichten. »Die Schwester hat gesagt … mein Vater …«

»Da hat sie wohl was verwechselt«, sagte Hardo. »Sie sollten …«

»Haben Sie ihn verhaftet?« Ihr schoss das ganze Chaos in den Sinn, Passagierlisten, das Verhältnis ihres Vaters zu Dani. Dann schlossen sich andere Dinge an, Leichen mit Schwertern in der Brust, ermordete Käfer, Booz und sein Drahthaar. Jana im Teich. Katinka wurde schwindelig.

»Nein. Aber … ich glaube nicht, dass Sie im Augenblick in der Verfassung …«

Katinka ruderte wütend mit dem einzigen beweglichen Arm herum.

»Ich will wissen, was passiert ist«, rief sie. »Wo ist mein Vater? Was ist mit Gwendolyn? Warum sind Sie nicht ans Telefon gegangen? Ich habe Sie hunderttausendmal angerufen. Zuerst machen Sie mir die Hölle heiß, ich soll mich melden, und dann …«

Ein scharfer Schmerz durchzuckte ihre Hand. Mit ihren heftigen Bewegungen hatte sie an der Infusionsnadel gerissen. Stöhnend ließ sie den Kopf sinken. Sie hörte einen Stuhl rücken und bemerkte eine Hand auf ihrer Wange, so warm, dass ihre Haut zu brennen schien.

»Mist«, flüsterte sie, den Tränen nah.

Hardo lachte. »Ein bisschen vorsichtig müssen Sie schon sein«, sagte er. »Der Liter Infusionslösung ist doch ganz appetitlich!« Er wies auf die Plastikflasche. »Mindestens so nährstoffhaltig wie ein frischgezapftes Bier!«

»Mir ist kalt«, murmelte Katinka. Sie musste die

Augen schließen, die verwischten Bilder strengten sie an. Sie hörte, wie Hardo nach der Schwester rief.

»Sie friert«, hörte sie ihn sagen.

»Ich bringe eine Heizdecke«, sagte die Schwester. Sie kam schnell zurück. »Machen Sie sich keine Sorgen, Frau Palfy. Der Schock, die Narkose, die Anstrengung ... Es wird Ihnen gleich warm, keine Angst.«

Die reden mit mir wie mit einer Durchgeknallten, dachte Katinka und begann zu grübeln, ob irgendwas mit ihren Nerven nicht in Ordnung war. Die Schwester ging. Im Zimmer war es ganz still. Katinka musste die Augen gar nicht öffnen, sie spürte, dass Hardo neben ihr saß. Nach einer Weile griff er nach ihrer Hand und hielt sie behutsam fest.

»Nicht, dass Sie den Angelhaken hier rausreißen«, sagte er.

»Was ist denn passiert!«, sagte Katinka müde. »Bitte. Reden Sie doch mit mir.«

»Sie versprechen mir, ganz brav liegen zu bleiben, o.k.?«, sagte Hardo. »Keine theatralischen Gesten. Dann liefere ich Ihnen die Geschichte. Sie geben ja ohnehin keine Ruhe.«

»Abgemacht. Wo ist mein Vater?«

»Das wissen wir nicht«, erwiderte Hardo. »Wir haben ihn nicht zur Fahndung ausgeschrieben, wenn Sie das meinen. Sie müssen sich also darüber keine Gedanken machen. Im Grunde brauchen wir ihn nicht mehr so dringend.«

»Haben Sie Gwendolyn?«

»Gwendolyn alias Petra Stein«, sagte Hardo. »Wir fahnden nach ihr.«

»Wieso sind Sie nicht ans Handy gegangen«, flüsterte Katinka vorwurfsvoll. Nach und nach drang die Wärme in ihren Körper.

»Ich erzähle mal von Anfang an«, sagte Hardo. »Also: Unsere Ermittlungsgruppe arbeitet derzeit noch an etlichen anderen Fällen. Wie ich schon sagte: alle sind überlastet. Nachdem Sie mich letzte Nacht aus dem Urlaub quasi zurückbeordert hatten, konnte ich meine Zeit ebensogut nutzen, mich mit einer Serie von schweren Raubüberfällen zu beschäftigen, an deren Aufklärung wir seit Wochen arbeiten. Obwohl alle baggern wie die Maurer, sind wir noch nicht weitergekommen. Erst heute ergab sich ein Durchbruch. Alle Mann mussten so schnell es ging zum Einsatz. Deswegen haben Sie mich im Büro nicht erreicht.«

»Aber Ihr Handy ...«

»Der Akku war leer«, knurrte Hardo. Seine Stimme holperte. »Ich habe es nicht mal gemerkt. Es gab eine Menge Aufregung. Wir konnten ein paar Leute festnehmen. Vermutlich nicht die Köpfe der Bande, aber immerhin ein erster Schritt. Später habe ich mich gewundert, warum das Mistding überhaupt nicht läutet.« Er fluchte innig und in breitestem Fränkisch. »Ich schickte Fleischmann zurück ins Büro. Er sollte auf meinem Schreibtisch nach ein paar Papieren sehen, die wir für die Verhöre brauchten. Da fand er einen Zettel, den der Diensthabende hinterlegt hat: Ich sollte mich umgehend bei Ihnen melden. Fleischmann verständigte mich über Funk. Ich habe Sie sofort zurückgerufen. Sie gingen aber nicht ran.«

»Ich habe ...«

»Sie haben Ihr Handy verloren. Ich weiß. Warten Sie ab«, beruhigte Hardo. »Ich habe meines jedenfalls gleich im Auto geladen und die Mailbox abgehört. Zuerst habe ich nicht ganz kapiert, was Sie meinten. Kerschensteiner hat sich Ihre Nachrichten ebenfalls zu Gemüte geführt. Eine außerordentlich kluge Polizistin, diese Kerschensteinerin. Wir stürmten in die Concordiastraße, zu Steins Wohnung. Das Vögelchen war ausgeflogen. Während Kerschensteiner die Fahndung anleierte, entdeckte einer von Fleischmanns Leuten die Rückseite Ihres Handys.«

»Wie konnten Sie wissen, dass es von meinem Handy war?«, wunderte sich Katinka.

»Auch das haben Sie Kerschensteiner zu verdanken«, sagte Hardo. »Sie haben doch so ein knallbuntes Modell, oder? Mit einer selbstbemalten Schablone unter der Schale, stimmts?«

»Ja. Sagen wir, ich hatte so eines.«

Er drückte vorsichtig ihre Finger.

»Seien Sie nicht traurig wegen des Handys. Die kann man kaufen. Tja, Kerschensteiner wusste, dass das Teilchen zu Ihrem Telefon gehört. Egal. Der Deckel lag gleich um die Ecke, in dieser schimmeligen Gasse. Wer immer Sie überfallen hat, sammelte alle anderen Teile ein, um keine Spuren zu hinterlassen, aber in dem Regen und der Eile hat er dieses eine Stück übersehen«, mutmaßte Hardo. »Jedenfalls standen wir direkt vor einer Tür, Fleischmann sammelte ein paar braune Haare ein. Wir brachen die Tür auf – und fanden Sie!«

Er brach ab. Sie hörte ihn schnauben wie eine Lok.

»Jemand hat mich reingestoßen«, flüsterte Katinka. »Ich konnte mich nicht wehren. Ich habe einen Schlag auf den Kopf bekommen. Meine Brille flog weg. Haben Sie meine Brille gefunden?«

»Schade drum, Katinka«, sagte Hardo. »Die ist in die Brüche gegangen.«

Katinka stöhnte. Kein Handy, keine Brille. Sie sehnte sich nach einem klaren Bild.

»Man hat mich gefesselt. Und mein Arm …«

»Wer auch immer das war«, erklärte Hardo, »hat Ihnen ein Messer durch den Arm gerammt, und Sie können von Glück sagen, dass es kein Schwert war, wie es ja wohl im Dunstkreis dieses seltsamen Falles bevorzugt benutzt wird, denn dann wären Sie als einarmige Invalidin hier wieder rausgekommen. Nein, es war ein Fleischmesser, kann man in jedem Haushaltswarengeschäft kaufen. Hat auch schon gereicht.«

Er wartete ein paar Augenblicke ab, strich behutsam eine Haarsträhne aus Katinkas Stirn.

»Sie haben gar nicht so viel Blut verloren, wie wir zuerst dachten. Als wir reinkamen und Sie da liegen sahen, wachsweiß … mit den Blutflecken auf dem Pullover …« Er brach ab. Katinka hätte sich am liebsten ganz und gar unter der Decke verkrochen. Sie biss sich auf die Lippen. Es tat weh, die empfindliche Haut war trocken wie Sand und ganz wund.

»Wir haben Ihnen einen Druckverband angelegt. Der Rettungswagen war sofort zur Stelle. Als wir mit Ihnen im Klinikum ankamen, war der Operationssaal schon für Sie bereit.«

»Wie lange …«, fragte Katinka, Angst im Bauch, »wie lange muss ich hierbleiben?«

»Das Wesentliche ist, dass alles wieder zusammenwächst«, entgegnete Hardo. »Der Arzt meint, Sie können den Arm bald wieder bewegen wie früher. Sie hatten Glück, dass das Messer außen durch den Arm gedrungen ist, und nicht an der Innenseite, wo die meisten Nerven und Gefäße verlaufen.«

»Dann wird's wohl nichts mit unserer Wanderung

am Freitag.« Sie versuchte es mit einem Grinsen. Ihre Lippen spannten.

»Der Sommer fängt gerade erst an«, sagte er lächelnd. »Sie sind ganz schön zäh, Mädchen.

Sie spürte die Tränen an ihren Schläfen. Er wischte sie weg.

»Nicht weinen, Katinka.«

Sie schüttelte den Kopf und sagte: »So viele Katastrophen!«

»Ja.«

Ihr fiel etwas Wichtiges ein.

»Tom hat eine SMS geschickt. Er will bald zurückkommen. Ich darf ihn nicht verpassen.«

»Ich habe ihn schon angerufen«, sagte Hardo. »Er kommt morgen mit dem ersten Zug. Außerdem hat er mir aufgetragen, Sie nicht aus den Augen zu lassen.«

Katinka dachte eine Weile nach. Sie fragte sich, ob Tom das wirklich so gesagt hatte.

»Die Zeugin, die den Wagen vor meiner Tür gesehen hat …«, fing Katinka an.

»Die Dame leidet an Gedächtnisschwund«, seufzte Hardo. »Sie kann sich weder an das Modell noch an die Farbe erinnern. Schon seltsam. Aber geben Sie es nur zu: Es war eine gute Idee von mir, Sie an Floriane zu verweisen.«

Katinka lächelte.

»Großes Lob. War eine gigantische Idee.«

»Noch was: Wir haben Danis Auto. Es ist in Loffeld abgestellt worden, in dem Ort unterhalb des Staffelbergs. Am Wanderparkplatz.«

Katinkas Kopf surrte und brummte. Das Krankenzimmer kam ihr eng vor, beklemmend. Etwas schien ihren Atem zu bremsen.

»Wo steckte Gwendolyn eigentlich in den Nächten, als die Käfer gestohlen wurden?«

»Das finden wir heraus, sobald wir die Dame haben.«

»Aber glauben Sie denn, dass Gwendolyn auch die Käfer erdolcht hat?«

Hardo seufzte.

»Ich weiß es nicht, Katinka. Ich weiß es wirklich nicht.«

»Hardo«, flüsterte Katinka, »ich will nach Hause.«

»Ich bringe Sie hin«, sagte Hardo. »Aber zuerst schlafen Sie sich aus.«

»Morgen früh?«, bat Katinka.

»Mal sehen«, sagte Hardo.

Katinka schloss die Augen, riss sie wieder auf.

»Hardo?«

»Ich bleibe bei Ihnen.« Er zog die Decke zurecht.

»Ich habe plötzlich so eine dumme Angst.«

»Ich weiß. Darüber müssen Sie sich nicht grämen. Sie haben's geschafft. Nun kann's nur noch besser werden!« Er legte seine rechte Hand auf ihre Wange. Sanft strich er mit dem Daumen über ihr Gesicht. »Werden Sie gesund, Katinka.«

Die Träume wirbelten durch ihren Kopf. Ihr Vater, Dani, Jana und Booz, Tom und Hardo und ganze Polizeiarmeen marschierten darin herum. Katinka konnte fliegen, und vor ihr tauchte ein Krater auf, der sich in einen schwarzen, endlos tiefen Teich verwandelte. Sie raste wie ein Meteorit kopfüber darauf zu. Keuchend versuchte sie, auszuweichen, aber eine unglaubliche Kraft schob sie voran. Nach Luft ringend kämpfte sie sich hoch und wachte auf.

Der Schweiß stand ihr auf der Stirn. Sie beobachtete, wie ihr Herzschlag sich allmählich verlangsamte. Ein paar Atemzüge lang musste sie nachdenken, wo sie war. Sie erinnerte sich an den Überfall, den grauenvollen Schmerz im Arm. Ängstlich versuchte sie, ihn zu bewegen. Er steckte in einer Schlinge, aber sie konnte die Finger bewegen, die Hand auf- und zumachen. Vor Erleichterung hätte sie beinahe angefangen zu weinen. Die Infusionsflasche hatte man abgenommen. Sie hätte gerne die Uhrzeit gewusst. Neben sich hörte sie ein friedliches, sattes Brummen. Vorsichtig drehte sie den Kopf. Er tat ein bisschen weh, vielleicht von den Träumen, vielleicht auch von dem Schlag, den sie abbekommen hatte. Hauptkommissar Harduin Uttenreuther hatte sich einen Stuhl an die Wand geschoben und schlief, den Kopf gegen die Mauer gelehnt. Sein Gesicht schimmerte bleich in dem Dämmerlicht. Feine graue Bartstoppeln krabbelten stachelig über sein Kinn.

Er scheint Schlaf nötig zu haben, dachte Katinka. Verwundert dachte sie darüber nach, dass sie keine Schmerzen hatte. Sie fühlte sich unerwartet frisch und euphorisch. Wenn ein Telefon in ihrer Nähe gewesen wäre, hätte sie stundenlang telefonieren können. Ihr fiel ein, dass Tom morgen in Bamberg sein würde. Britta hatte bestimmt versucht, sie zu erreichen. Katinka war neugierig, wie sie mit den Filmen, die sie beide York abgeluchst hatten, vorankam, und welche Pläne sie schmiedete.

Unmöglich, wieder einzuschlafen. Wie aufgedreht ruckte sie im Bett hin und her. Sie rekapitulierte ihren Traum. Wie war sie nur auf den Teich gekommen. In den letzten Tagen hatte sie immer wieder die Szene vor sich gesehen, wie Jana aus dem Holzhofer Weiher kletterte, grün von Entengrütze. Was tat Jana in diesem

Teich. Warum hing Booz auf dem Staffelberg herum. Was für ein Wagen stand vor Katinkas Haustür. Welche mit Kopftuch und Sonnenbrille angetane Frau kaufte nachts ein Matchboxauto an einer Tankstelle.

Jana, immer wieder Jana. Ich habe kein Bild von Gwendolyn, deswegen denke ich an Jana, dachte Katinka. Endlich war ihr warm. Mit Entsetzen erinnerte sie sich an die Kälte in ihren Knochen, an das Blut, das aus ihrem Arm rann und ihren Pullover durchtränkte.

Jana, eine traumatisierte, labile junge Frau, der die geistige Existenzgrundlage entzogen worden war. Der Tod ihres Verlobten, ihrer großen Liebe, hatte ihr Leben durcheinandergewirbelt, so heftig, dass sie bisher noch nicht über den Verlust hinweggekommen war und sich selbst dabei immer mehr verlor. Jana, die behauptete, Booz zu lieben, aber deren Augen etwas anderes gesagt hatten. Jana, die über das Holzhofer Projekt nicht sprach, auch über ihre eigenen Pläne nicht, die Fragen abwimmelte mit ›Geheimnis‹ oder ›kein Kommentar‹. Katinka fiel ein, wie Booz sich beschwert hatte, dass Jana soviel unterwegs war – zu nachtschlafender Zeit. Es mochte sein, dass Booz Jana nachfuhr, wenn sie sich spät im Auto herumtrieb. Womöglich war er deshalb auf dem Staffelberg gewesen. Und womöglich verweigerte er bei der Polizei jegliche Aussage, weil er einen Verdacht hatte, der ihn aufwühlte, den er nicht wahrhaben wollte.

Janas Behauptung, nichts über Danis Verbleib zu wissen, war Katinka ehrlich erschienen. Sie mochte sich getäuscht haben. Während sie auf Hardos leises Schnarchen lauschte, surrten die Gedanken durch ihren Kopf. Janas Einschätzung von Danis künstlerischen Fähigkeiten, ihrer Selbstdisziplin. Das eigenartige Fax ohne Kennung. Der Zettel hinter dem Gauguin-Druck, in der von einem Loch im Jahr die Rede war.

Trauerten beide Frauen, Dani und Jana, in einer Art Rivalität um Livio? Die Schwester und die Verlobte? Dani hatte ihr im Hainbad geschildert, dass sie immer zur Quelle des Flusses schaute. Katinka hatte sich nichts darunter vorstellen können. Doch nun meinte sie, es richtig zu interpretieren. Dani wollte sehen, wo die Dinge herkamen. Das interessierte sie mehr, als die Frage, wo alles enden würde.

Schlagartig kam Katinka das Telefonat mit Gabriële Haussmann aus Straßburg in den Sinn. Dani hatte noch keine genauen Informationen zum Motto ihrer Ausstellung im Internet haben wollen. Konnte Gwendolyn überhaupt wissen, dass ihre Ideen in Danis Kopf weiterleben sollten?

Katinkas Gedanken wurden von Sekunde zu Sekunde klarer. Sie sah das ganze Bild vor sich. Selbst Danis Reise nach Wien passte dazu, der Kontakt, den sie zu Ignaz Palfy gesucht hatte, und die Weigerung ihres Vaters, über Danis Ängste zu sprechen.

Ganz leise richtete Katinka sich auf. Ein bisschen schwindelig fühlte sie sich, als sie aufstand, aber ansonsten ganz normal, beinahe ausgeruht. Nur der verbundene Arm in der Schlinge fühlte sich fremd an. Auf Zehenspitzen tappte sie ins Bad. Dort lag ein Plastikbeutel auf einem Hocker. ›Patienteneigentum‹ stand darauf. Das ist wie Weihnachten, dachte Katinka, als sie den Beutel mühsam mit nur einer Hand öffnete und ihre Sachen herausholte.

Ihr T-Shirt war zerrissen. Auch der Pullover. Beide Kleidungsstücke waren durchtränkt von Blut. Katinka warf sie schnell auf den Boden. Jeans und Schuhe sahen feucht und verdreckt aus, waren aber einsatzfähig. Entschlossen wickelte Katinka das Krankenhausnachthemd fest um sich, um den Schlitz auf dem Rücken zusammenzuhalten, und zog ihre Jeans an. Schnürsenkel mit nur einer Hand zu befestigen, stellte eine besondere Herausforderung dar, sie musste die Finger des verbundenen Armes zu Hilfe nehmen. Sie fand ihre Schlüssel, den Geldbeutel. Jedes Stück ihres persönlichen Besitzes machte sie glücklich. Dankbar nahm sie ihre Armbanduhr heraus. Sie hielt sie sich dicht vor die Augen. Sie würde Zeit haben. Zeit, zu erledigen, was zu erledigen war und hierher zurückzukehren. Mit ein wenig Glück würde keiner etwas merken.

Im Nachhinein sagte sie sich, dass sie mit voller Absicht an diese Täuschung hatte glauben wollen. Vor Euphorie und Seligkeit darüber, dass ihr Arm wieder heilen würde, dass sie den Fall gelöst hatte, dass sie Danis Tod aufklären konnte. Sie hatte nicht wirklich damit gerechnet, unerkannt für ein paar Stunden verschwinden zu können. Sie wusste im Grunde um den Wahnwitz dieser Aktion, aber sie wollte ihre Zweifel gerade im Moment nicht wahrhaben. Tom meinte später, es habe an den Medikamenten gelegen, die man ihr gegeben hatte, und die ein paar wesentliche Bestandteile ihrer Vernunft außer Kraft gesetzt hatten. Sie schlich aus dem Bad. Hardo schlief. Seine Lederjacke lag neben ihm. Katinka flüsterte ein ›Entschuldigung‹, hängte sich die Jacke über die Schultern, legte die Hand auf die Klinke und huschte auf den Gang. Es war 0 Uhr 2, Donnerstag, der 17. Juni 2004.

18. Feuermal

Der Schreck fuhr ihr so heftig in die Glieder, dass sie zurückprallte. Auf dem Flur saß Polizeimeisterin Kerschensteiner auf einem Stuhl, in Zivil, mit einem Buch in der Hand. Sie sah auf, als die Tür leise zufiel.

»Frau Palfy!«, rief sie halblaut und ließ das Buch sinken.

Katinka starrte sie an, bass erstaunt. Sie trug Jeans und darüber ein weißes Hemd. Der Gürtel mit Pistole, Handschellen und Pfefferspray wollte nicht recht dazu passen.

»Frau Kerschensteiner«, sagte Katinka leise. »Was machen Sie denn hier!«

»Freundschaftsdienst für den Chef«, sagte Sabine Kerschensteiner. »Und Bewachung für Sie.«

»Aber … er sitzt im Zimmer und …«

»Ich glaube, er hat einfach Bedenken, dass Ihnen etwas zustoßen könnte. Wir können keine Leute mehr abstellen, diese Raubgeschichte geht über unsere personellen Kräfte.«

»Sie sitzen also in Ihrer Freizeit hier?«, flüsterte Katinka. Irgendwo am Ende des Ganges hörte sie Stimmen.

»Genau!«, bestätigte Sabine lächelnd. »Wollen Sie abhauen?«

Katinka lehnte sich gegen die Wand. Sie brauchte geschlagene fünfzehn Minuten, um Sabine Kerschensteiner von ihrem Vorhaben zu überzeugen.

»Hardo wird nichts mitkriegen. Bis er wach wird, sind wir längst zurück. Inklusive Täter.«

Sabine sah sie zweifelnd an. Katinka zog triumphierend Hardos Autoschlüssel aus der Jackentasche. »Er kann uns gar nicht hinterher.«

Sie verließen die Klinik und gingen zum Parkplatz. Hardos Golf war leicht zu finden. Sabine setzte sich ans Steuer.

»Wir müssen zu meinem Auto, ich brauche meine Waffe!«, sagte Katinka.

»Sie wollen damit aber nicht sagen, dass Ihre Waffe vollkommen ungesichert in einem auf der Straße abgestellten Wagen rumliegt?«, fragte Sabine mit ihrer Polizistinnenstimme.

»Doch«, gab Katinka zurück.

Die nächtliche Stadt lag friedlich vor ihnen. Sabine steuerte Richtung Zentrum, sie rollten den Kaulberg hinunter. Späte Kneipengänger waren auf dem Weg nach Hause. Katinka dachte an Hardo, der im Klinikum in der denkbar unbequemsten Position eingeschlafen war. Sie hatte ein bisschen Mitleid mit ihm. Dachte an die Polizistin neben ihr, die ihren dringend notwendigen Schlaf opferte. Schnell lenkte sie ihre Gedanken auf das Bevorstehende. Betastete den Verband am Arm. Sie hatte immer noch keine Schmerzen und wunderte sich darüber. Bis auf ein leichtes Schwindelgefühl schien alles in Ordnung.

An der Nonnenbrücke hielt Sabine. Katinka lief hinaus, schloss Toms Auto auf und griff nach dem Holster mit ihrer Waffe. Sie würde es nicht befestigen können. Normalerweise trug sie es unter der linken Schulter. Schnell entschlossen riss sie die Schlinge weg. Ihr Arm war nun wieder frei beweglich. Er fühlte sich immer noch ein bißchen taub an. Katinka schnallte das Holster fest. Der gewohnte Druck der Waffe gab ihr das Gefühl von Normalität zurück. Daran änderte auch der dicke Verband am Arm nichts und ebensowenig das Nachthemd, das sie unter Hardos Lederjacke trug. Gerade noch rechtzeitig dachte sie an das kleine Aufnahmegerät und schob es in die Tasche.

»Booz ist übrigens auf freien Fuß gesetzt worden«, sagte Sabine Kerschensteiner. Katinka fuhr sich durchs Haar. Das machte die Sache komplizierter. Er würde in Holzhof sein. Damit stand es drei gegen zwei.

Sie fuhren schweigend aus Bamberg hinaus. Am Berliner Ring kamen ihnen zwei Streifenwagen entgegen. Katinka bemerkte Sabines Anspannung.

»Frau Kerschensteiner«, sagte sie, »ich übernehme das hier auch alleine, wenn ich Ihnen damit den geringstmöglichen Ärger mache.«

»Vergessen Sie's. Diesen Ausflug kann ich überleben, aber wenn ich Uttenreuther beichten muss, dass ich Sie alleine in ein solches Himmelfahrtskommando ziehen ließ, bringt er mich um.«

Katinka grinste. Sie sah aus dem Fenster und ließ die verschwommenen Bilder an sich vorbeiziehen. Wie auf einem modernen Kunstwerk, dachte sie. Alles verwaschen, unscharf, verzerrt und irgendwie farblos. Sie philosophierte ein wenig darüber, dass die Nacht die Farben schluckte. Hardo hatte Tom angerufen. Seine Fürsorge kannte wahrlich keine Grenzen. Sie freute sich, Tom zu sehen. Endlich würden sie klären, was zu klären war. Ein unangenehmes Ziehen im Magen verriet ihr, dass der bevorstehende Husarenritt sie nervös machte. Außerdem wusste sie schon nicht mehr, wann sie zuletzt etwas gegessen hatte.

Sie bewegte sachte ihren linken Arm. Es funktionierte. Für einen kurzen Moment fürchtete sie sich davor, die Narbe zu sehen. Jetzt durfte sie nicht daran denken. Sie und Sabine Kerschensteiner mussten diese Geschichte erledigen. Dann würde Zeit sein für alles andere. Für Danis Beerdigung zum Beispiel.

»Ist Danis Leiche schon freigegeben?«, fragte sie.

»Ich weiß nicht«, murmelte Sabine Kerschensteiner.

Katinka kniff die Augen zusammen. Ihr fiel ein, dass ihr Handy kaputt war.

»Haben Sie ein Handy?«

»Nein, leider nicht. Zu teuer.«

Katinka nickte. Sie wusste, dass Polizisten, genauer gesagt Polizeimeister, nicht besonders viel verdienten.

»Ich sehe so schlecht!«, sagte sie. »Steht auf dem Schild da vorne ›Holzhof‹?« Ohne Brille fühlte sie sich eingesperrt zwischen Wänden, die nah und näher auf sie zurückten.

»Ja.«

»Dann müssen wir gleich danach rechts abbiegen.«

Sabine Kerschensteiner hielt bei der Weggabelung. Sie griff nach der Taschenlampe, die Hardo in der Fahrertür aufbewahrte. »Ich übertrete ungefähr zwanzig Gesetze im Augenblick. Vielleicht auch mehr.«

Katinka sah sie an und sagte: »Ich möchte Sie nicht zwingen. Wirklich nicht. Wenn Sie wollen, fahren Sie zurück.«

»Nichts da.« Sabine Kerschensteiner öffnete den Sicherungsknopf am Pistolenholster.

Katinka atmete tief ein. Die Nacht war milder, als sie gedacht hatte. Ein leichter Wind bewegte das Gras auf den Rainen. Sie gingen leise nebeneinander her auf den Gutshof zu. Alles lag dunkel. Im Finstern störte die Kurzsichtigkeit weniger. Katinka spürte ihr Herz gegen ihre Rippen klopfen. Was mein armer Körper heute alles erleidet, will ich lieber nicht so genau wissen, dachte sie. Sobald das alles vorbei ist, tue ich ihm nur Gutes.

Sie standen am unteren Ende des Haupthauses. Kein Fenster war erleuchtet. Weiter hinten parkte der Geländewagen. Katinka wies auf den Stall, in dem sie Jana getroffen hatte.

»Dorthin zuerst?«, fragte Sabine. Katinka nickte. Sie zogen die Waffen und schlichen über den Hof, am Teich vorbei.

Die Stalltür stand angelehnt. Verwundert trat Katinka ein, Sabine dicht hinter sich. Sie machten kein Licht. Im Vorraum warteten sie eine Weile, dann drückte Sabine die Klinke der zweiten Tür.

»Hallo!«, rief Sabine. »Ist da jemand?«

Ihre Stimme hallte in dem riesigen Raum und schwappte von den Wänden zurück. Der Lichtstrahl der Lampe wanderte durch den Stall, brach sich an den mannshohen Holzblöcken. Unheimliche Schatten krochen auf sie zu.

»Hallo!«, rief Sabine noch einmal. Sie wandte sich nach rechts, Katinka ging links entlang. Sie suchten den ganzen Raum ab. Nichts.

Katinka musterte den Schrank, aus dem sich Jana vor kurzem neue Anziehsachen geholt hatte. Sie blickte hinein. Nichts. Er war leer. Das hat nichts zu bedeuten, redete Katinka sich ein.

Ein Geräusch drang zu ihnen. Eine Tür schlug. Die Tür zum Vorraum.

Sofort löschte Sabine die Taschenlampe. Katinka duckte sich hinter einen der Holzklötze. Sie verlor Sabine aus den Augen. Dann flammte Licht auf. Die Deckenleuchte war nicht besonders hell, aber Katinka konnte Jana an ihrer Statur und der Art ausmachen, wie sie sich bewegte.

»Jana!«, rief sie und trat hinter dem Holzklotz hervor. Sie richtete die Pistole auf Jana und tastete nach dem Einschaltknopf des Aufnahmegeräts in ihrer Tasche.

Jana schrie auf.

»Sie müssen ziemlich überrascht sein«, sagte Katinka. »Sie haben ja damit gerechnet, dass ich um diese Zeit schon verblutet bin, stimmt's?«

Jana drehte sich um und spurtete zur Tür, aber Sabine verstellte ihr den Fluchtweg. Unsanft landete Jana auf dem Boden. Sabine fesselte ihr die Hände auf den Rücken.

Das ging schnell, dachte Katinka. Zu schnell. Und zu einfach.

»Lassen Sie mich in Ruhe«, schrie Jana wütend.

»Immer mal langsam. Wo steckt Booz?«, fragte Katinka.

Jana starrte sie wütend an und schwieg.

»Warum?«, fragte Katinka weiter. »Warum haben Sie Dani umgebracht?«

Auf Janas Gesicht spiegelten sich Schock und Panik.

»Ich kann Ihnen sagen, warum«, sagte Katinka. »Sie haben es nicht ertragen, dass das erfolgreiche Team aus Livio, Dani und Jana eindeutig Vergangenheit war. Sie wollten Dani dazu bringen, weiterhin mit Ihnen zusammen auszustellen, nicht wahr? Aber Dani weigerte sich. Sie wollte alleine vorankommen. Jana Dorell wäre ein Klotz am Bein von Dani Zanini gewesen, habe ich recht?«

Jana wehrte sich wie wild gegen die Handschellen. Sie schrie wütende Beschimpfungen gegen Sabine und Katinka und trat mit den Füßen nach ihnen. Die beiden warteten, bis sie sich beruhigt hatte.

»Sie haben mit den Käfermorden angefangen, um Booz zu beeindrucken«, fuhr Katinka fort. »Sie wollten ihm beweisen, wie gut Sie sind. Dass Sie sogar seine eigene Unverfrorenheit zu übertreffen wissen. Autos stehlen und mit Samuraischwertern durchbohren können.«

»Ich will eine Zigarette«, schnauze Jana.

»Später. Sie wollten, dass Dani sich Ihnen und Booz anschließt. Aber Dani hatte nicht die leiseste Absicht, das zu tun. Dani war zu rational für den Quatsch, den Sie und Booz als Kunst verbraten.«

Katinka hob den Kopf und lauschte. Sie meinte, ein Geräusch zu hören, von draußen. Etwas Leises, Sanftes. Sie sah Sabine an. Die ging zur Tür und trat hinaus. Katinka konnte erkennen, wie sie sich vor dem Stall umsah, angespannt in die Dunkelheit spähte.

»Sie bewunderten Dani«, machte Katinka weiter. »Ihre Disziplin, ihre Fähigkeit, nach Plan zu arbeiten und das zu erreichen, was sie sich vorgenommen hatte. Aus der Bewunderung wurde Neid und schließlich Hass.«

»Ich will eine Zigarette.«

»Wo ist die Schachtel?«

»In meiner Tasche.«

Katinka griff in Janas Hosentasche und förderte eine zerknüllte Packung und ein Feuerzeug zutage.

Sie steckte Jana eine Zigarette zwischen die Lippen und gab ihr Feuer.

»Machen Sie mir die Hände frei.«

»Pustekuchen«, gab Katinka zurück. »Sie haben Dani unter Druck gesetzt. Sie haben sie erpresst. Was hatten Sie gegen Dani in der Hand?«

Jana grinste. Die Zigarette fiel ihr aus dem Mund. Katinka blieb, wo sie war. In ihrem linken Arm setzte ein feines Pulsieren ein. Sie achtete nicht darauf.

»Geben Sie mir die Zigarette zurück.«

»Ich denke nicht daran«, sagte Katinka. Sie zerdrückte die Kippe mit der Ferse. Außer sich vor Zorn trat Jana nach Katinka. Katinka wich aus und zog sich wieder zurück.

»So wird nichts draus«, sagte sie ruhig. Sie tastete nach ihrem Arm. Auf Janas Lippen tänzelte ein hämisches Grinsen.

»Könnte es sein, dass Sie Dani Plagiierung unterstellt haben? War das die Methode Ihrer Wahl? Dani in Künstlerkreisen unmöglich zu machen? Ihr so den Erfolg zu nehmen? Nicht durch sachliche Kritik, sondern einfach durch unfaires Agieren?«

»Sie hätte sich freikaufen können«, brummte Jana. »Ich habe ihr einen Handel angeboten. Drei Blütenskulpturen für meine nächste Installation. Mehr nicht.«

»Wieso freikaufen?«

Sabine kam zurück, blieb neben der Tür stehen und schüttelte kaum merklich den Kopf.

»Sie wollte doch immer auf eigenen Füßen stehen«, antwortete Jana. »Ohne Livios Einsatz hätte sie sich schon vorher isoliert, von uns abgewandt. Sie wollte immer alles alleine machen. Hat sich nicht dafür interessiert, wie es gemeinsam lief. Sie war einfach nicht teamfähig.«

»Neulich haben Sie mir aber was anderes erzählt.«

»Wissen Sie, wie das ist, wenn man aus seinem eigenen Leben gekippt wird? Wissen Sie, wie das ist, wenn jemand stirbt?«, begehrte Jana auf. »Plötzlich sind Sie in eine befremdliche Welt gestoßen worden. Mit Regieanweisungen, die Sie sich nicht selbst ausgedacht haben.«

»Geht uns das nicht allen so?«, fragte Katinka. Das Pulsieren in ihrem Arm wurde stärker. Sie fühlte sich schwindelig. »Was ist da auf dem Staffelberg passiert?«

»Sie weigerte sich. Sie hätte keine Kapazitäten frei, um mir meine Blütenplastiken zu machen. Tja. Da stand ich dann da.«

»Dani hat ...«

»Verdammt, kennen Sie Dani überhaupt? So eine selbstgerechte, herablassende Person finden Sie nicht nochmal auf der Welt. Vom Erfolg großkotzig geworden. Total arrogant. Sie hat ja ihr Geld verdient. Mit den Ideen, die sie anderen geklaut hat.«

»Das stimmt nicht«, sagte Katinka. »Diese angeblich geklauten Ideen, die sollten erst noch umgesetzt und weitergedacht werden. Für die Ausstellung in Straßburg.«

Janas Augen blitzten.

»Ich hätte den Mund gehalten. Für drei dumme Gipsskulpturen. Aber Frau Zanini, die obercoole Begabung, musste ja Sie bestellen. Als Begleitschutz.«

Katinka atmete tief durch.

»Daniela Zanini hat Ihnen bei dem Treffen auf dem Staffelberg erzählt, dass noch jemand kommen sollte, war das so?«, mischte sich Sabine ein. »Eine Zeugin. Eine Beschützerin.«

Jana sah die Polizistin wütend an.

»Ich will eine Zigarette.«

»Sie drehten durch. Sie stritten sich, schlugen Dani einen Stein auf den Kopf. Dani brach zusammen. Sie schleiften sie über den Felsrand und stürzten sie hinunter. Dani blieb bewusstlos auf dem unteren Felsen liegen. Zuvor hatten Sie beim Querkelesloch ein Schwert versteckt. Sie holten es, legten sich auf den Felsrand, gesichert mit einem Seil, das Sie ebenfalls mitgebracht hatten. In den Felsen am Plateau sind überall Kletterhaken eingelassen. Sie sind doch eine geübte Bergsteigerin, oder?«

Jana starrte Sabine an. Ihr Erstaunen konnte sie nicht verbergen.

»Auf diese Weise haben Sie zwei Fliegen mit einer Klappe geschlagen«, übernahm Katinka. »Sie waren Dani los, und Sie konnten vor Booz punkten – mit einer absolut irrsinnigen … Installation … oder wie immer Sie das nennen.«

»Wusste Booz davon?«, fragte Sabine. »Er war auf dem Staffelberg in jener Nacht.«

»Nein!«

»Er hat Sie tatsächlich nicht erkannt?«

»Zigarette«, knurrte Jana.

Katinka schob ihr die letzte zwischen die Zähne und hielt ihr das Feuerzeug hin. Jana nahm einen tiefen Zug.

»Sie hätten ja doch keine Ruhe gegeben«, blaffte sie Katinka an. Die Zigarette tanzte in ihrem Mundwinkel herum. »Nachdem Sie mir gesagt hatten, dass Sie Dani vermissten, war mir klar, dass ich Sie loswerden muss.«

»Und Sie haben gedacht, das kriegen Sie hin, indem Sie mich in dieses Verlies einsperren und mir ein Küchenmesser in den Arm rammen?«, fragte Katinka. Ihre Stimme wurde schrill. Sie lehnte sich gegen einen Holzblock und rutschte auf den Boden.

»Dani hat immer gesagt, ich solle auf eigenen Füßen stehen. Sie konnte so sein. So selbständig. Aber ich nicht. Ich brauchte sie. Nur dieses eine Mal noch. Was wäre so schlimm daran gewesen, mir die Plastiken zu machen. So eine wie Dani hätte die in zwei Wochen gehabt. Oder in drei. Aber sie war so herzlos. Sie hatte Kraft wie ein Bär. Und hat immer wie selbstverständlich angenommen, dass alle anderen auch so stark sind wie sie. Sie hat meine Trauer um Livio nie verstanden. Meinte, ich könnte doch allmählich drüber wegkommen. Es hätte ja doch keinen Sinn, immer nur zu weinen und zu jammern. Man müsste was tun. Sie sagte: Du musst deine Kraft von dort herholen, wo du herkommst, nicht von dort, wo du hättest sein können, wenn dieses oder jenes geschehen oder nicht geschehen wäre.«

Katinka erinnerte sich an Dani, wie sie den Fluss hinaufgeblickt und gesagt hatte: ›Ich schaue immer zur Quelle.‹

Jana ließ den Rauch aus den Nasenlöchern entweichen. Zusammengekrümmt und mit gefesselten Händen auf dem Boden sitzend, sah sie aus wie ein gestrandeter Drache.

Katinka hob den Kopf. Sie meinte, ein Geräusch zu hören. Auch Jana lauschte.

»Was ist das?«, fragte Sabine mit angehaltenem Atem. Katinka bemerkte ein Grinsen auf Janas Lippen. Sie dachte den Gedanken nicht weiter. Später wurde ihr bewusst, was für einen Fehler sie da gemacht hatte. Aber sie war zu absorbiert von Janas Geschichte, dem Licht, das ins Finstere vordrang.

»Sie lieben Booz gar nicht, oder?«, fragte Katinka. »Er ist ein schlechter Ersatz für Livio. In Ihren Augen …«

»Ersatz? Booz ist ein Spinner. Er stinkt nach Shit. Er kifft sich die Birne weich. Niemals kann er an Livio herankommen.«

»Warum haben Sie sich mit ihm zusammengetan?«

Jana starrte vor sich hin.

»Er ist meine einzige Chance. Ohne ihn wäre ich nie mehr in die Szene reingekommen. Die Kunst ist erbarmungslos. Alle hassen sich. Jeder will geliebt und gelobt und gepriesen werden.«

»Was ist mit Petra Stein?«, fragte Katinka.

»Petra? Ach so, Gwendolyn. Tja, die hatte halt einfach Pech.«

Jana schloss für einen Moment die Augen. Dann sprang sie unvermittelt auf und raste zur Tür, gewandt und schnell trotz ihrer gefesselten Hände. Sabine erwischte sie bei den Schultern, aber Jana riss sich los und rannte hinaus.

»Los!«, brüllte Katinka. Sie stand auf, kämpfte gegen den Schwindel an und lief Sabine hinterher.

Sie erreichten den Vorraum. Jana war schon draußen. Katinka schnappte nach Luft. Eine Feuerwand stieg vor ihnen auf. Beißender Benzingestank drang herein.

»Verflucht«, schrie Katinka. Sie sah Jana irgendwo schemenhaft hinter den tanzenden Flammen davonrennen. Das Geräusch von vorhin. Jana, die unbedingt eine Zigarette wollte.

»Da hat jemand Benzin ausgeschüttet«, schrie Katinka.

Sie taumelte von dem Gestank und der Hitze. Entsetzt beobachtete sie, wie rund um das Stallgebäude die Flammen aufloderten. Es gab nichts, wovor sie mehr Angst hatte als vor dem Sterben im Feuer. In Schockstarre lehnte sie sich gegen den Türrahmen. Das Atmen ging schwer. Ihre Beine zitterten.

»Wir müssen hier raus!«, brüllte Sabine ihr ins Ohr. »Los! Wir versuchen's auf der anderen Seite!«

Sie zog Katinka in den großen Raum zurück, riss das hintere Fenster auf. Katinka tappte ihr hinterher.

»Mach schon!«, schrie Sabine. Ihre Stimme überschlug sich. Die Flammen waren hoch, aber noch nicht zu hoch. Sie hatten ein paar Sekunden. Katinka starrte voller Entsetzen in das flackernde Licht. Sabine packte sie am Ellenbogen.

»Spring! Das geht!«

Katinka konnte nicht. Sie wusste, dass sie einen Fehler machte. Aber sie konnte nicht. Die Hitze schlug ihr ins Gesicht und raubte ihr den Atem. Sie verkroch sich so tief es ging in Hardos Jacke.

»Spring!«, hörte sie Sabine noch einmal schreien. Den Stoß spürte sie zuerst, dann die enorme Hitze. Sie landete auf Gras. Sabine fiel über sie.

»Renn!«

Sie stürmten beide los, weg von dem Stall. Sie hörten Explosionen, Krachen, Beben, Splittern. Irgendwann fiel Katinka auf den Boden, spürte Sabine neben sich.

Das alte Stallgebäude stand in Flammen.

»Puh, das war knapp«, stöhnte Sabine.

Katinka wischte sich übers Gesicht und fragte

sich, ob sie noch Wimpern, Augenbrauen und Haare hatte.

Vom Wohnhaus her hörten sie Motorengeräusch.

»Die hauen ab!«, schrie Katinka.

Sie sprang auf. Sabine auf den Fersen rannte sie in einem weiten Bogen um den lichterloh brennenden Stall herum. Sie klaubte die Waffe aus dem Holster. Die unscharfen Bilder verursachten ihr Übelkeit. Ein Wagen jagte mit aufgeblendeten Scheinwerfern vom Hof.

»Katinka, pass auf!«, schallte Sabines Stimme aus der rötlich leuchtenden Dunkelheit. Der schwarze Geländewagen brauste direkt auf Katinka zu. Sie sprang weg, landete mit den Beinen im Teich und warf sich auf die Uferböschung. Zielte auf die Reifen und schoss. Zweimal. Dreimal. Viermal. Automatisch zählte sie mit. Sie hatte 15 Patronen. Das Getacker der Schüsse ging unter in einem ohrenbetäubenden Brausen, als das Stallgebäude in sich zusammenstürzte. Auch das zweite hatte Feuer gefangen. Die Hitze war kaum zu ertragen. Katinka meinte, ihre Haut würde platzen.

»Sabine!«, brüllte sie, hustend von dem beißenden Qualm. Sabine musste irgendwo links neben ihr liegen. Der Geländewagen schlingerte und kam zum Stehen. Katinka sprang auf. Sie raste auf das Auto zu, Sabine dicht hinter sich.

»Ich übernehme Booz«, schrie Katinka. Booz stieg aus dem Wagen. Er drehte sich um, sein Gesicht beleuchtet von der Röte des Feuers. Der zweite Stall brannte. Katinka konnte Booz' entsetzte Grimasse erst erkennen, als sie dicht vor ihm stand.

»Umdrehen«, keuchte sie. »Beine auseinander. Hände aufs Dach.«

Sie tastete ihn ab. Er trug nichts bei sich. Nicht einmal eine Brieftasche. Sabine hatte Jana vom Beifahrersitz gezerrt. Sie blutete am Kopf. Ungerührt zückte Sabine ein zweites Paar Handschellen und fesselte Booz und Jana aneinander.

»Türmen ist sinnlos«, sagte sie mit zusammengebissenen Zähnen.

»Mit diesem Arschloch haue ich sowieso nicht ab!«, presste Jana hervor.

Hinter ihnen flackerte das Feuer auf. In glühendem Orange hoben sich die brennenden Dachbalken von der Dunkelheit ab. Die alten Gebäude bestanden größtenteils aus Holz und brannten wie Zunder.

»Wo steckt eigentlich York?«, fragte Katinka.

»Wenn er zu Hause ist …«, fing Booz an.

»… dann hat er sich zugesoffen. Wie jeden Tag. Und jede Nacht«, warf Jana ein.

Katinka drehte sich um und rannte. Sie machte einen großen Bogen um den Teich und erreichte das letzte Stallgebäude. Gerade war sie dem Tod entkommen. Es würde ein Leichtes sein, es nochmal zu schaffen. Sie rüttelte an der Türklinke. Verschlossen. Sie schrie nach York. Alles blieb ruhig. Die Hitze oder vielleicht auch der Rauch machten sie schläfrig. Katinka kämpfte sich um den Stall herum, dorthin, wo sie vor wenigen Tagen in den Brennnesseln gestanden und Mozartklängen gelauscht hatte. Hier war es kühler. Sie atmete ein paarmal tief durch und hämmerte mit den Fäusten gegen eines der Fenster.

»York!«, brüllte sie.

Ihre Stimme ging im Prasseln des Feuers unter. Der leichte Wind fachte den Brand noch weiter an. In Panik sah sie sich um, schnappte sich ein Stück halb verfaultes

Holz und rammte es gegen die Fensterscheibe. Mit ein paar zornigen Hieben stieß sie die verbliebenen Scherben weg und stemmte sich hoch. In ihrem verletzten Arm gab es einen Ruck. Kein Schmerz, nur ein eigenartiges Gefühl. Katinka achtete nicht darauf, sondern kletterte in das Zimmer. Ein unglaubliches Durcheinander empfing sie. Fotoutensilien, teuer aussehend, lagen überall herum. Über allem schwebte der Gestank nach Alkohol, nach leeren, unverschraubten Flaschen. Katinka hielt sich die Nase zu.

»York!«

Der zweite Stall brach ein. Irgendetwas flog gegen die Wand des Gebäudes, in dem sie stand. Sie zuckte zusammen. Ihr Arm begann gegen die rüde Behandlung zu protestieren. Ein feiner, brennender Schmerz meldete sich.

»York, verdammt!«

Er lag auf dem Sofa, in Unterhosen und Socken, und schnarchte. Sein Gesicht wirkte aufgedunsen, er roch nach Schnaps. Das Lockenhaar klebte verschwitzt an seinem Kopf. Abgesehen von seiner Modelfigur sah er im Augenblick nicht nach Adonis aus.

»York!«

Don Juan schlief mit der Unschuld eines Kindes. Katinka rüttelte ihn hin und her.

»York! Es brennt! Sie müssen hier raus! Los!«

Er brummelte im Schlaf und murrte: »Lasst mich doch alle in Ruhe.«

»Ruhe ist heute Nacht nicht mehr«, blaffte Katinka ihn an. »Raus mit dir, Knabe!« Sie fragte sich, warum sie hier stand, in einem Gebäude, das jeden Moment in Flammen aufgehen konnte, und versuchte, einen Besoffenen zur Vernunft zu bringen.

»Feuer!«, trompetete sie ihm in die Ohren. »Du liegst mitten auf dem Grill, Mann!«

Sie griff nach einer Flasche Whiskey neben Yorks Schlafstatt und schüttete sie ihm ins Gesicht. Ein paar kräftige Ohrfeigen rissen ihn endlich hoch. Er taumelte ihr nach, durch die Eingangstür nach draußen. Das Feuer leckte schon an den Wänden. Katinka steckte ihre Nase in den Ausschnitt des Nachthemds und zerrte York hinter sich her.

Sabine Kerschensteiner wartete schon auf sie. Bei Yorks Anblick musste sie unwillkürlich lachen.

»So kann's gehen«, sagte sie. Sie zog sich Yorks Arm über die Schultern und schleppte ihn zu Hardos Golf.

»Haben Sie kein Handy?«, fauchte Katinka Booz an.

»Nein.«

Katinka lief zum Wohnhaus. Die Tür stand offen. Sie schnappte sich das Telefon und wählte 110. Man sagte ihr, dass die Feuerwehr sofort benachrichtigt würde. Sie atmete tief durch und wählte Hardos Nummer. Noch beim ersten Klingelton antwortete er.

»Uttenreuther?«

»Hardo, ich …«

»Palfy! Himmelherrgott, wo stecken Sie!«

»In Holzhof. Sind Sie aufgewacht?«

»Allerdings. Und Sie und Kerschensteiner …«

»Wir haben die Täterin«, sagte Katinka und konnte den siegesgewissen Unterton nicht unterdrücken. »Vergessen Sie Gwendolyn. Wir sind in Holzhof, können Sie kommen?«

»Sie machen mich wahnsinnig, Katinka!«, grollte Hardo. »Eines sage ich Ihnen: Wenn ich Sie lebend in die Finger kriege, mache ich Bolognesesoße aus Ihnen!«

»Nur zu«, sagte Katinka. »Ich lebe so eben noch. Aber schonen Sie Sabine.«

»Ich bin gleich da.«

Katinka legte auf und trat auf den Hof. Funkensalven sprühten in den Himmel. Wie ein mächtiges Feuerwerk explodierten die alten Stallungen vor ihren Augen. Glühend rot und orange sprühte Gischt aus Licht durch die Nachtluft. Mit ihren kurzsichtigen Augen sah sie die Funkenschweife noch dramatischer, wie die Pirouetten eines tobenden Kometen. Der beißende Qualm machte Katinka apathisch. Sie hatte alles erledigt. Verträumt und erschöpft fiel ihr Blick auf den Teich.

Jana im Teich.

Sie lief los und watete ins Wasser. Die Kälte brach sich mit der unglaublichen Hitze, die durch die Luft flirrte. Balken krachten zu Boden. Glühende Holzteile wurden herumgewirbelt. Der Wind wehte genau in Katinkas Richtung. Etwas Klobiges flog knapp an ihrem Kopf vorbei. Hustend vom Rauch umrundete sie das merkwürdige Entenhäuschen. Sie tastete in die Tiefe, ohne zu wissen, was sie suchte. Wieder wurde ihr schwindelig. Schwankend versuchte sie, Halt zu finden in dem morastigen Boden. Ihre Hände bekamen eine Kette zu fassen. Sie hangelte sich daran entlang. Stolperte. Fiel beinahe hin. Ihr kam die Wunde in den Sinn. Erschrocken riss sie den Arm hoch.

»Halt!«, kam es warnend von hinten.

Katinka wandte sich um.

»Ich mache das«, sagte Sabine und watete zu ihr hinüber. Katinka fiel erst jetzt auf, wie rußig die Polizistin aussah. Wie ich auch, dachte sie und hätte gerne gelacht. Zwei Schornsteinfeger auf geheimer Mission im Entenweiher.

»Ich weiß nicht genau, was wir suchen«, keuchte Katinka. Ihre Lungen wehrten sich gegen den beißenden Rauch. »Irgendwas ist hier. Etwas, das Jana versteckt hat.«

Sabine brauchte nicht lange. Sie löste die Kette. Vor ihren Augen stieg eine Plastiktonne an die Oberfläche, hell, blendend beinahe in der eigenartig rötlichen Dunkelheit. Geruhsam schaukelte sie auf dem Wasser. Sabine Kerschensteiner klemmte sie sich unter den Arm und watete zurück ans Ufer. Mit der freien Hand zog sie Katinka hinter sich her. Ein Stück Balken krachte donnernd neben ihnen auf die Uferböschung.

»Die Wunde kann sich infizieren. Du solltest mal überlegen, bevor du handelst«, sagte sie gereizt zwischen zwei Hustenattacken.

»Ich wollte sowieso schon lange vorschlagen, dass wir uns duzen«, grinste Katinka, während sie den Staub von ihren Lidern wischte. Die Hitze des Feuers wurde ihr unerträglich. Sie schlüpfte aus Hardos Lederjacke. Ihr Blick fiel auf ihren Arm. Der ehemals blaue Ärmel des Nachthemds war nun schwarz, und ein hellroter Fleck breitete sich darauf aus. Er wurde größer, und sie spürte die Nässe und die Wärme ihres eigenen Blutes. Es war 3 Uhr 17, Donnerstag, der 17. Juni 2004.

19. Ein Loch im Jahr

Die drei Stallgebäude brannten bis auf die Grundmauern nieder. Fasziniert beobachtete Katinka die vollkommene und gründliche Vernichtung. Sie bemerkte kaum die Feuerwehrautos, achtete nicht auf die Kommandos, das Geschrei und den Lärm. Ein erster Streifenwagen war zur Verstärkung angerückt, der Van der Kriminaltechnik kam auf den Hof gefahren. Sabine übergab Booz, Jana und York an ihre Kollegen, dann kam sie zu Katinka.

»Das Haus können sie wohl retten«, sagte sie. »Es steht ja weit genug weg. Aber die Stallungen sind hin. Da fackelt ein ganzes Denkmal ab.«

Sie sahen zu, wie die Techniker die Tonne öffneten. Katinka fühlte ein unangenehmes Summen in ihrem Arm.

»Sieh an«, sagte Fleischmann. Sein krötiger Gesichtsausdruck machte einem Grinsen Platz. Er förderte vier Autoschlüssel zutage, ein Notizbuch, ein paar zusammengefaltete Papiere, einige Fotos, eine CD und die Speicherkarte einer Digitalkamera.

»Die wollen wir uns doch gleich mal ansehen«, erklärte Fleischmann leutselig. »Ist Uttenreuther schon da?«

Sabine schüttelte den Kopf. Unter der schwarzen Rußschicht sah sie blass aus.

»Die Rechnung geht auf mich«, sagte Katinka leise

zu ihr. Sie zogen sich ins Wohnhaus zurück. Katinka setzte sich auf die Küchenbank, legte Hardos Jacke beiseite und betrachtete wie in Trance den Blutfleck auf ihrem Arm. Immer noch spürte sie kaum Schmerzen, nur ein sanftes Pulsieren, wie eine verhaltene Massage. Sie überlegte, ob es sinnvoll wäre, den Verband einfach abzuwickeln, aber sie traute sich nicht. Sie war sich nicht sicher, ob sie den Anblick einer frisch genähten und vermutlich ziemlich dreckigen Wunde aushalten konnte.

»Warum eigentlich vier Autoschlüssel?«, fragte Sabine. »Es wurden doch nur drei Käfer aufgespießt.«

»Ich schätze, der vierte ist der von Danis Wagen«, murmelte Katinka.

Sabine stand gegen die Spüle gelehnt da und betrachtete die nassen Flecken auf dem Küchenboden, die sie mit ihren triefenden Schuhen und Hosen hinterlassen hatten.

»Du hättest Uttenreuther mal erleben sollen, als wir heute Abend die Reste deines Handys in der Molitorgasse fanden«, seufzte sie, während sie ein Geschirrtuch befeuchtete und sich das schwarze Gesicht abwischte. »Er war vollkommen außer sich. Er brüllte und raste gegen die Tür. Ich dachte, er zerschmettert sich die Schulter.« Sie füllte zwei Gläser mit Leitungswasser. Eines stellte sie Katinka hin. »Es sah aber auch grässlich aus. Du lagst in einer Blutlache, weiß … leblos. Wir haben alle einen ziemlichen Schreck bekommen.« Sie trank ihr Wasser aus. »Hardo schrie nach einem Verbandskasten. Er brüllte, er würde uns alle auf den elektrischen Stuhl bringen, wenn wir ihm nicht innerhalb von 30 Sekunden einen Verbandskasten herbeischaffen.«

»Schönen guten Abend, die Damen!«

Katinka zuckte so heftig zusammen, dass ihr Knie gegen das Tischbein rammte. Von dem plötzlichen Schmerz wurde ihr übel. Sie stand langsam auf.

»Ich gestehe gleich«, sagte sie. »Ich habe Ihre Jacke gestohlen, Ihr Auto, und ich habe Sabine Kerschensteiner gezwungen, mit mir nach Holzhof zu fahren. Ich konnte nicht selbst fahren. Ich habe nämlich keine Brille mehr.« Wie um ihn zu besänftigen, holte sie das Aufnahmegerät hervor und drückte es dem Kommissar in die Hand. »Janas Geständnis.«

»Das stimmt nicht«, murmelte Sabine. »Ich bin freiwillig …«

»Kerschensteiner, würden Sie uns mal einen Moment alleine lassen?« Seine Stimme bohrte einen Dübel in Katinkas Kopf. Über ihren Augenbrauen schoss der Schmerz hervor. Mit zweifelnden Blicken in Richtung Katinka ging Sabine hinaus.

»Hardo«, flüsterte Katinka. »Bitte lassen Sie Sabine da raus. Ich …«

Er trat auf sie zu, den Zeigefinger auf die Lippen gelegt. Mit der anderen Hand hob er ihr Kinn.

»Sie haben nur diese eine Chance«, sagte er drohend. »Ich bringe Sie jetzt ins Klinikum zurück. Dort bleiben Sie, bis Sie mein Placet haben, und das der Ärzte, dass Sie nach Hause können. Ich stelle Sie unter Arrest, wenn es sein muss. Und Ihr nächster Aufpasser wird ein anderes Kaliber sein, das kann ich Ihnen flüstern.« Er griff nach dem Handtuch und rieb ihr übers Gesicht.

»Aber …«

»Haben Sie mich verstanden, Katinka?« Das Handtuch flog in hohem Bogen in die Spüle.

Sie nickte, spürte seine Wange an ihrem Haar.

»Saubere Arbeit, Frau Detektivin«, murmelte er. »Und Sie riechen gut. Nach Lagerfeuer.«

»Naja«, machte Katinka.

Er ließ sie los. Über sein Funkgerät sprach er mit seinen Leuten. Kurz darauf trat ein Feuerwehrmann ein. In Schutzanzug und Helm sah er wie ein martialischer Krieger aus.

»Kleinschmitt. Ich bin Rettungssanitäter«, sagte er und hielt einen grünen Kasten mit einem roten Kreuz darauf hoch.

»Seien Sie so nett und wechseln Sie diesen Verband«, sagte Hardo und deutete auf Katinkas Arm.

»Holla!«, machte Kleinschmitt. »Na, dann setzen Sie sich mal.«

Katinka ließ sich wieder auf die Küchenbank fallen. Sie musste einen grauenvollen Anblick abgeben in ihren nassen Jeans, dem blutbefleckten, verrußten Krankenhaushemd, dem schwarz verschmierten Gesicht und den angesengten Haaren.

»Haben Sie Schmerzen?«, fragte Kleinschmitt, während er den Nachthemdärmel aufschnitt und sich am Verband zu schaffen machte.

»Nein«, sagte Katinka und drehte den Kopf.

»Hm«, machte Kleinschmitt. Der Mull sah grau aus und klebte. »Das muss wohl nochmal genäht werden.«

»Nicht hingucken«, sagte Hardo und setzte sich neben Katinka. »Schauen Sie mich an.«

»So schlimm?« Grummelnd zog sich ihr Magen zusammen.

»Ein bisschen unappetitlich«, antwortete Hardo. »Aber sonst im grünen Bereich.«

Sie wusste, dass er ihr etwas vorlog, aber sie wollte ihm glauben. Sie schloss die Augen. Beinahe wäre sie an seiner Schulter eingenickt vor Erschöpfung. Kaum bemerkte sie die sicheren, zügigen Handgriffe, mit denen Kleinschmitt die Wunde desinfizierte und einen frischen Verband anlegte.

Als er fertig war, ging Hardo ihr voran nach draußen. Zwei Polizisten hatten York aus Hardos Wagen gehievt und mit einer Polizeihose und einer Jacke ausgerüstet. Er sah völlig zerrüttet aus. Zu ganzen Sätzen war er nicht in der Lage, aber er beweinte den Verlust seiner diversen Kameras im Schlund des Feuers.

»Von dem kriegen wir erstmal keine vernünftige Aussage«, mutmaßte einer der Beamten.

Als Katinka zu Hardo in den Wagen stieg, sah sie Sabine bei ihren Kollegen stehen.

»Bitte, Hardo«, versuchte sie es nochmal. »Wegen Sabine … Sie hat mich aus dem brennenden Stall bugsiert und …«

»Sie und Kerschensteiner, wird das jetzt ein Joint Venture?«, unterbrach Hardo.

Katinka sah ihn überrascht von der Seite an.

»Wie meinen Sie das?«

»Es könnte sein, dass ich ekelhaft werde, wenn man mich übergeht«, knurrte er.

Als Katinka am nächsten Morgen erwachte, standen eine Menge Leute um ihr Bett. Die Sonne strahlte ins Zimmer und beleuchtete die Szenerie wie ein Scheinwerfer am Filmset.

»Morgen«, murmelte Katinka. Das übergroße Aufgebot war ihr peinlich. Sabine, Britta, Hardo und … Tom. Und neben ihm noch jemand, den sie nicht erwartet hatte. Das Haar im Nacken war zu kurz für das übliche Pferdeschwänzchen, aber doch eindeutig zu lang für einen Mann seines Alters: Ignaz Palfy.

»Buenos dias, Papa!«, sagte sie. »Wie war's in Havanna?«

Er grinste.

»Buenos dias, Tochter.«

»Die Familienzusammenführung wäre geglückt«, grummelte der Kommissar. »Kommen Sie, Kerschensteiner, wir gehen.«

»Halt, warten Sie!« Katinka richtete sich mühsam im Bett auf. In ihrem linken Arm surrte und summte es wie in einem Bienenschwarm. Er drehte sich um. Seine grauen Augen verschwammen vor ihrem kurzsichtigen Blick.

»Ich will doch wissen, wie die Geschichte ausgegangen ist!«

»Später«, sagte Hardo und bemühte ein Lächeln. »Wir kommen wieder.«

»Und Gwendolyn?«

»Sie hatten recht. Gwendolyn war Fehlanzeige. Ein Denkfehler. Wir haben sie aufgetrieben. Sie ist seit gestern Nachmittag in Augsburg. Gibt einen Malkursus oder sowas in der Art.«

Britta rückte zu Katinkas Kissen vor und flüsterte ihr ins Ohr:

»Ist es dir recht, wenn ich deinen Kommissar anzapfe? Wegen der Story? Die Geschichte mit Yorks Filmen habe ich nämlich auf der Platte.«

Katinka nickte zerstreut. Ihre Augen hatten sich auf Tom geheftet. Er stand da, mit hängenden Armen, zerknautscht und übermüdet.

»Tom«, sagte Katinka. Aus den Augenwinkeln sah

sie die anderen gehen. Ihr Vater blieb noch einen Moment in der Tür stehen und betrachtete sie. Dann fiel die Tür hinter ihm zu.

»Tom«, sagte sie nochmal.

Er setzte sich auf die Bettkante, beugte sich zu ihr und küsste sie. Es dauerte ziemlich lange.

»Was du immer treibst!«, sagte er dann.

»Ich erzähle dir alles von Anfang an«, versprach Katinka. »Aber zuerst bist du dran. Und ich will alles wissen. Alles. Ich will mein altes Leben wiederhaben. Mein Leben mit dir, verstehst du?«

Er fuhr sich durch das kurze blonde Haar. Mehrmals setzte er an zu sprechen, aber dann stöhnte er und stand auf, blickte aus dem Fenster.

»Ich …«, begann er. Eine Schwester unterbrach ihn.

»Ach, Sie sind wach«, sagte sie kurz angebunden. »Möchten Sie noch was frühstücken?«

Katinka nickte. Ihr Magen knurrte.

Die Schwester ging und brachte kurz darauf ein Tablett mit Kaffee, Brötchen, Butter und Marmelade. Das Essen sah irgendwie leblos aus, wie eine Plastikattrappe. Zweifelnd betrachtete Katinka die Sachen.

»Der Hunger treibt's rein«, meinte Tom.

Er wartete ab, bis Katinka den Kaffee ausgetrunken hatte.

»Ich habe etwas herausgefunden, was ich immer schon geahnt habe«, sagte er.

»Was denn!«

Tom boxte gegen die Fensterbank. Erschrocken schwieg sie.

»Du fragst immer wie eine Ermittlerin. Aber ich bin keiner von deinen Verbrechern.«

»Tom, ich …«

»Entschuldige.« Er hatte sich schon wieder beruhigt. »Es fällt mir schwer, darüber zu sprechen. Am Telefon konnte ich es dir überhaupt nicht sagen. Ich … also …«, er holte tief Luft. »Meine Mutter ist nicht meine leibliche Mutter. Meine biologische Mutter, wenn du so willst.« Er zog sich einen Stuhl an Katinkas Bett und betrachtete aufmerksam seine Finger, während er weiterredete.

»Mein Vater hatte eine Affäre mit einer anderen Frau. Er war aber schon mit meiner Mutter – meiner vermeintlichen Mutter – verlobt. Oder so gut wie.«

Pause. Katinka spielte mit dem Marmeladentöpfchen.

»Die andere Frau wurde schwanger. Mit mir. Mein Vater wollte die Verlobung auflösen und mit … dieser Frau, also meiner biologischen Mutter, zusammenbleiben, aber sie wollte nicht. Sie bekam mich, übergab mich meinem Vater und verschwand.«

Katinka schluckte. In ihrem Kopf jagte ein Calypso los, wirbelnde Trommeln brachten ihre Gedanken ins Trudeln.

»Und deine Mutter, also eigentlich deine Stiefmutter, hat mitgespielt?«, fragte sie schließlich.

»Exakt. Sie hat meinen Vater im Laufe der Jahre immer mehr dafür gehasst. Sie hat nie eigene Kinder bekommen.«

»Hat sie es dich spüren lassen? Ich meine, wenn du jetzt zurückdenkst, kannst du dich an etwas in der Art erinnern?«

Tom zuckte die Schultern. Die Steel Drums in Katinkas Ohren machten sie ganz wuschig. Müde ließ sie sich in die Kissen zurücksinken.

»Ich glaube schon, ja. Aber du deutest natürlich plötzlich alle möglichen Dinge in diese Richtung. Weißt überhaupt nicht mehr, ob das zutrifft, was du dir einbildest. Ob du nicht überinterpretierst. Mein Vater hat mir alles erzählt, gleich, als ich in Berlin ankam. Der Schock über den Schlaganfall hat bei ihm alle Türen geöffnet.«

Katinka streckte den gesunden Arm aus und berührte Tom an der Schulter. »Komisch«, sagte sie. »Wie die Fliehkraft des Lebens einen aus dem Rennen werfen kann.«

Er lächelte.

»Verzeih mir, Katinka. Ich war unfair zu dir. Aber ich musste erstmal alles verdauen.«

Es klopfte, und ein Arzt stürmte mit der Attitüde eines Schwarzenegger ins Zimmer.

»Wie geht's Ihnen, Frau Palfy?«

»Ganz gut, glaube ich«, sagte Katinka. »Nur müde bin ich.«

»Das ist wahrscheinlich eine Nachwirkung von dem Schlafmittel, das wir Ihnen gegeben haben. Wir haben die Wunde nachversorgt. Wenn Sie wollen, können Sie nach Hause gehen. Kommen Sie morgen zur Kontrolle wieder.«

Katinka sah ihn erstaunt an.

»Oder möchten Sie hier bleiben?«, fragte er belustigt.

»Nein, natürlich nicht«, erwiderte Katinka schnell. Sie dachte an Hardos Drohung, sie unter Arrest zu stellen, wenn sie sich ohne sein Placet aus dem Krankenhaus entfernte.

»Schonen Sie den Arm«, sagte der Arzt. »Bis morgen dann.«

Tom half Katinka, den Papierkram zu erledigen.

»Dein Auto«, fiel ihr plötzlich ein. »Das steht noch in der Stadt.«

»Denkste«, sagte er grinsend und gab ihr einen Kuss auf die Stirn. »Die Polizistin hat es hergebracht. Und sogar Klamotten für dich. Wir können also gleich heimfahren. Die denken echt mit, die Jungs und Mädels von der grünen Truppe.«

Katinka verdrehte die Augen. Tom hatte immer noch reichlich festgefahrene Meinungen über die Polizei.

»Wenn die Karre anspringt«, murmelte sie. Sie schnappte sich Toms Handy und wählte Hardos Nummer.

»Palfy hier.«

»Was gibt's?«

»Die Ärzte haben mich nach Hause geschickt. Nur zu Ihrer Info, damit Sie mir nicht Ihre Bluthunde hinterherschicken.«

Er lachte trocken.

»Ich hab's nicht vor. Wie geht es Ihnen denn?«

»Ich weiß nicht so recht. Wo ist eigentlich mein Vater?«

»Hier, bei uns.«

»Haben Sie ihn verhaftet?«, fragte Katinka entgeistert.

»Im Gegenteil. Wir unterhalten uns gerade prächtig.«

Katinka legte mit dem Empfinden tiefer Verwunderung auf.

20. Auf die Kunst

Katinka beobachtete in den nächsten Tagen erstaunt, wie schnell die Stichwunde an ihrem Arm verheilte. Jetzt, da Tom wieder da war und der Kummer verfliegen konnte, schien ihr Körper ungeahnte Reserven zu mobilisieren. Ihr Vater hatte sich in einem Hotel in der Innenstadt eingemietet und kam täglich vorbei. Er druckste ein bisschen herum, wenn Katinka ihn wegen Danis Ausflugs nach Wien löcherte, aber schließlich überwand er sich.

»Dani hatte Angst vor einer Frau. Sie sagte mir nicht mehr als das: Angst vor einer Frau, die sie, also Dani, in ihren Fängen hätte und sie auspressen wollte. So ähnlich.«

Katinka nickte. Jana musste Dani unter Druck gesetzt haben. »Sie hat dir nicht vielleicht auch gesagt, dass sie mich in Bamberg ganz gezielt suchte?«

»Doch, hat sie. Sie beobachtete deine Wohnung und sah dich wegradeln. Da ist sie dir gefolgt und hat alles wie ein zufälliges Zusammentreffen aussehen lassen.«

»So was habe ich geahnt.«

»Sie hielt nach dir Ausschau. Sie wollte jemanden, der sie beschützt. Deswegen hat sie dich in ihr Sommerhaus eingeladen. Sie meinte, es würde Jana schon abschrecken, wenn noch jemand dort wäre. Noch dazu jemand mit einer Waffe.« Ignaz Palfy verdrehte die

Augen. »Überhaupt warst du in deinen schweren Jugendzeiten Pazifistin.«

»Was hat das mit meiner Beretta zu tun?«, fragte Katinka verwundert und zupfte an ihrem Verband herum.

Tom kam in die Küche und bediente sich an der Kaffeekanne. Er sah müde aus. Nach dem Berlinaufenthalt musste er sich ranhalten, um mit seinen Aufträgen nachzukommen.

»Erklärt mir nur mal, wieso Jana Dani so an der Kandare halten konnte«, meldete er sich zu Wort.

Ignaz Palfy betrachtete Tom einen Moment, dann sagte er:

»Jana mag brutal sein, labil und was weiß ich noch alles. Aber sie ist durchaus intelligent, und sie wusste von dem Ausstellungsmotto, das Dani sich für Straßburg zusammengebastelt hatte. Mensch, Natur, Kontur oder so. Sie kannte ja Gwendolyns Arbeiten von den Bewerbungen für den Holzhofer Sommer her. Irgendwie kam sie drauf, dass Dani die Idee von Gwendolyn geklaut hat. Tatsächlich ging es ja nur um die Idee, sie hat keine Werke von Gwendolyn kopiert oder so. Im strengen Sinne ist es also keine Plagiierung.«

»Na, ich weiß nicht«, machte Tom und rührte in seinem Kaffee. »Der schmeckt übrigens himmlisch gut.«

»Nicht wahr?«, lächelte Ignaz Palfy. »Stammt auch aus dem Hotel Sacher.«

Tom zog die Augenbrauen hoch.

»Jana drohte Dani damit, ihr Leitmotiv auffliegen zu lassen. Sie hatte genau den springenden Punkt erfasst: Dani würde sehr viel Erfolg haben mit ihrer Umsetzung von Gwendolyns Ideen«, sagte Katinka.

Ignaz Palfy nickte. »Genau. Aber Dani war wild entschlossen, sich von Jana nicht verrückt machen zu lassen. Ich glaube, schon zu den Zeiten, als Livio noch mit von der Partie war, gab es Spannungen unter den dreien. Dani und Jana waren sich nicht so grün, wie beide es nach außen hin gerne glauben machten.«

Tom leerte seine Tasse.

»Also lief auch vorher nicht alles rund.«

Ignaz Palfy wiegte den Kopf. »Dani sagte mir, sie wäre gerne schon zu Livios Lebzeiten ausgestiegen, aber weil sie ihren Bruder sehr mochte, tat sie es nicht.«

»Und Booz?«, setzte Tom nach.

Ignaz Palfy sah seine Tochter an.

»Erzähl du!«

»Booz war Jana in der Mordnacht auf seinem Motorrad gefolgt, verlor sie jedoch aus den Augen. Jana parkte den Geländewagen in Loffeld, aber nicht auf dem Wanderparkplatz, sondern mitten in der Ortschaft. Deshalb habe ich ihr Auto auch nicht gesehen. Sie ging zu Fuß auf das Plateau hinauf – wie ich! Theoretisch hätten wir uns begegnen können, aber sie war um einiges früher dran. Booz fuhr ein Stück hinauf. Er kann angeblich nicht genau sagen, weshalb er auf die Idee kam, den Staffelberg anzufahren. Vielleicht rechnete er sich aus, dass Jana dorthin unterwegs war. Schließlich hat er dort diese blödsinnige Drachenfliegerinstallation gemacht, Jana war dabei gewesen. Deswegen kannte sie sich dort oben auch so gut aus.«

»Und Jana wollte sich mit Dani treffen?«

»Die beiden haben den Termin ausgemacht. Dani war ganz aufgedreht«, erklärte Ignaz Palfy. »Sie war überzeugt, dass sie mit Jana eine Einigung erzielen würde. Ich hatte doch keine Ahnung, dass die beiden sich mitten in der Nacht auf einem einsamen Berg verabredet haben! Dani schickte dir das Fax von meiner Wohnung aus, Katinka. Sie unterdrückte die Kennung. Ich wusste nichts davon. Ich weiß nicht mal, wie man das macht.«

Katinka war sicher, dass ihr Vater in dieser Hinsicht die Wahrheit sagte. Er war ein begnadeter Architekt, aber von Kommunikationstechnologie verstand er überhaupt nichts.

»Trotzdem, Papa … hättest du mir nur gleich gesagt, dass Dani sich mit Jana getroffen hat. Dann wäre mir das hier erspart geblieben.« Vorwurfsvoll deutete sie auf ihren Arm.

Ignaz Palfy knetete bedrückt seine Hände.

»Dein Kommissarskollege hat mir diesbezüglich bereits einige Dinge gesagt«, murmelte er. »Es tut mir ja leid. Aber ich dachte doch nicht … dass Jana eine Mörderin ist!«

»Nie denkt jemand, dass einer ein Mörder ist«, gab Katinka zurück.

»Selbst, als du mir gesagt hast, dass Dani ermordet wurde … Ich hätte doch nicht guten Gewissens Jana einfach als Mörderin abstempeln können … Ich hatte doch keine Beweise!«

Katinka lächelte.

»Du findest echt immer ein Mauseloch, Papa.«

»Was hat Booz denn nun beobachtet?«, fragte Tom.

»In den Verhören sagte er jedes Mal aus, er habe zwei Gestalten gesehen. Nichts Genaues, alles sei zu weit weg gewesen. Aber vielleicht quetscht Hardo noch mehr aus ihm raus«, antwortete Katinka.

»Booz hat geahnt, dass Jana in der Sache drinsteckte, oder?«, wollte Tom wissen.

»Ja! Es muss grauenvoll gewesen sein für ihn. Als ich ihm sagte, dass Dani tot auf dem Felsen liegt, war für ihn die Sache klar. Er rechnete sich aus, dass seine Freundin die Mörderin war. Ich glaube, er spürte es einfach.«

»Er tut mir irgendwie leid«, sagte Tom.

»Tat er mir auch«, sagte Katinka ärgerlich. »Aber als er das Benzin vergoss, um Sabine und mich zu braten, fuhr mein Verständnis für ihn doch ziemlich in den Minusbereich runter.«

»Seltsam«, meinte Tom. »Auf dem Staffelberg hat er dir geholfen, und nachher in Holzhof legte er es drauf an, dich und die Polizistin zu vernichten.«

»Es ging ihm einzig und allein um Jana. Als er mich auf dem Berg von dem Abgrund wegzog, wusste er ja noch nicht, was eigentlich passiert war. Dass Jana drinsteckte bis zur Halskrause. Aber in Holzhof wollte er sie aus dem Schlamassel sozusagen in letzter Minute rausholen.«

Sie schwiegen. Katinka nahm sich noch Kaffee.

»Und warum hat sich Dani bei Katinka nicht gemeldet?«, wandte Tom sich an Ignaz Palfy. »Ich meine, erst macht sie sie meschugge mit ihrem Panikanruf, und dann ist Funkstille. Wieso hat sie überhaupt so einen kranken Anruf abgesetzt?«

»Ich hatte versprochen, sie am Westbahnhof abzuholen, aber ich kam zu spät. Sie ging in die Bahnhofs halle, um zu telefonieren, aber erreichte mich nicht«, versuchte es Ignaz Palfy. »Sie war ganz durcheinander.«

»Und du auch, oder Papa?«

Katinka sah ihren Vater von der Seite an. Er versuchte ein Grinsen.

»Tja, ich mache mich mal wieder an die Arbeit«, sagte Tom und stand auf.

»Ich gehe auch, Katinka. Ich will mir noch die Alte Hofhaltung ansehen.«

Tolle Ausrede, dachte Katinka. Er will vor allem eins: raus hier. Und nichts mehr gefragt werden.

»Warum wollte Dani nicht, dass du mir sagst, wovor sie sich fürchtete?«

»Es war ihr selbst peinlich«, sagte Ignaz Palfy. »Sieh mal, sie hat sich an der Idee einer anderen Künstlerin bereichert. Irgendwie kam ihr das auch nicht so ganz sauber vor, aber sie wollte auf den neuen Zug aufspringen, sie hatte die Zusage aus Straßburg in der Tasche, sie wollte von den Frauenthemen weg … Irgendwie hoffte sie auch noch, Jana abschütteln zu können. An ihre Vernunft appellieren zu können.«

»Mit der Vernunft ist das so eine Sache. Papa, das nächste Mal …«

Er hob die Hand.

»Katinka, du wirst das nicht mehr erleben, dass ich in einen deiner Fälle verwickelt werde. Ausgeschlossen. Das halten meine Nerven einfach kein zweites Mal aus.«

»Warum wolltest du türmen?«

»Ich kriegte kalte Füße. Hast du mir nicht selbst mit der Polizei gedroht?«

»Aber so was Absurdes. Kuba! Wer sollte dir das denn abkaufen!«

»Ich habe die Bullerei auf den Flughafen gelenkt, konnte zeitgleich ins Auto springen und zu dir fahren. Wo ist das Problem?«

»Du hast zu viele amerikanische Filme gesehen. Und jetzt machst du wieder eine Meldung für die Medien draus, oder? Star-Architekt Palfy zu Unrecht von deutscher Polizei verdächtigt. Nein, besser noch: verfolgt. Gefesselt. In Handschellen abgeführt und gefoltert. Tolle Publicity für deine kommenden Projekte.«

Ignaz Palfy lachte, strich Katinka übers Haar und sagte:

»Sehen wir uns heute Abend zum Essen?«

»Das wird ein volles Haus. Britta kommt, inklusive ihrem Langzeitlover Alban, und Hardo und Sabine wollten auch vorbeischauen.«

»Ich muss mich schon wundern, dass du mit der Polizei so gut kannst.«

Er küsste sie auf die Wange und ging. Katinka wartete, bis unten die Haustür zuschlug. Dann setzte sie sich in Toms Arbeitszimmer aufs Sofa. Sie musste Vishnu ein wenig zur Seite schieben. Beleidigt spazierte der Kater davon und strich um Toms Beine.

»Er liebt dich abgöttisch«, sagte Katinka seufzend.

»Wir Männer müssen eben zusammenhalten«, erwiderte Tom.

Sie sah ihn zweifelnd an.

»Es wäre nett, wenn ihr euch nicht gegen mich verbünden würdet«, sagte sie. Sie fühlte sich immer noch müde, unendlich müde, als hätte man ihr Beruhigungsmittel für mindestens eine Woche in die Venen gepumpt. »Aber ich hoffe, du verstehst, dass ich dich liebe und mit dir zusammenbleiben will.«

Tom hob den Kopf. Lächelte. Warf ihr einen Kuss zu. Sie fing ihn mit der rechten Hand auf.

»Sollte ich daran zweifeln?«, fragte er anzüglich.

Katinka stöhnte theatralisch.

»Da mache ich dir eine wirklich tiefsinnige Liebeserklärung, und du gibst nur irgendwas Lapidares von dir.«

»Ach, ehe ich es vergesse, die Optikerin hat angerufen. Deine Brille ist repariert, die neuen Gläser sind drin. Du kannst sie abholen.«

Katinka nickte. Sie hätte ihn gerne gefragt, wie es ihm eigentlich ging, wie es um seine Mutter stand, auch wenn sie nicht seine leibliche Mutter war, wie es mit ihnen beiden weitergehen sollte. Aber er war so ruhig und still und in sich und seine Arbeit versunken wie immer. Bloß nicht stören, dachte Katinka. Sie ahnte, dass sie beide diese schmerzlichen Dinge angehen mussten. Katinka fehlte dazu momentan der Mut, doch sie spürte, dass sie am Scheideweg standen. Entweder würden sie ihrer Beziehung mehr Nähe und Verständnis füreinander geben können, oder sie beide würden auf Dauer selbstbestimmtere Wege gehen, mit mehr Distanz zwischen sich. Katinka hätte gern die Nähe gewählt, aber dazu gehörten zwei.

Das Telefon klingelte. Es lag direkt neben Toms Rechner. Er nahm es auf, bevor Katinka vom Sofa hochkam.

»Tom Thiele hier?«

Er schwieg einen Augenblick verwundert, dann ließ er das Telefon sinken und sah Katinka an.

»Für dich. Aus Wien.«

Katinka nahm ihm verwundert den Apparat aus der Hand.

»Ja, hallo?«

»Grüß Gott. Spreche ich mit Frau Katinka Palfy?«

»Ja, am Apparat.«

»Entschuldigen Sie die Störung. Ich bin Dr. Emmo

Rosenstock, Wien. Haben Sie einen Augenblick Zeit für mich?«

»Sicher«, sagte Katinka. Sie ging mit dem Telefon am Ohr in die Küche und goss sich den Rest Kaffee aus der Kanne in ihren Becher.

»Frau Daniela Zanini war vor kurzem bei mir. Sie wissen, dass sie verstorben ist. Ja, mein Beileid, Frau Palfy.«

»Ich … danke.« Katinka fand, dass er die Dinge nicht ganz in der richtigen Reihenfolge vorbrachte.

»Sehen Sie, ich hätte mich schon früher bei Ihnen melden wollen, aber eine Augenoperation hat mich davon abgehalten. Jedenfalls würde ich Sie herzlich bitten, nach Wien zu kommen. Natürlich nur, wenn Ihnen das möglich ist.«

»Worum geht es denn«, fragte Katinka ungeduldig und schüttete viel zu viel Milch in ihren Kaffee. Die Brühe nahm die Farbe einer Lehmpfütze an.

Dr. Rosenstock zögerte.

»Ich kenne Sie ja noch als kleines Mädchen, Katinka. Also erlauben Sie mir, dass ich Sie Katinka nenne, ja? Folgendes. Daniela Zanini hat ihre Angelegenheiten erst vor kurzem neu geregelt. Sie kam durch Vermittlung Ihres Herrn Vater zu mir. Und ich darf Ihnen bekannt geben, dass Frau Zanini ihr Testament geändert hat und Sie, Katinka, als ihre alleinige Erbin eingesetzt hat.«

»Sie hat … was?«

Rosenstocks Kichern geisterte durch die Leitung.

»Sie hat sich das sicher so gedacht, die Frau Zanini. Dass Sie sehr erstaunt sein werden. Um genau zu sein, Katinka: Es handelt sich um eine Eigentumswohnung in Wien in der Berggasse, Nähe Votivkirche, im

9. Bezirk. Knappe 100 Quadratmeter. Dann hätten wir da Frau Zaninis Sommerhaus in der Fränkischen Schweiz …« Er blätterte in Papieren, um die genaue Anschrift herauszusuchen. Im Telefon rauschte es. Katinka wurde schwindelig. »Moment«, rief sie in den Apparat, aber Rosenstock war so eifrig beim Suchen, dass er sie gar nicht hörte.

»Schließlich sind da noch Skulpturen und Skizzen, die sich allesamt in dem besagten Sommerhaus befinden, der Wert liegt bei geschätzten 100.000 Euro, sowie ein Bankkonto bei der Bank of Austria mit gut 20.000 Euro Guthaben. Nicht zu vergessen eine kleinere Fondinvestition. Und ein Kleinwagen.«

Katinka trank den lauwarmen Kaffee aus und stellte die Tasse auf den Tisch. Ihre Hände zitterten.

»Was soll ich damit nur anfangen!«, rief sie ins Telefon.

»Aber Katinka!« Rosenstocks Tonfall wurde fürsorglich. »Nur nicht aufregen. Sprechen Sie mit Ihrem Vater darüber.«

Katinka verdrehte die Augen.

Rosenstock fuhr fort: »Sie haben doch Zeit. Sie müssen nichts überstürzen. Kommen Sie nach Wien, sobald Sie möchten, und wir besprechen alles Weitere.«

»Sie ist noch nicht einmal unter der Erde«, stöhnte Katinka.

»Ich … mein Mitgefühl haben Sie, Katinka, wirklich. Es muss alles äußerst aufregend für Sie sein. Meine Sekretärin gibt Ihnen meine Nummer durch, und Sie melden sich bei mir, zu gegebener Zeit, machen wir es so?«

»O.k.«, murmelte Katinka erschöpft. Sie ließ sich mehrere Telefonnummern diktieren, legte dann auf und platzierte das Telefon neben ihrer leeren Kaffeetasse.

Sofort klingelte es wieder.

»Palfy?«

»Heppner hier. Schlüsseldienst. Sie haben Ihre Rechnung noch nicht überwiesen.«

»Nein. Ich habe sie weggeschmissen. Wir beide haben ein Abkommen. Das gilt nach wie vor.«

»Sie machen sich ganz schön unbeliebt«, murmelte Heppner.

»Machen Sie sich erstmal unbeliebt, dann werden Sie auch ernst genommen«, erwiderte Katinka. »Stammt nicht von mir. Stammt von Adenauer. Schönen Tag.«

Sie brauchte einige Zeit, um sich zu sammeln.

»Tom?«, rief sie halblaut. »Tom?«

»Was denn«, kam es mit Verzögerung aus dem Arbeitszimmer.

»Kannst du mal bitte kommen, Tom?«

Sie fühlte sich außerstande, aufzustehen und zu ihm ins Zimmer zu gehen.

Er stieß den Schreibtischstuhl zurück und kam in die Küche, Vishnu in seinem Kielwasser.

»Was ist? Geht's dir nicht gut?«

»Tom«, sagte Katinka, stand auf und umarmte ihn. Die Tränen liefen ihr übers Gesicht. »Tom. Du wirst es nicht glauben. Ich kriege es ja selbst nicht auf die Reihe.«

»Was ist denn los! Nun sag schon!«

Erleichtert stellte sie fest, dass sich seine Stimme eher besorgt als ungeduldig anhörte.

»Ich habe Danis gesamtes Vermögen geerbt.«

Der grün-weiße Bus mit Polizeimeisterin Kerschensteiner am Steuer holperte über den Kiesweg auf Danis Sommerhaus zu. Auf mein Sommerhaus, dachte

Katinka. Aber sie wagte noch nicht, daran zu glauben. Überhaupt daran zu denken löste ein eigenartiges Prickeln in ihrem Magen aus.

Sie hatten einen Umweg über Loffeld gemacht, um Danis Auto abzuholen. Tom saß nun am Steuer und strahlte wie ein Honigkuchenpferd.

»Wow, was für ein Traum von einem Häuschen!«

Britta konnte sich gar nicht beruhigen. Nacheinander sprangen Ignaz Palfy, Harduin Uttenreuther, Sabine Kerschensteiner, Brittas Freund Alban, Britta und Katinka aus dem Bus und entluden ihre Mitbringsel.

»Den Sekt und das Bierfass müssen wir erstmal kühlen«, sagte Katinka halblaut zu Tom, der mit einem fröhlichen Grinsen aus dem Käfer stieg.

»Aber du trägst keinesfalls die Kisten«, mahnte er. »Und das Fass auch nicht. Denk an den Arzt: Schonung ist das A und O.«

Sie zuckte die Schultern und streifte durch den Garten. Sie hatte den anderen noch nichts erzählt. Es sollte der Knalleffekt des Abends werden. Tom stellte die Sektflaschen in den Kühlschrank, Alban half ihm mit dem Bierfass. Britta und Sabine richteten die Platten mit den Salaten und Broten, während Ignaz Palfy und Hardo sich um den Grill kümmerten. Wie gut die beiden sich verstehen, dachte Katinka verwundert. Wer hätte das gedacht, zwei so völlig unterschiedliche Menschen.

Nachdenklich sah sie zu, wie Britta, Sabine, Tom und Alban die Gartenstühle aus dem Bus räumten und einen alten Biertisch aufstellten. Sie dekorierten ihn mit Windlichtern, dem vielen Essen, Geschirr und Gläsern.

»Nachher musst du aber mit der Sprache rausrücken«, mahnte Britta mit einem Augenzwinkern. »Ich möchte zu gerne wissen, was der Anlass für diese Sommerparty ist.«

»Das schöne Wetter«, meinte Katinka lahm.

»Ha, ha«, machte Britta.

»Und wie sieht es mit deinem Bericht über Yorks Schmutzfilme aus?«

Britta machte ein geheimnisvolles Gesicht.

»Alles zu seiner Zeit.«

»Eben«, meinte Katinka und grinste.

Sie ging ins Atelier, schob den Holzklotz von der Falltür und stieg in den Keller hinunter. Sie brauchte die Stille, die wenigen Minuten für sich allein. Unruhig fuhr sie sich durchs Haar. Sie war beim Friseur gewesen, um die Spuren der Feuersbrunst ausbessern zu lassen. Der Haarschopf war nun ganz kurz geraten, munter standen die Fransen um ihr Gesicht. Es fühlte sich ungewohnt an, aber auch leicht, wie die Federn eines winzigen Vogels.

Die Strickleiter hinter ihr bewegte sich. Sie fuhr herum.

»Ach, Kommissar. Geht's mit dem Grill?«

Hardo grinste.

»Ihr Vater macht das perfekt. Das ist also Danis geheimes Reich.« Er ging die Plastiken ab. »Herrliche Stücke«, sagte er. »Da kann man verstehen, dass sie ihr einsames Häuschen mit Spezialschloss und Panzerglas sichern musste.«

Katinka nickte. Sie spielte mit dem Schlüssel, dann öffnete sie die Schranktüren.

»Hier, alles Zeitungsausschnitte über Gwendolyn Stein.«

Er besah sich die Kisten.

»Wie auch immer«, sagte er. »Ich verstehe, dass Sie auf Gwendolyn gekommen sind. Auch wenn es letztlich nicht den Tatsachen entsprach. Dabei lag die Lösung die ganze Zeit so nah.«

»Das stimmt.«

»Was wollten Sie uns heute Abend hier vorführen? Danis Skulpturen?« Hardo schob die Hände in die Jeanstaschen und sah Katinka neugierig an.

»Nein. Ich muss was loswerden. Hardo, wann wird Danis Leiche freigegeben? Ich möchte mich um die Beerdigung kümmern.«

»Wird nicht mehr lange dauern.«

»Haben die Verhöre noch irgendwas ergeben?«

Er runzelte die Stirn.

»Können Sie sich nicht mal ein paar Stunden entspannen? Eigentlich haben wir alles Wichtige in der Tonne gefunden, die Kerschensteiner aus dem Teich gefischt hat. Jana hat akribisch Tagebuch geführt und alle aufgespießten Käfer fotografiert. Auch ... die tote Dani, und auch Sie, Katinka, als sie in dem Verlies lagen, mit dem Messer im Arm.«

Katinka verdrehte die Augen und fasste sich unwillkürlich an den Verband.

»Sogar die Rechnungen für die Schwerter waren dabei. Wie wir gedacht hatten. Ein Waffengeschäft in Fribourg in der Schweiz.«

»Hat wirklich Jana die Käfer gestohlen?«

»Hat sie. Sie behauptet, es ganz alleine getan zu haben. Sie wollte bei Booz richtig Eindruck schinden.«

»Aber wie konnte sie den dritten Käfer mitten in den Brunnen setzen?«

»Mit ordentlich Anlauf geht das.«

»Und keine Zeugen?«

»Scheinbar nicht.« Hardo zuckte die Schultern.

»Haben Booz und Jana oder auch York irgendetwas verlauten lassen über das Projekt, das in Holzhof entstehen sollte?«

Hardo schüttelte den Kopf.

»Alle drei behaupten, jeder hätte an seinen eigenen Sachen gearbeitet. Es hätte überhaupt keine Planungen für ein gemeinsames Projekt gegeben. Sie wollten sich gegenseitig inspirieren, mehr nicht.«

»Das stimmt doch nie im Leben!«, rief Katinka.

»Natürlich nicht, aber die Stallungen, in denen die drei arbeiteten, sind abgebrannt bis auf ein paar verkohlte Reste. Da ist nichts mehr zu recherchieren. Was auch immer die Bande auf dem Zettel hatte, es wird wohl ihr schauriges Geheimnis bleiben. York winselte übrigens ziemlich herum wegen seiner Fotos und Kameras und so weiter. Ein unüberwindlicher Verlust, behauptet er.«

Der wird sich noch wundern, dachte Katinka. Laut sagte sie:

»Und Jana war diejenige, die im Kaftan, mit Sonnenbrille und Kopftuch das Matchboxauto gekauft hat?«

»Sie hat es zugegeben.«

»Den gelben Beetle?«

»Auch den.«

»Und York?«, wollte Katinka wissen. Sie fröstelte in dem Keller.

»York ist einfach nur ein Kotzbrocken, der Booz dazu überredet hat, ihn in Holzhof aufzunehmen. Mit den Käfermorden, dem Mord an Dani und der ganzen Geschichte hat er nichts zu tun.«

»Sicher?«

»Er hat für die Mordnacht ein Alibi. Wir haben das überprüft, zur fraglichen Zeit hing er im *Fässla* herum.

Er spendierte ziemlich großzügig eine Runde nach der anderen, deswegen erinnerten sich die anderen Gäste an ihn. Und auch in den anderen Nächten, in denen die Autos gestohlen wurden, pilgerte York auf den altbekannten Bierrouten durch die Stadt. Kann ganz nützlich sein, wenn man jeden Abend um die Häuser zieht und anderen die Zeche zahlt.«

»Man traut Jana nicht zu, dass sie ganz alleine losgeht und Autos klaut.«

»Sicher«, sagte Hardo. »Sie ist viel stärker, als sie selbst denkt.«

»Und Gwendolyn? Wieso stand ihr Auto am Staffelberg?«

»Das ist ziemlich einfach«, stellte der Kommissar fest. »Wenn man's weiß. Sie bewarb sich doch für Holzhof. Als sie abgelehnt wurde, mietete sie sich in Bamberg in der Concordiastraße ein, um dort auf eigene Faust ihre Kunst zu betreiben. Aber irgendwie ging ihr Booz' Absage nach. Sie machte sich ab und zu auf den Weg nach Holzhof, nur um sich umzusehen. Bemerkte, dass Jana nachts oft unterwegs war. Las von den Käfermorden. Zählte eins und eins zusammen. Sie mag keine begnadete Künstlerin sein, aber sie ist intelligent.«

Katinka fuhr sich durch das kurze Haar.

»Sieht schick aus«, sagte Hardo anerkennend. »Jedenfalls verfolgte sie Jana nach dem dritten erdolchten Käfer auf ihren Fahrten durch die Nacht. Sie meinte, auf diese Weise Zeugin zu werden, wie Jana einen Käfer aufschlitzt, und sie überführen zu können. Stattdessen fuhr Jana aber zum Staffelberg. Gwendolyn heftete sich zwar an ihre Fersen, verlor sie aber aus den Augen. Sie ging zu ihrem Auto zurück und fuhr heim.«

»Behauptet sie.«

»Es gibt Zeugen. Zwei Frauen, die in der Wohnung über ihr wohnen, haben sie kommen sehen. Sie luden Gwendolyn zu einem Schlummertrunk ein. Zu der Zeit, als Sie auf dem Plateau mit Booz Windsack spielten, nippte Gwendolyn schon am Rotweinglas.«

»Wusste Gwendolyn von Danis Ideenklau?«

»Nein.«

»Katinka!«

Brittas Stimme schallte durchs Haus.

»Wir sollten mal die Steaks auf den Grill legen«, schlug Hardo vor. »Nach Ihnen.«

Katinka turnte die Strickleiter hoch. Hardo folgte, behänder als sein Bauch es ihm eigentlich erlauben konnte. Sie verschlossen die Falltür und schoben den Holzklotz zurecht.

Draußen herrschte Feierstimmung. Ignaz Palfy betreute hingebungsvoll den Grill. Britta schoss Fotos, während Tom und Alban das Fass anzapften. Ein CD-Spieler beschallte den Garten mit Vivaldi-Klängen. Sabine Kerschensteiner stellte einen großen, frisch gepflückten Blumenstrauß in einen Bierkrug.

»Stopp!«, rief Katinka.

Alle sahen zu ihr herüber.

»Wartet. Erst gibt es Sekt. Ich muss euch was erzählen.«

Alban guckte Tom mit großen Augen an. Tom grinste. Er holte die kalten Sektflaschen aus der Küche. Katinka folgte mit Gläsern. Die Korken ploppten aus den Flaschen.

»Hat jeder?«

Ignaz Palfy wischte sich die fettigen Hände an einer blau-weiß gerauteten Schürze ab. Wenn das seine Landsleute sehen könnten, dachte Katinka grinsend.

»Ich hoffe, deine Ansprache dauert nicht zu lange, Tochter«, warnte Ignaz Palfy. »Die Steaks …«

»Sie dauert nicht lange.« Katinka räusperte sich. »Ich möchte auf Dani trinken. Wir alle wären … glücklich, wenn sie noch hier wäre, um mit uns zu feiern.«

Bedrücktes Schweigen. Katinkas Blick streifte ihren Vater. Er tat ihr ein wenig leid. Zum ersten Mal sah sie bewusst, wie schmächtig er war.

»Aber auf ihre Weise ist sie noch hier bei uns. In ihrer Kunst.«

Einige nickten.

»Für mich ist sie auf besondere Weise lebendig. Ich bekam heute einen Anruf aus Wien. Von Dr. Rosenstock.«

Ignaz Palfy sah unbeteiligt durch den Grill hindurch.

»Er teilte mir mit – und das war die größte Überraschung der letzten Tage – dass ich Danis Alleinerbin bin.«

»Was?«, rief Britta. Tom grinste und tauschte wissende Blicke mit Katinkas Vater. Sabine Kerschensteiner verschüttete Sekt und Hardos Augen bohrten sich in Katinkas.

»Ich weiß, dass ich damit für den Herrn Hauptkommissar wieder eine Spur verdächtiger bin«, sagte Katinka mit einem Lächeln. »Von nun an ist dieses Haus meines. Aber es ist auch eures. Ich freue mich, dass ihr mir diesen Abend schenkt. Ich freue mich, dass ihr meine Freunde seid und nicht davonlauft, wenn ich Leichen finde. Danke. Ihr seid hier immer willkommen, jeder Einzelne von euch. Ich möchte dieses Glas auf Dani erheben. Und auf die Kunst.«

»Auf Dani!«, riefen alle.

»Tolle Rede, Kat the Catey«, sagte Tom und legte den Arm um sie. Ignaz Palfy widmete sich voller Hingabe dem Grill.

Ein Wagen pirschte sich den Weg zum Haus voran. Ein giftgrüner Golf. Das Auto hielt, und eine Dame im Kostüm stieg aus und sah unsicher durch den Garten zu ihnen herüber. Katinka tauschte einen Blick mit dem Kommissar.

»Ich glaube, da kommt Besuch für Sie, Palfy«, sagte Hardo.

»Für mich?«, fragte Ignaz Palfy erstaunt.

Britta warf sich ins Gras und krächzte vor Lachen wie eine Saatkrähe. Katinka stellte ihr Glas ab. Sie ging zu der fremden Besucherin hinüber.

»Entschuldigen Sie die Störung, Frau Palfy«, sagte die Dame und betastete nervös ihre Perlenkette. »Aber ich wollte Ihnen wenigstens einen kurzen Besuch abstatten. Mein Name ist Petra Stein.«

Epilog

»Sie sind jetzt richtig reich«, sagte Hardo. Er saß auf einem der Holzböcke in Danis Atelier, den Rücken an die Sägemaschine gelehnt, und trank sein letztes Bier. Katinka hockte neben Tom auf der Werkbank. Sie war zu Kaffee übergegangen. Die anderen hatten sich längst schlafen gelegt. Die Nacht leuchtete trotz der späten Stunde immer noch unnatürlich hell, wie Silber. Und bald würde die Sonne wieder aufgehen.

»Die Skulpturen sind einiges wert«, sagte Tom. »Und die Wohnung in Wien …«

»Die werde ich verkaufen«, verkündete Katinka. »Vielleicht möchte meine Schwester sie haben.«

»Spinnst du?«, fragte Tom entrüstet. »Die könnte unser Alterssitz werden.«

»Nichts da. Meine Lizenz gilt nur in Deutschland.«

Hardo lachte.

»Sie denken wirklich immer nur ans Arbeiten. Was wollte Petra Stein denn von Ihnen?«

Katinka überlegte. Sie wusste noch nicht, ob sie verraten sollte, was sie mit Gwendolyn alias Petra Stein ausbaldowert hatte. Sie war lediglich fest entschlossen, einen Teil des Geldes, das Dani ihr hinterlassen hatte, in die Förderung junger Künstler zu investieren. Ihr Vater musste ihr helfen, alles zu organisieren. Aber zuerst würde sie die Ereignisse überschlafen und sich später bei Dr. Rosenstock über die Details informieren.

»Gwendolyn wollte mir ihre Version der Geschichte erzählen«, sagte Katinka schließlich.

»War die interessant?«

»Sie kennen sie doch schon, oder nicht?«

Hardo lächelte. Ich rolle meinen Schlafsack aus«, sagte er. »Übrigens, das mit dem Loch im Jahr ... das galt Livio, nehme ich an?«

Er nickte ihnen kurz zu und ging.

»Was denn für ein Loch?«, fragte Tom.

»In Danis Schlafzimmer hing hinter dem Keilrahmen eines Gauguindrucks ein Zettel. *Es ist ein Loch im Jahr* stand darauf. Wir haben uns gefragt, was das zu bedeuten hat. Hardo meint wohl, Dani habe den Tod ihres Bruders so umschrieben. Aber ich glaube eigentlich ...« Sie verstummte und dachte nach.

»Was glaubst du«, fragte Tom ungeduldig. Katinkas Pausen dauerten ihm zu lange.

»Ich glaube, sie meinte die schwarzen Löcher, die die Lebensenergie absaugen wie ein Vakuum. Du weißt schon – diese Ereignisse, die einen aus dem Leben kippen, in ein anderes, in dem man sich zuerst gar nicht auskennt. In dem wir Fremde sind und funktionieren müssen, obwohl wir die Regeln nicht kennen. Verstehst du?«

Während sie Tom das alles auseinander setzte, dachte sie an die Festplatte, die sie Booz gestohlen hatte, und fragte sich zum hundertsten Mal, warum Booz diese Geschichte der Polizei gegenüber nicht erwähnt hatte.

Tom sah Katinka an, dann zog er sie an sich und küsste sie.

»Ja. Ich verstehe. Aber ab und zu kriegen wir eine Chance, und dann strecken wir den Kopf wieder raus aus dem Loch.«

Katinka schmiegte sich an ihn.

»Da gibt's noch was, was du unbedingt sehen

musst«, sagte sie verträumt. Sie dachte an die Katinka aus Speckstein. Tom allerdings war damit beschäftigt, ihr den Hals anzuknabbern, und für den Moment nicht abkömmlich.

ENDE

Nachwort

Viele haben mich bei der Fortsetzung der Katinka-Palfy-Serie unterstützt. Hauptkommissar Werner Vogel hat mir wie immer wertvolle Tipps zur Polizeiarbeit gegeben. Kyung Mi Lee verdanke ich einen Einblick in Bildhauertechniken, aber auch in Denken und Fühlen von Künstlern. Dr. Bernd Dietz hat meine Fragen zur Anatomie des menschlichen Körpers beantwortet und über Stichverletzungen aus der Sicht eines Chirurgen referiert. Fehler, Ungenauigkeiten und Freiheiten liegen selbstverständlich in meiner Verantwortung.

Ich möchte noch hinzufügen, dass ich mir für den Juni 2004, in dem ›Käfersterben‹ spielt, mein eigenes Wetter gemacht habe. Auch musste ich den regionalen Zuständigkeitsbereich der Kripo Bamberg etwas erweitern – es diente dem Plot. Die Beleuchtung der Basilika Vierzehnheiligen habe ich meinem eigenen Stundenplan untergeordnet. Fußballfans sollen nicht traurig sein, dass die seinerzeitige Europameisterschaft nicht entsprechend gewürdigt wird. Ich gestehe außerdem, die Bezeichnung *Chefchef* von Hans-Josef Pöhlmann gestohlen zu haben.

Sollte jemand den oberfränkischen Ort Holzhof finden, würde ich mich über eine kurze Mitteilung freuen.

Friederike Schmöe

Weitere Krimis finden Sie auf den folgenden Seiten und im Internet: www.gmeiner-verlag.de

Friederike Schmöe

Maskenspiel

277 Seiten, 11 x 18 cm, Paperback.
ISBN 3-89977-636-4. € 9,90.

Privatdetektivin Katinka Palfy hat endlich ihren ersehnten ersten Fall an der Hand: In der Universität Bamberg, am Lehrstuhl des renommierten Romanisten Prof. Laubach, verschwinden CD-ROMs, Festplatten werden gelöscht und neue Dateien durch alte Versionen überspielt. Doktorand Carsten Stielke wurde eine Diskette mit all seinen Doktorarbeitsdateien gestohlen.
Eine harmlose Sache, denkt Katinka. Bald steckt sie jedoch zwischen den Fronten schräger und absonderlicher Lehrstuhlmitarbeiter fest, von denen jeder glaubt ein dringendes Motiv zu haben, einen anderen um die Ergebnisse seiner Arbeit zu bringen. Eine Art akademischer Karneval mit ganz eigenen Spielregeln …

Friederike Schmöe

Kirchweihmord

229 Seiten, 11 x 18 cm, Paperback.
ISBN 3-89977-643-7. € 9,90.

Aufregung in Bamberg. Kurz vor der Sandkirchweih treibt eine Tote im Fluss. Beunruhigend ist, dass die junge Frau an einer Ricinvergiftung gestorben ist.
Privatdetektivin Katinka Palfy, gerade mit der Suche nach einer verschwundenen Ehefrau beauftragt, vermutet einen Zusammenhang zwischen den beiden Fällen und ermittelt fieberhaft in alle Richtungen. Da ereignet sich ein weiterer Todesfall. Katinka steht unter Druck: Vor dem beliebten Fischerstechen am Kirchweihsonntag muss sie die Karten der Verdächtigen neu gemischt haben …

KRIMI IM GMEINER-VERLAG

Wir machen's spannend

Friederike Schmöe

Fratzenmond

229 Seiten, 11 x 18 cm, Paperback.
ISBN 3-89977-675-5. € 9,90.

Privatdetektivin Katinka Palfy wird von der 76jährigen Ida Schenck um Hilfe gebeten. Angeblich schleicht allabendlich ein als der berühmte »Bamberger Reiter« verkleideter Mann um ihr Haus und jagt ihr Angst und Schrecken ein. Katinka glaubt zunächst an eine etwas zu üppige Fantasie der alten Dame, doch als sie sich im Garten auf die Lauer legt, wird Ida Schenck zur selben Zeit in ihrem Haus ermordet …

Hildegunde Artmeier

Feuerross

323 Seiten, 11 x 18 cm, Paperback.
ISBN 3-89977-692-5. € 9,90.

Kommissarin Lilian Graf will endlich ihren wohlverdienten Urlaub antreten. Auch der Mord an einem Regensburger Antiquitätenhändler soll sie nicht daran hindern. Sie überlässt die Ermittlungen ihren Kollegen und genießt in der Toskana Sonne, Strand und das Dolce Vita Italiens. Als ein deutscher Geschäftsmann in einem Hotel ermordet wird, mischt sich Lilian aber in die Ermittlungen der italienischen Polizei ein und stößt dabei auf einen Zusammenhang zu dem noch immer ungeklärten Mordfall in Regensburg. Sie bringt damit nicht nur sich selbst in größte Lebensgefahr …

KRIMI IM GMEINER-VERLAG

Wir machen's spannend

Sinje Beck
Duftspur

278 Seiten, 11 x 18 cm, Paperback.
ISBN 3-89977-689-5. € 9,90.

Heiner Himmel, immer noch arbeitslos und mitt-lerweile ohne festes Dach über dem Kopf, verdingt sich als Tagelöhner auf einer Burg im Siegerland. Dort soll er bei den Vorbereitungen zum jährlichen Mittelalterspektakel mithelfen und gleichzeitig ein wenig auf die »Blaue Luca« aufpassen, die eine Bewährungsstrafe zu verbüßen hat. Doch schon bald kommen Heiner Zweifel: In welche kriminellen Machenschaften ist das Mädchen verstrickt? Und was hat es an sich, dass ein Sozialarbeiter seine professionelle Distanz verliert?
Auf der Suche nach Antworten gerät er urplötzlich in Teufels Küche und in der riecht es manchmal extrem, jedoch nicht nach Schwefel …

Ingrid G. Schmitz
Sündenfälle

271 Seiten, 11 x 18 cm, Paperback.
ISBN 3-89977-698-4. € 9,90.

Mia Magaloff, Künstlerin und Trödelmarkthändlerin aus Krefeld, freut sich mit ihrem Cousin, dem Pfarrer Waldemar Gelob, über dessen »Berufung« nach Moers. Doch sein Amtsantritt wird vom Tod einer Sopranistin des Kirchenchors überschattet. Zudem übergibt der Altpfarrer sein Amt nicht gern und die Gemeinde akzeptiert Waldemar nicht als neuen Pfarrer. Mia reist nach Moers und tritt in den Kirchenchor ein, um zu erfahren, was in der Gemeinde vorgeht. Bald gibt es einen weiteren Todesfall und Mia, die der Lösung des Rätsels immer näher kommt, gerät selbst in Lebensgefahr …

KRIMI IM GMEINER-VERLAG

Wir machen's spannend

Bernd Franzinger

Bombenstimmung

325 Seiten, 11 x 18 cm, Paperback.
ISBN 3-89977-684-4. € 9,90.

In den kleinen Weinorten Rheinhessens ist ein neues Gesicht unterwegs: Ein smarter Geschäftsmann will den finanziell geschädigten Weingütern mit Finanzspritzen wieder auf die Beine helfen – natürlich gegen eine entsprechende Beteiligung. In seiner Begleitung befindet sich der Marchese, der ihm als weltgewandter und charmanter Weinkenner die Türen öffnen und die Wege ebnen soll. Auf einem kleinen Winzerhof stoßen die beiden jedoch auf erbitterten Widerstand und ganz unerwartet entwickelt sich die Angelegenheit für den Marchese zu seinem persönlichsten Fall.

Erwin Kohl

Grabtanz

277 Seiten, 11 x 18 cm, Paperback.
ISBN 3-89977-693-3. € 9,90.

Ein Spaziergänger macht kurz nach Mitternacht eine seltsame Entdeckung: Er beobachtet eine Frau, die in einem roten Kleid auf einem Grab tanzt. Einige Tage später werden ähnliche Ereignisse vermeldet. Es stellt sich heraus, dass alle Toten Opfer eines perfiden Verbrechens waren. Obwohl es sehr genaue Beschreibungen der ›Tänzerin im roten Kleid‹ gibt, scheinen Kommissar Joshua Trempe und sein Team von der Mordkommission Krefeld ein Phantom zu jagen. Hilflos müssen die Ermittler sich fragen, wann und wo sie wieder zuschlägt …

Alle Gmeiner-Autoren und ihre Krimis auf einen Blick

Anthologien: Mords-Sachsen 2 (2008) • Tod am Bodensee • Bodensee-Blues • Mords-
Sachsen • (2007) • Grenzfälle (2005) • Spekulatius (2003) **Artmeier, H.:** Feuerross (2006
• Katzenhöhle (2005) • Schlangentanz • Drachenfrau (2004) **Baecker, H-P.:** Rachege
lüste (2005) **Bauer, H.:** Fernwehträume (2008) **Beck, S.:** Totenklang (2008) • Duftspu
(2006) • Einzelkämpfer (2005) **Blatter, U.:** Vogelfrau (2008) **Bode-Hoffmann G./Hoff-**
mann M.: Infantizid (2007) **Bomm, M.:** Notbremse (2008) • Schattennetz • Beweisla
(2007) • Schusslinie (2006) • Mordloch • Trugschluss (2005) • Irrflug • Himmelsfelse
(2004) **Bosch van den, J.:** Wassertod • Wintertod (2005) **Buttler, M.:** Dunkelzeit (2006
• Abendfrieden (2005) • Herzraub (2004) **Clausen, A.:** Ostseegrab (2007) **Danz, E**
Nebelschleier (2008) • Steilufer (2007) • Osterfeuer (2006) **Detering, M.:** Puppenman
• Herzfrauen (2007) **Dünschede, S.:** Solomord (2008) Nordmord (2007) • Deichgra
(2006) **Emme, P.:** Ballsaison (2008) • Tortenkomplott • Killerspiele (2007) • Würste
massaker • Heurigenpassion (2006) • Schnitzelfarce • Pastetenlust (2005) **Enderle, M**
Nachtwanderer (2006) **Erfmeyer, K.:** Todeserklärung (2007) • Karrieresprung (200
Franzinger, B.: Jammerhalde (2007) • Bombenstimmung (2006) • Wolfsfalle • Dinotc
(2005) • Ohnmacht • Goldrausch (2004) • Pilzsaison (2003) **Gardein, U.:** Die letz
Hexe – Maria Anna Schwegelin (2008) **Gardener, E.:** Lebenshunger (2005) **Gibert, M**
Nervenflattern (2007) **Graf, E.:** Elefantengold (2006) • Löwenriss • Nashornfieber (200
Gude, C.: Binärcode (2008) • Mosquito (2007) **Haug, G.:** Gössenjagd (2004) • Hütte
zauber (2003) • Tauberschwarz • Riffhaie • Tiefenrausch (2002) • Höllenfahrt (2001)
Sturmwarnung (2000) **Heim, U.-M.:** Das Rattenprinzip (2008) • Totschweigen (2007)
Dreckskind (2006) **Heinzlmeier, A.:** Bankrott (2006) • Todessturz (2005) **Imbsweiler, M**
Bergfriedhof (2007) **Karnani, F.:** Turnaround (2007) • Takeover (2006) **Keiser, G.:** Apc
lofalter (2006) **Keiser, G./Polifka, W.:** Puppenjäger (2006) **Klausner, U.:** Die Pforten d
Hölle (2007) **Klewe, S.:** Wintermärchen (2007) • Kinderspiel (2005) • Schattenriss (200
Klingler, E.: Königsdrama (2006) **Klugmann, N.:** Die Tochter des Salzhändlers (200
• Kabinettstück (2006) • Schlüsselgewalt (2004) • Rebenblut (2003) **Kohl, E.:** Wille
los (2008) • Flatline (2007) • Grabtanz • Zugzwang (2006) **Köhler, M.:** Tiefpunkt
Schreckensgletscher (2007) **Koppitz, R. C.:** Machtrausch (2005) **Kramer, V.:** Todesg
heimnis (2006) • Rachesommer (2005) **Kronenberg, S.:** Weinrache (2007) • Kultopf
(2006) • Flammenpferd • Pferdemörder (2005) **Kurella, F.:** Das Pergament des Toc
(2007) **Lascaux, P.:** Salztränen (2008) **Lebek, H.:** Schattensieger • Karteileichen (200
• Todesschläger (2005) **Leix, B.:** Waldstadt (2007) • Hackschnitzel (2006) • Zuck
blut • Bucheckern (2005) **Mainka, M.:** Satanszeichen (2005) **Matt, G./Nimmeric**
ter, K.: Schmerzgrenze (2004) • Maiblut (2003) **Misko, M.:** Winzertochter • Kindsb
(2005) **Puhlfürst, C.:** Rachegöttin (2007) • Dunkelhaft (2006) • Eiseskälte • Leiche
starre (2005) **Senf, J.:** Knochenspiel (2008) • Nichtwisser (2007) **Seyerle, G.:** Schw
nekrieg (2007) **Schmitz, I.:** Mordsdeal (2007) • Sündenfälle (2006) **Schmöe, F.:** Pfe
gift (2008) • Januskopf • Schockstarre (2007) • Käfersterben • Fratzenmond (200
• Kirchweihmord • Maskenspiel (2005) **Schröder, A.:** Mordsgier (2006) • Mor
wut (2005) • Mordsliebe (2004) **Schuker, K.:** Brudernacht (2007) • Wasserpilz (20
Schneider,H.: Ernteopfer (2008) **Schulze,G.:** Sintflut (2007) **Schwab, E.:** Angstf
(2006) • Großeinsatz (2005) **Schwarz, M.:** Zwiespalt (2007) • Maienfrost • Dämon
spiel (2005) • Grabeskälte (2004) **Steinhauer, F.:** Menschenfänger (2008) • Narrensp
(2007) • Seelenqual • Racheakt (2006) **Thömmes, G.:** Der Bierzauberer (2008) **Tha**
waldt, A./Bauer, C.: Blutblume (2007) • Kreuzkönig (2006) **Valdorf, L.:** Großsta
sumpf (2006) **Vertacnik, H.-P.:** Abfangjäger (2007) **Wark, P.:** Epizentrum (2006) • E
longlühen (2003) • Albtraum (2001) **Wilkenloh, W.:** Feuermal (2006) • Hätschelk
(2005) **Wyss, V.:** Todesformel (2008) **Zander, W.:** Hundeleben (2008)

KRIMI IM GMEINER-VERLAG

Wir machen's spannend